Suhrkamp BasisBibliothek 52

W0072681

Diese Ausgabe der »Suhrkamp BasisBibliothek – Arbeitstexte für Schule und Studium« bietet Gotthold Ephraim Lessings Drama *Miß Sara Sampson* nach dem Erstdruck von 1755; alle nachweislichen Korrekturen Lessings sind eingearbeitet. Ergänzt wird diese Edition von einem Kommentar, der alle für das Verständnis des Textes erforderlichen Informationen und Materialien enthält und den dialogischen Charakter der Texte Lessings unterstreicht: die Entstehungsgeschichte, Dokumente zur zeitgenössischen Wirkung, einen Überblick über die verschiedenen Deutungsansätze, Literaturhinweise sowie Wort- und Sacherläuterungen. Der Kommentar trägt v. a. der Tatsache Rechnung, dass Lessing wie kaum ein zweiter Autor des 18. Jahrhunderts ständig zwischen den Gattungen hin- und hergewechselt ist. Für das Verständnis der *Miß Sara Sampson* als Trauerspiel, das als erstes in Deutschland mit der Gattungsbezeichnung ›bürgerlich‹ firmiert, werden daher auch Lessings Überlegungen zur Theorie der Tragödie herangezogen.

Axel Schmitt, Lehrbeauftragter für Neuere deutsche Literatur und Medien an der Universität Marburg, Mitherausgeber der Lessing-Ausgabe im Deutschen Klassiker Verlag, Herausgeber von Lessings *Emilia Galotti* (SBB 44).

Gotthold Ephraim Lessing
Miß Sara Sampson

Ein bürgerliches Trauerspiel in fünf Aufzügen

Berlin 1755
Mit einem Kommentar
von Axel Schmitt

Suhrkamp

Der vorliegende Text folgt der Ausgabe:
Gotthold Ephraim Lessing: *Werke und Briefe*. Bd. 3: *Vade mecum/Gedichte/Rettungen/Miß Sara Sampson/Briefwechsel über das Trauerspiel/ Übersetzungen. Werke 1754–1758.*
Herausgegeben von Conrad Wiedemann, S. 431–526.
Frankfurt am Main: Deutscher Klassiker Verlag 2003.

Originalausgabe
Suhrkamp BasisBibliothek 52
Erste Auflage 2005

Satz: pagina GmbH, Tübingen
Druck: CPI – Ebner & Spiegel, Ulm
Umschlaggestaltung: Regina Göllner und Hermann Michels
Printed in Germany

ISBN 978-3-518-18852-1

2 3 4 5 6 – 15 14 13 12 11

Inhalt

Miß Sara Sampson

⌐Ein bürgerliches Trauerspiel⌐,
in fünf Aufzügen.

⌐Personen⌐.

Sir Sampson.
Miß Sara. Dessen Tochter.
Mellefont.
Marwood. Mellefonts alte Liebste. 5
Arabella. Ein junges Kind, der Marwood Tochter.
Waitwell. Ein alter Diener des Sampson.
Norton. Bedienter des Mellefont.
Betty. Mädchen der Sara.
Hannah. Mädchen der Marwood. 10
Der Gastwirt und einige Nebenpersonen.

Erster Aufzug.

Erster Auftritt.

Der Schauplatz ist ein ⌜Saal im Gasthofe⌝.
Sir Sampson und Waitwell treten in Reisekleidern herein.

5 SAMPSON Hier meine Tochter? – Hier in diesem ⌜elenden
Wirtshause⌝?

WAITWELL Ohne Zweifel hat Mellefont mit Fleiß das al-
lerelendeste im ganzen Städtchen zu seinem Aufenthalte
gewehlt. Böse Leute suchen immer das Dunkle*, weil sie

10 böse Leute sind. Aber was hilft es ihnen, wenn sie sich
auch vor der ganzen Welt verbergen könnten? Das Gewissen ist doch mehr, als eine ganze uns verklagende
Welt. – Ach, ⌜Sie weinen⌝ schon wieder, schon wieder,
Sir! Sir!

15 SAMPSON Laß mich weinen, alter ehrlicher Diener. Oder
verdient sie etwa meine Tränen nicht?

WAITWELL Ach, Sie verdient sie, und wenn es blutige Trä-
nen* wären.

SAMPSON Nun so laß mich.

20 WAITWELL Das beste, schönste, unschuldigste Kind, das
unter der Sonnen* gelebt hat, das muß so verführt werden! Ach Sarchen*! Sarchen! Ich habe sie aufwachsen
sehen; hundertmal habe ich sie als ein Kind auf diesen
meinen Armen gehabt; auf diesen meinen Armen habe

25 ich ihr Lächeln, ihr Lallen bewundert. Aus jeder kindi-
schen* Miene strahlte die ⌜Morgenröte eines Verstan-
des⌝, einer Leutseligkeit, die –

SAMPSON O schweig! Zerfleisch nicht das Gegenwärtige
mein Herz schon genug? Willst du die Martern durch

30 die Erinnerung an vergangne Glückseligkeit noch höl-
lischer machen? Ändre deine Sprache, wenn du mir ei-

Marginal notes:

(zu Z. 9) Vgl. Redewendung ›Die Bösen scheuen das Licht.‹

(zu Z. 17) Sprichw. Redewendung: bittere, schmerzliche Tränen vergießen

(zu Z. 21) Bibl. Redewendung

(zu Z. 22) Kosename für ›Sara‹

(zu Z. 25) Hier: kindlichen

---

nen Dienst tun willst. Tadle mich; mache mir aus meiner ⌐Zärtlichkeit⌐ ein Verbrechen; vergrößre das Vergehen meiner Tochter; erfülle mich, wenn du kannst, mit Abscheu gegen sie; entflamme aufs neue meine Rache gegen ihren verfluchten Verführer; sage, daß Sara nie ⌐tugendhaft⌐ gewesen, weil sie es so leicht aufgehört zu sein; sage, daß sie mich nie geliebt, weil sie mich heimlich verlassen. 5

WAITWELL Sagte ich das, so würde ich eine Lügen sagen; eine unverschämte böse Lügen. Sie könnte mir auf dem 10 Todbette wieder einfallen, und ich alter Bösewicht müßte in Verzweiflung sterben. – Nein, Sarchen hat ihren Vater geliebt, und gewiß, gewiß, Sie liebt ihn noch. Wenn Sie nur davon überzeugt sein wollen, Sir, so sehe ich sie heute noch wieder in ⌐ihren⌐ Armen. 15

SAMPSON Ja, Waitwell, nur davon verlange ich überzeugt zu sein. Ich kann sie länger nicht entbehren; sie ist die Stütze meines Alters, und wenn sie nicht den traurigen Rest meines Lebens versüßen hilft, wer soll es denn tun? Wenn sie mich noch liebt, so ist ihr Fehler* vergessen. Es 20 war der Fehler eines zärtlichen Mädchens, und ihre Flucht war die Wirkung ihrer Reue. Solche Vergehungen sind besser als erzwungene Tugenden – Doch ich fühle es, Waitwell, ich fühle es; wenn diese Vergehungen auch wahre Verbrechen, wenn es auch vorsätzliche Laster wären: ach! ich würde ihr doch vergeben. Ich würde 25 doch lieber von einer lasterhaften Tochter, als von keiner, geliebt sein wollen.

WAITWELL Trocknen Sie ihre Tränen ab, lieber Sir! Ich höre jemanden kommen. Es wird der Wirt sein, uns zu empfangen. 30

Hier i. S. v.:
Fehltritt,
Vergehen

Zweiter Auftritt.

Der Wirt. Sir Sampson. Waitwell.

DER WIRT So früh, meine Herren, so früh? Willkommen! willkommen Waitwell! Ihr seid ohne Zweifel die Nacht gefahren? Ist das der Herr von dem du gestern mit mir gesprochen hast?

WAITWELL Ja, er ist es, und ich hoffe, daß du abgeredeter Maßen* –   *wie verabredet*

DER WIRT Gnädiger Herr, ich bin ganz zu ihren Diensten. Was liegt mir daran, ob ich es weiß, oder nicht, was Sie für eine Ursache hieher führt, und warum Sie bei mir im Verborgnen sein wollen? Ein Wirt nimmt sein Geld, und läßt seine Gäste machen, was ihnen gut dünkt*. Wait-   *was sie für gut erachten*
well hat mir zwar gesagt, daß Sie den fremden Herrn, der sich seit einigen Wochen mit seinem jungen Weib-chen bei mir aufhält, ein wenig beobachten wollen. Aber ich hoffe, daß sie ihm keinen Verdruß verursachen wer-den. Sie würden mein Haus in einen übeln Ruf bringen, und gewisse Leute würden sich scheuen, bei mir abzu-   *abzusteigen, einzukehren*
treten*. Unser einer muß von allen Sorten Menschen le-ben –

SAMPSON ⌐Besorget nichts⌐; führet mich nur in das Zim-mer, das Waitwell für mich bestellet hat. Ich komme aus rechtschaffenen Absichten hierher –

DER WIRT Ich mag ihre Geheimnisse nicht wissen, gnädi-ger Herr! Die Neugierde ist mein Fehler gar nicht. Ich hätte es, zum Exempel*, längst erfahren können, wer der   *zum Beispiel*
fremde Herr ist, auf den Sie Acht geben wollen; aber ich mag nicht. So viel habe ich wohl heraus gebracht, daß er mit dem ⌐Frauenzimmer⌐ muß durchgegangen sein. Das gute Weibchen, oder was sie ist! Sie bleibt den ganzen Tag in ihrer Stube eingeschlossen, und weint.

SAMPSON Und weint?

DER WIRT Ja, und weint – Aber, gnädiger Herr, warum
weinen Sie? Das Frauenzimmer muß ihnen sehr nahe
gehen. Sie sind doch wohl nicht –

WAITWELL Halte ihn nicht länger auf –

DER WIRT Kommen Sie. Nur eine Wand wird Sie von dem 5
Frauenzimmer trennen, das Ihnen so nahe gehet, und die
vielleicht –

WAITWELL Du willst es also mit aller Gewalt wissen,
wer –

DER WIRT Nein, Waitwell, ich mag nichts wissen. 10

WAITWELL Nun so mache und bringe uns an den gehöri-
gen* Ort, ehe noch das ganze Haus wache wird.

DER WIRT Wollen Sie mir also folgen, gnädiger Herr? *Geht
ab.*

angemes-
senen,
passenden

Dritter Auftritt. 15

⌜*Der mittlere Vorhang*⌝ *wird aufgezogen.*
⌜*Mellefonts Zimmer*⌝.
Mellefont und hernach sein Bedienter.

MELLEFONT *unangekleidet in einem Lehnstuhle:* Wieder
eine Nacht, die ich auf der Folter nicht grausamer hätte 20
zubringen können! – Norton! – Ich muß nur machen,
daß ich Gesichter zu sehen bekomme. Bliebe ich mit
meinen Gedanken länger allein: sie möchten mich zu
weit führen. – He, Norton! Er schläft noch. Aber bin ich
nicht grausam, daß ich den armen Teufel nicht schlafen 25
lasse? Wie glücklich ist er! – Doch ich will nicht, daß ein
Mensch um mich glücklich sei. – Norton!

NORTON *kommend:* Mein Herr –

MELLEFONT Kleide mich an! – O mache mir keine sauere
Gesichter! Wenn ich werde länger schlafen können, so 30

12   Erster Aufzug.

erlaube ich dir, daß du auch länger schlafen darfst.
Wenn du auch von deiner Schuldigkeit nichts wissen
willst, so habe doch wenigstens ⌐Mitleiden⌐ mit mir.

NORTON Mitleiden, mein Herr? Mitleiden mit Ihnen? Ich
5 weiß besser, wo das Mitleiden hingehört.

MELLEFONT Und wohin denn?

NORTON Ach, lassen Sie sich ankleiden, und fragen Sie
mich nichts –

MELLEFONT Henker! So sollen auch deine Verweise* mit   Hier: Vorwürfe
10 meinem Gewissen aufwachen? Ich verstehe dich; ich
weiß es, wer dein Mitleiden erschöpft. – Doch, ich lasse
ihr und mir Gerechtigkeit widerfahren. Schon recht;
habe kein Mitleiden mit mir. Verfluche mich in deinem
Herzen, aber – verfluche auch dich –

15 NORTON Auch mich? –

MELLEFONT Ja; weil du einem Elenden dienest, den die
Erde nicht tragen sollte, und weil du dich seiner Verbrechen mit teilhaft gemacht hast.

NORTON Ich mich ihrer Verbrechen teilhaftig gemacht?
20 durch was?

MELLEFONT Dadurch, daß du darzu geschwiegen.

NORTON Vortrefflich! in der ⌐Hitze ihrer Leidenschaften⌐,
würde mir ein Wort den Hals gekostet haben. – Und
darzu, als ich Sie kennen lernte, fand ich Sie nicht schon
25 so arg*, daß alle Hoffnung zur Beßrung vergebens war?   schlimm
Was für ein Leben habe ich Sie nicht vom Anfange führen sehen! In der nichtswürdigsten Gesellschaft von
Spielern und Landstreichern – ich nenne sie, was sie waren und kehre mich an ihre Titel, Ritter und dergleichen,
30 nicht – in solcher Gesellschaft brachten Sie ein Vermö-   Hohe öffent-
gen durch, das Ihnen den Weg zu den größten Ehren-   liche oder
stellen* hätte bahnen können. Und ihr strafbarer Um-   höfische
gang mit allen Arten von Weibsbildern, besonders der   Ämter
bösen Marwood –

35 MELLEFONT Setze mich, setze mich wieder in diese Lebens-

art; sie war Tugend gegen meine jetzige. Ich vertat mein
Vermögen; gut. Die Strafe ⌜kömmt⌝ nach, und ich werde
alles, was der Mangel hartes und erniedrigendes hat,
Zeit genug* empfinden. Ich besuchte lasterhafte Weibs-
bilder; laß es sein. Ich ⌜ward⌝ öfter verführet, als ich ver- 5
führte, und die ich selbst verführte, wollten verführt
sein – Aber – ich hatte noch keine verwahrlosete* Tugend auf meiner Seele. Ich hatte noch keine Unschuld in
ein unabsehliches Unglück gestürzt. Ich hatte noch
keine Sara aus dem Hause eines geliebten Vaters ent- 10
wendet, und sie gezwungen einem Nichtswürdigen zu
folgen, der auf keine Weise mehr sein eigen war. Ich
hatte – Wer kömmt schon so früh zu mir?

noch lange genug

zerstörte

Mellefont redet über eigenes
vergehen

Vierter Auftritt.

Betty. Mellefont. Norton. 15
NORTON Es ist Betty!
MELLEFONT Schon auf, Betty? Was macht dein Fräulein?
BETTY Was macht sie? *schluchzend:* Es war schon lange
nach Mitternacht, da ich sie endlich bewegte, zur Ruhe
zu gehen. Sie schlief einige Augenblicke, aber Gott! 20
Gott! was muß das für ein Schlaf gewesen sein! Plötzlich
fuhr sie in die Höh, sprang auf, und fiel mir als* eine
Unglückliche in die Arme, die von einem Mörder verfolgt wird. Sie zitterte und ein kalter Schweiß floß ihr
über das erblaßte Gesichte. Ich wandte alles an, sie zu 25
beruhigen, aber sie hat mir bis an den Morgen nur mit
stummen Tränen geantwortet. Endlich hat sie mich einmal über das andere an ihre Türe geschickt, zu hören, ob
Sie schon auf wären. Sie will Sie sprechen. Sie allein können sie trösten. Tun Sie es doch, liebster gnädiger Herr, 30

Im 18. Jh. synonym mit ›wie‹

tun Sie es doch. Das Herz muß mir springen*, wenn sie   zerspringen
sich so zu ängstigen fortfährt.

MELLEFONT Geh Betty, sage ihr, daß ich den Augenblick
bei ihr sein wolle –

5 BETTY Nein, sie will selbst zu Ihnen kommen.

MELLEFONT Nun so sage ihr, daß ich sie erwarte – Ach! –
Betty geht ab.

Fünfter Auftritt.

Mellefont. Norton.

10 NORTON Gott, die arme Miß!

MELLEFONT ⌐Wessen Gefühl willst du durch deine Ausru-
fung rege machen?⌐ Sieh jetzt wird ⌐die erste Träne, die
ich seit meiner Kindheit geweinet⌐, die Wange herunter-
laufen! – Eine schlechte Vorbereitung, eine Trostsu-
15 chende Betrübte zu empfangen. Warum sucht sie ihn
auch bei mir? – Doch wo soll sie ihn sonst suchen? – Ich
muß mich fassen. *indem er sich die Augen abtrocknet:*
Wo ist die ⌐alte Standhaftigkeit⌐, mit der ich ein schönes
Auge konnte weinen sehen? Wo ist die ⌐Gabe der Ver-
20 stellung⌐ hin, durch die ich sein und sagen konnte, was
ich wollte? – Nun wird Sie kommen, und wird unwider-
stehliche Tränen weinen. Verwirret, beschämt werde ich
vor ihr stehen; als ein verurteilter Sünder werde ich vor
ihr stehen. Rate mir doch! Was soll ich tun? Was soll ich
25 sagen?

NORTON Sie sollen tun, was sie verlangen wird.

MELLEFONT So werde ich eine neue Grausamkeit an ihr
begehen. Mit Unrecht tadelt sie die Verzögerung einer
Ceremonie*, ⌐die jetzt ohne unser äußerstes Verderben in   Gemeint ist die Eheschließung.
30 dem Königreiche nicht vollzogen werden kann⌐.

NORTON So machen sie denn, daß sie es verlassen. Warum zaudern wir? Warum vergehet ein Tag, warum vergeht eine Woche nach der andern? Tragen Sie mir es doch auf. Sie sollen morgen sicher eingeschifft sein. Vielleicht, daß ihr der Kummer nicht ganz über das Meer folgt? daß sie einen Teil desselben zurück läßt, und in einem andern Lande –

MELLEFONT Alles das hoffe ich selbst – Stille, sie kömmt. Wie schlägt mir das Herz –

Sechster Auftritt.

Sara. Mellefont. Norton.
MELLEFONT *indem er ihr entgegen geht:* Sie haben eine unruhige Nacht gehabt, liebste Miß –
SARA Ach, Mellefont, wenn es nichts als eine unruhige Nacht wäre –
MELLEFONT *zum Bedienten:* Verlaß uns.
NORTON *im abgehen:* Ich wollte auch nicht da bleiben, und wenn mir gleich jeder Augenblick mit Golde bezahlt würde –

Siebter *Siebender* Auftritt.*

Sara. Mellefont.
MELLEFONT Sie sind schwach, liebste Miß. Sie müssen sich setzen.
SARA *sie setzt sich:* Ich beunruhige Sie sehr früh; und werden sie mir es vergeben, daß ich meine Klagen wieder mit dem Morgen anfange?

MELLEFONT Teureste Miß, Sie wollen sagen, daß Sie ⌐mir
es⌐ nicht vergeben können, weil schon wieder ein Morgen erschienen ist, ohne daß ich ihren Klagen ein Ende
gemacht habe.

5 SARA Was sollte ich Ihnen nicht vergeben? Sie wissen, was
ich Ihnen bereits vergeben habe. Aber die neunte Woche, Mellefont, die neunte Woche fängt heute an, und
dieses elende Haus sieht mich noch immer auf eben dem
Fuße*, als den ersten Tag*.

in derselben
Situation

wie am ersten
Tag

10 MELLEFONT So zweifeln Sie an meiner Liebe?

SARA Ich, an ihrer Liebe zweifeln? Nein, ich fühle mein
Unglück zu sehr, zu sehr, als daß ich mir selbst diese
letzte einzige Versüßung desselben rauben sollte.

MELLEFONT Wie kann also meine Miß über die Verschie-
15 bung einer Ceremonie unruhig sein? –

SARA Ach Mellefont, warum muß ich einen andern Begriff
von dieser Ceremonie haben? – Geben Sie doch immer*
der weiblichen Denkungsart etwas nach. Ich stelle mir
vor, daß eine nähere Einwilligung des Himmels darinne

Zur Verdeut-
lichung des
Imperativs

20 liegt. Umsonst habe ich es nur wieder erst den gestrigen
langen Abend versucht, ihre Begriffe anzunehmen*, und
die Zweifel aus meiner Brust zu verbannen die Sie, jetzt
nicht das erstemal, für Früchte meines Mißtrauens angesehen haben. Ich stritt mit mir selbst; ich war ⌐sinn-

Sie zu
verstehen

25 reich genug, meinen Verstand zu betäuben; aber mein
Herz und ein inneres Gefühl⌐ warfen auf einmal das
mühsame Gebäude von Schlüssen übern Haufen. Mit-
ten aus dem Schlafe weckten mich strafende Stimmen,
mit welchen sich meine Phantasie, mich zu quälen, ver-
30 band. Was für Bilder, was für schreckliche Bilder
schwärmten um mich herum! Ich wollte sie gern für
⌐Träume⌐ halten –

MELLEFONT Wie? Meine vernünftige Sara sollte sie für etwas mehr halten? Träume, liebste Miß, Träume! – Wie
35 unglücklich ist der Mensch! Fand sein Schöpfer in dem

Reiche der Wirklichkeiten nicht Qualen für ihn genug? Mußte er, sie zu vermehren, auch ein noch weiteres Reich von Einbildungen in ihm schaffen?

SARA Klagen Sie den Himmel nicht an! Er hat die Einbildungen in unsere Gewalt gelassen. Sie richten sich nach 5 unsern Taten, und wenn diese unsern Pflichten und der Tugend gemäß sind, so dienen die sie begleitenden Einbildungen zur Vermehrung unserer Ruhe und unsres Vergnügens. Eine einzige Handlung, Mellefont, ein einziger Segen, der von einem Friedensboten im Namen der 10 ewigen Güte auf uns gelegt wird, kann meine zerrüttete Phantasie wieder heilen. Stehen Sie noch an*, mir zu Liebe dasjenige einige Tage eher zu tun, was Sie doch einmal tun werden? Erbarmen Sie sich meiner, und überlegen Sie, daß wenn Sie mich auch dadurch nur von 15 Qualen der Einbildung befreien, diese eingebildete Qualen doch Qualen, und für die, die sie empfindet, wirkliche Qualen sind. – Ach könnte ich Ihnen nur halb so lebhaft ⌜die Schrecken meiner vorigen Nacht⌝ erzehlen, als ich sie gefühlt habe! – Von Weinen und Klagen, mei- 20 nen einzigen Beschäftigungen, ermüdet, sank ich mit halb geschlossenen Augenlidern auf dem Bette zurück. Die Natur wollte sich einen Augenblick erholen, neue Tränen zu sammeln. Aber noch schlief ich nicht ganz, als ich mich auf einmal an dem schroffsten Teile des 25 schrecklichsten Felsen sahe*. Sie gingen vor mir her, und ich folgte Ihnen mit schwankenden ängstlichen Schritten, die dann und wann ein Blick stärkte, welchen Sie auf mich zurückwarfen. Schnell hörte ich hinter mir ein freundliches Rufen, welches mir stille zu stehen befahl. 30 Es war der Ton meines Vaters – Ich Elende! kann ich denn nichts von ihm vergessen? Ach! Wo* ihm sein Gedächtnis eben so grausame Dienste leistet; wo er auch mich nicht vergessen kann! – Doch er hat mich vergessen. Trost! ⌜grausamer Trost⌝ für seine Sara! – Hören Sie 35

Zögern Sie noch

Im 18. Jh. in der poet. u. bibl. Sprache verwendet

Wenn

Erster Aufzug.

nur, Mellefont; indem ich mich nach dieser bekannten Stimme umsehen wollte, gleitete* mein Fuß; ich wankte und sollte eben in den Abgrund herab stürzen, als ich mich, noch zur rechten Zeit, von einer mir ähnlichen
5 Person zurückgehalten fühlte. Schon wollte ich ihr den feurigsten Dank abstatten, als sie einen Dolch aus dem Busen* zog. Ich rettete dich, schrie sie, um dich zu verderben. Sie holte mit der bewaffneten Hand aus – und ach, ich erwachte mit dem Stiche*. Wachend fühlte ich
10 noch alles, was ein tödlicher Stich schmerzhaftes haben kann; ohne das zu empfinden, was er angenehmes haben muß, das Ende der Pein in dem Ende des Lebens hoffen zu dürfen.

MELLEFONT Ach liebste Sara, ich verspreche Ihnen das
15 Ende ihrer Pein, ⌜ohne dem Ende⌝ ihres Lebens, welches gewiß auch das Ende des meinigen sein würde. Vergessen Sie das schreckliche Gewebe eines sinnlosen Traumes –

SARA Die Kraft es vergessen zu können, erwarte ich von
20 Ihnen. Es sei Liebe oder Verführung, es sei Glück oder Unglück, das mich Ihnen in die Arme geworfen hat; ich bin in meinem Herzen die ihrige, und werde es ewig sein. Aber noch bin ich es nicht ⌜vor den Augen jenes Richters, der die geringsten Übertretungen seiner Ordnung,
25 zu strafen gedrohet hat⌝ –

MELLEFONT So falle denn alle Strafe auf mich allein –

SARA Was kann auf Sie fallen, das mich nicht treffen sollte? – Legen Sie aber mein dringendes Anhalten* nicht falsch aus. Ein anderes Frauenzimmer, das durch einen
30 gleichen Fehltritt sich ihrer Ehre verlustig gemacht hätte*, würde vielleicht durch ein gesetzmäßiges Band nichts als einen Teil derselben wieder zu erlangen suchen. Ich, Mellefont, denke darauf nicht*, weil ich in der Welt weiter von keiner Ehre wissen will, als von der
35 Ehre, Sie zu lieben. Ich will mit Ihnen, nicht um der Welt

glitt

aus dem (Ausschnitt des) Kleid(es)

während des Stichs

Begehren

ihre Ehre verloren hätte

habe diese Absicht nicht

Willen, ich will mit Ihnen um meiner selbst Willen verbunden sein. Und wenn ich es bin, so will ich gern die
Schmach auf mich nehmen, als ob ich es nicht wäre. Sie
sollen mich, wenn Sie nicht wollen, für ihre Gattin nicht
erklären dürfen*; Sie sollen mich erklären können, für   5
was Sie wollen. Ich will ihren Namen nicht führen; Sie
sollen unsre Verbindung so geheim halten, als Sie es für
gut befinden; und ich will derselben ewig unwert sein,
wenn ich mir in den Sinn kommen lasse, einen andern
Vorteil, als die Beruhigung meines Gewissens daraus zu   10
ziehen.

MELLEFONT Halten Sie ein, Miß, oder ich muß vor ihren
Augen des Todes sein. Wie elend bin ich, daß ich nicht
das Herz habe, Sie noch elender zu machen! – Bedenken
Sie, daß Sie sich meiner Führung überlassen haben; be-   15
denken Sie, daß ich schuldig* bin, für uns weiter hinaus
zu sehen, und das ich jetzt gegen ihre Klagen taub sein
muß, wenn ich sie nicht, in der ganzen Folge ihres Lebens, noch schmerzhaftere Klagen will führen hören.
Haben Sie es denn vergessen, was ich Ihnen zu meiner   20
Rechtfertigung schon oft vorgestellt*?

SARA Ich habe es nicht vergessen, Mellefont. ⌜Sie wollen
vorher ein gewisses Vermächtnis retten. – Sie wollen
vorher zeitliche Güter retten, und mich vielleicht ewige
darüber verscherzen lassen.⌝   25

MELLEFONT Ach, Sara, wenn Ihnen alle zeitlichen Güter so
gewiß wären, als ihrer Tugend die ewigen sind –

SARA Meiner Tugend? Nennen Sie mir doch dieses Wort
nicht! – Sonst klang es mir süße, aber jetzt schallt mir ein
⌜schrecklicher Donner⌝ darinne!   30

MELLEFONT Wie? ⌜Muß der, welcher tugendhaft sein soll,
keinen Fehler begangen haben? Hat ein einziger so unselige Wirkungen, daß er eine ganze Reihe unsträflicher
Jahre vernichten kann? So ist kein Mensch tugendhaft;
so ist die Tugend ein Gespenst, das in der Luft zerfließet,   35

Erster Aufzug.

wenn man es am festesten umarmt zu haben glaubt; so
hat kein weises Wesen unsre Pflichten nach unsern Kräften abgemessen; so ist die Lust uns strafen zu können der
erste Zweck unsers Daseins⌐; so ist – Ich erschrecke vor
allen den gräßlichen Folgerungen, in welche Sie ihre
Kleinmut verwickeln muß! Nein, Miß, Sie sind noch die
tugendhafte Sara, die Sie vor meiner unglücklichen Bekanntschaft waren. Wenn Sie sich selbst mit so grausamen Augen ansehen, mit was für Augen müssen Sie mich
betrachten!

SARA Mit den Augen der Liebe, Mellefont –

MELLEFONT So bitte ich Sie denn um dieser Liebe, um dieser großmütigen, alle meine Unwürdigkeit übersehen-
den Liebe Willen, zu ihren Füßen bitte ich Sie: beruhigen
Sie sich. Haben Sie nur noch einige Tage Geduld –

SARA Einige Tage! Wie ist ein Tag schon so lang!

MELLEFONT Verwünschtes Vermächtnis! Verdammter Unsinn eines sterbenden Vetters, der mir sein Vermögen nur
mit der Bedingung lassen wollte, einer Anverwandtin*
die Hand zu geben, die mich eben so sehr haßt, als ich
sie! Euch, unmenschliche Tyrannen, unsrer freien Neigungen, euch werde alle das Unglück, alle die Sünde
zugerechnet, zu welchen uns euer Zwang bringet! – Und
wenn ich ihrer nur entübriget sein könnte*, dieser
schimpflichen Erbschaft! So lange mein väterliches Vermögen zu meiner Unterhaltung hinreichte, habe ich sie
allezeit verschmähet, und sie nicht einmal gewürdiget,
mich darüber zu erklären. Aber jetzt, jetzt, da ich alle
Schätze der Welt nur darum besitzen möchte, um sie zu
den Füßen meiner Sara legen zu können, jetzt, da ich
wenigstens darauf denken muß, sie ihrem Stande gemäß
in der Welt erscheinen zu lassen, jetzt muß ich meine
Zuflucht dahin nehmen.

SARA Mit der es Ihnen zuletzt doch wohl noch fehl
schlägt.

*Veraltet für: Verwandte

*wenn ich auf sie nur verzichten könnte

MELLEFONT Sie vermuten immer das schlimmste. – Nein; das Frauenzimmer ist nicht ungeneigt, eine Art von Vergleich* einzugehen. Das Vermögen soll geteilt werden; und da sie es nicht ganz mit mir genießen kann, so ist sie es zufrieden, daß ich mit der Hälfte meine Freiheit von ihr erkaufen darf. Ich erwarte alle Stunden* die letzten Nachrichten in dieser Sache, deren Verzögerung allein unsern hiesigen Aufenthalt so langwierig gemacht hat. So bald ich sie bekommen habe, wollen wir keinen Augenblick länger hier verweilen. Wir wollen sogleich, liebste Miß, nach Frankreich übergehen*, wo Sie neue Freunde finden sollen, die sich jetzt schon auf das Vergnügen, Sie zu sehen und Sie zu lieben, freuen. Und diese neuen Freunde sollen die Zeugen unsrer Verbindung sein – 5

SARA Sollen die Zeugen unsrer Verbindung sein? – Grausamer! So soll diese Verbindung nicht in meinem Vaterlande geschehen? So soll ich mein Vaterland als eine Verbrecherin verlassen? ⌈Und als eine solche, glauben Sie, würde ich Mut genug haben, mich der See zu vertrauen? Dessen Herz muß ruhiger oder muß ruchloser sein, als meines, welcher nur einen Augenblick, zwischen ihm und dem Verderben, mit Gleichgültigkeit nichts als ein schwankendes Brett sehen kann. In jeder Welle, die an unser Schiff schlüge, würde mir der Tod entgegen rauschen; jeder Wind würde mir von den väterlichen Küsten Verwünschungen nachbrausen, und der kleinste Sturm würde mich, ein Blutgerichte über mein Haupt zu sein, dünken.⌉ – Nein, Mellefont, so ein Barbar können Sie gegen mich nicht sein. Wenn ich noch das Ende ihres Vergleichs erlebe, so muß es Ihnen auf einen Tag nicht ankommen, den wir hier länger zubringen. Es muß dieses der Tag sein, an dem Sie mich die Martern aller hier verweinten Tage vergessen lehren. Es muß dieses der heilige Tag sein – Ach! welcher wird es denn endlich sein? 20 25 30 35

Erster Aufzug.

MELLEFONT Aber überlegen* Sie denn nicht, Miß, daß   Hier:
unserer Verbindung hier diejenige Feier fehlen würde,   bedenken
die wir ihr zu geben schuldig sind?

SARA Eine heilige Handlung wird durch das Feierliche
5   nicht kräftiger.

MELLEFONT Allein –

SARA Ich erstaune. Sie wollen doch wohl nicht auf einem
so nichtigen Vorwande bestehen? O Mellefont, Mellefont. Wenn ich mir es nicht zum unverbrüchlichsten Ge-
10 setze gemacht hätte, niemals an der Aufrichtigkeit ihrer
Liebe zu zweifeln, so würde mir dieser Umstand – Doch
schon zu viel; es möchte scheinen, als hätte ich eben jetzt
daran gezweifelt.

MELLEFONT Der erste Augenblick ihres Zweifels müsse
15 der letzte meines Lebens sein! Ach, Sara, womit habe ich
es verdient, daß Sie mir auch nur die Möglichkeit desselben voraus sehen lassen? Es ist wahr, die Geständ-
nisse, die ich Ihnen von meinen ehmaligen Ausschweifungen abzulegen, kein Bedenken getragen habe, kön-
20 nen mir keine Ehre machen; aber Vertrauen sollten sie
mir doch erwecken. Eine buhlerische Marwood führte
mich in ihren Stricken, weil ich das für sie empfand, was
so oft für Liebe gehalten wird, und es doch so selten ist.
Ich würde noch ihre schimpflichen Fesseln tragen, hätte
25 sich nicht der Himmel meiner erbarmt, der vielleicht
mein Herz nicht für ganz unwürdig erkannte, von bessern Flammen zu brennen. Sie, liebste Sara, sehen, und
alle Marwoods vergessen, war eins. Aber wie teuer kam
es Ihnen zu stehen, mich aus solchen Händen zu erhal-
30 ten! Ich war mit dem Laster zu vertraut geworden, und
Sie kannten es zu wenig –

SARA Lassen Sie uns nicht mehr daran gedenken* –   Intensivierung
                                                       von ›denken‹

Achter Auftritt.

Norton. Mellefont. Sara.

MELLEFONT Was willst du?

NORTON Ich stand jetzt vor dem Hause, als mir ein Bedienter diesen Brief in die Hand gab. Die Aufschrift ist an Sie, 5 mein Herr.

MELLEFONT An mich? Wer weiß hier meinen Namen? – *indem er den Brief betrachtet:* Himmel!

SARA Sie erschrecken?

MELLEFONT Aber ohne Ursache, Miß; wie ich nun wohl 10 sehe. Ich irrte mich in der Hand*.

SARA Möchte doch der Inhalt Ihnen so angenehm sein, als Sie es wünschen können.

MELLEFONT Ich vermute, daß er sehr gleichgültig sein wird. 15

SARA Man braucht sich weniger Zwang anzutun, wenn man allein ist. Erlauben Sie, daß ich mich wieder in mein Zimmer begebe.

MELLEFONT Sie machen sich also wohl Gedanken?

SARA Ich mache mir keine, Mellefont. 20

MELLEFONT *indem er sie bis an die Scene* begleitet:* Ich werde den Augenblick bei Ihnen sein, liebste Miß.

Hier:
Handschrift

Gemeint ist die
Seitenkulisse.

Neunter Auftritt.

Mellefont. Norton.

MELLEFONT *der den Brief noch ansieht:* Gerechter Gott! 25

NORTON Weh Ihnen, wenn er nichts, als gerecht ist!

MELLEFONT Kann es möglich sein? Ich sehe diese verruchte Hand wieder, und erstarre nicht für Schrecken?

Ist sies? Ist sie es nicht? Was zweifle ich noch? Sie ists!
Ach, Freund, ein Brief von der Marwood! Welche ⌐Fu-
rie⌐, welcher Satan hat ihr meinen Aufenthalt verraten?
Was will sie noch von mir? – Geh, mache so gleich An-
5 stalt, daß wir von hier wegkommen. – Doch verzieh*! *warte*
Vielleicht ist es nicht nötig; vielleicht haben meine verächtlichen Abschiedsbriefe die Marwood nur aufge-
bracht, mir mit gleicher Verachtung zu begegnen. Hier!
Erbrich* den Brief; lies ihn. Ich zittere, es selbst zu tun. *Öffne*
10 NORTON *er liest:* »Es wird so gut sein, als ob ich Ihnen den
längsten Brief geschrieben hätte, Mellefont, wenn Sie
den Namen, den Sie am Ende der Seite finden werden,
nur einer kleinen Betrachtung würdigen wollen –«
MELLEFONT Verflucht sei ihr Name! Daß ich ihn nie gehört
15 hätte! ⌐Daß er aus dem Buche der Lebendigen vertilgt
werde!⌐
NORTON *liest weiter:* »Die Mühe Sie auszuforschen, hat
mir die Liebe, welche mir forschen half, versüßt.«
MELLEFONT Die Liebe? Frevlerin! Du entheiligest Namen,
20 die nur der Tugend geweihet sind!
NORTON *fährt fort* »Sie hat noch mehr getan; –«
MELLEFONT Ich bebe –
NORTON »Sie hat mich Ihnen nachgebracht –«
MELLEFONT Verräter, was liest du? *er reißt ihm den Brief*
25 *aus der Hand und liest selbst:* »Sie hat mich Ihnen –
nachgebracht. – Ich bin hier; und es stehet bei Ihnen, –
ob Sie meinen Besuch erwarten, – oder mir mit dem ihrigen – zuvorkommen wollen. Marwood.« – Was für ein
Donnerschlag! Sie ist hier? – Wo ist sie? Diese Frechheit
30 soll sie mit dem Leben büßen.
NORTON Mit dem Leben? es wird ihr einen Blick kosten,
und Sie liegen wieder zu ihren Füßen. Bedenken Sie was
Sie tun! Sie müssen* Sie nicht sprechen, oder das Un- *Veraltet für:*
glück ihrer armen Miß ist vollkommen. *dürfen*
35 MELLEFONT Ich Unglücklicher! – Nein ich muß sie spre-

chen. Sie würde mich bis in das Zimmer der Sara suchen, und alle ihre Wut gegen diese Unschuldige auslassen.

NORTON Aber, mein Herr –

MELLEFONT Sage nichts! – Laß sehen, *indem er in den Brief sieht:* ob sie ihre Wohnung* angezeigt hat. Hier ist sie. Komm, führe mich.

Sie gehen ab.

Ende des ersten Aufzugs.

Hier: Adresse

Zweiter Aufzug.

Erster Auftritt.

Der Schauplatz stellt das Zimmer der Marwood vor, in einem ⌐andern Gasthofe⌐.

5 *Marwood im ⌐Neglischee⌐. Hannah.*

MARWOOD Belford hat den Brief doch richtig eingehändi- get*, Hannah?

HANNAH Richtig.

MARWOOD Ihm selbst?

10 HANNAH Seinem Bedienten.

MARWOOD Kaum kann ich es erwarten, was er für Wir- kungen haben wird. – Scheine ich dir nicht ein wenig unruhig, Hannah? Ich bin es auch. – Der Verräter! Doch gemach! Zornig muß ich durchaus nicht werden. ⌐Nach-

15 sicht, Liebe, Bitten⌐, sind die einzigen Waffen, die ich wider ihn brauchen darf, ⌐wo ich anders⌐ seine schwache Seite recht kenne.

HANNAH Wenn er sich aber dagegen verhärten sollte? –

MARWOOD Wenn er sich dagegen verhärten sollte? So

20 werde ich nicht zürnen – ich werde ⌐rasen⌐. Ich fühle es, Hannah; und wollte es lieber schon jetzt.

HANNAH Fassen Sie sich ja. Er kann vielleicht den Augen- blick kommen.

MARWOOD Wo er nur gar kömmt!* Wo er sich nur nicht

25 entschlossen hat, mich festen Fußes* bei sich zu erwar- ten! – Aber weißt du, Hannah, worauf ich noch meine meiste Hoffnung gründe, den Ungetreuen von dem neuen Gegenstande seiner Liebe abzuziehen? Auf unsere Bella*.

30 HANNAH Das ist wahr; sie ist sein kleiner Abgott: und der Einfall, sie mit zu nehmen, hätte nicht glücklicher sein können.

Wörtl.: in die Hand gegeben; ausgehändigt

Wenn er über- haupt kommt! ohne sich von der Stelle zu bewegen

Kurzform von ›Arabella‹

MARWOOD Wenn sein Herz auch gegen die Sprache einer alten Liebe taub ist; so wird ihm doch die Sprache des Bluts vernehmlich sein. Er riß das Kind vor einiger Zeit aus meinen Armen, unter dem Vorwande, ihm eine Art von Auferziehung* geben zu lassen, die es bei mir nicht haben könne. Ich habe es von der Dame, die es unter ihrer Aufsicht hatte, jetzt nicht anders als durch List wieder bekommen können; er hatte auf mehr als ein Jahr vorausbezahlt, und noch den Tag vor seiner Flucht ausdrücklich befohlen, eine gewisse Marwood, die vielleicht kommen und sich für die Mutter des Kindes ausgeben würde, durchaus nicht vorzulassen. Aus diesem Befehl erkenne ich den Unterschied, den er zwischen uns beiden macht. Arabellen* sieht er als einen kostbaren Teil seiner selbst an, und mich als eine Elende, die ihn mit allen ihren Reizen, bis zum Überdrusse, gesättiget hat.

HANNAH Welcher Undank!

MARWOOD Ach Hannah, nichts zieht den Undank so unausbleiblich nach sich, als Gefälligkeiten, für die kein Dank zu groß wäre. Warum habe ich sie ihm erzeiget, diese unseligen Gefälligkeiten? Hätte ich es nicht voraus sehen sollen, daß sie ihren Wert nicht immer bei ihm behalten könnten? Daß ihr Wert auf der Schwierigkeit des Genusses beruhe, und daß er mit derjenigen Anmut verschwinden müsse, welche die Hand der Zeit unmerklich, aber gewiß aus unsern Gesichtern verlöscht?

HANNAH O, Madam, von dieser gefährlichen Hand haben Sie noch lange nichts zu befürchten. Ich finde, daß ihre Schönheit den Punct ihrer prächtigsten Blüte, so wenig überschritten hat, daß sie vielmehr erst darauf losgeht, und Ihnen alle Tage neue Herzen fesseln würde, wenn Sie ihr nur Vollmacht dazu geben wollten.

MARWOOD Schweig, Hannah! Du schmeichelst mir bei einer Gelegenheit, die mir alle Schmeichelei verdächtig

Erziehung

Veralteter Akkusativ von: Arabella

macht. Es ist Unsinn von neuen Eroberungen zu sprechen, wenn man nicht einmal Kräfte genug hat, sich im Besitze der schon gemachten zu erhalten.

Zweiter Auftritt.

5 *Ein Bedienter. Marwood. Hannah.*

DER BEDIENTE Madame, man will die Ehre haben, mit Ihnen zu sprechen.

MARWOOD Wer?

DER BEDIENTE Ich vermute, daß es eben der Herr ist, an
10 welchen der vorige Brief überschrieben* war. Wenig-   adressiert
stens ist der Bediente bei ihm, der mir ihn abgenommen hat.

MARWOOD Mellefont! – Geschwind, führe ihn herauf! *der Bediente geht ab* Ach Hannah, nun ist er da! Wie soll ich
15 ihn empfangen? Was soll ich sagen? Welche Miene soll ich annehmen? Ist diese ruhig genug? Sieh doch!

HANNAH Nichts weniger als ruhig.

MARWOOD Aber diese?

HANNAH Geben Sie ihr noch mehr Anmut.

20 MARWOOD So meinst du?

HANNAH Zu traurig!

MARWOOD Sollte mir dieses Lächeln lassen*?   gut stehen

HANNAH Vollkommen! Aber nur freier – Er kömmt.

Dritter Auftritt.

Mellefont. Marwood. Hannah.

MELLEFONT *der mit einer wilden Stellung herein tritt:* Ha!
Marwood –

MARWOOD *die ihm mit offnen Armen lächelnd entgegen* 5
rennt: Ach Mellefont –

MELLEFONT *bei Seite:* Die Mörderin, was für ein Blick!

MARWOOD Ich muß Sie umarmen, treuloser lieber Flücht-
ling! – Teilen Sie doch meine Freude! – Warum entreißen
Sie sich meinen Liebkosungen? 10

MELLEFONT Marwood, ich vermutete, daß Sie mich anders empfangen würden.

MARWOOD Warum anders? Mit mehr Liebe vielleicht? Mit
Entzücken   mehr Endzücken*? Ach ich Unglückliche, daß ich weniger ausdrücken kann, als ich fühle! Mein Herz bebet 15
vor Freuden, Sie wieder zu sehn, Sie wieder an meine
Brust zu drücken. Sehen Sie es, Mellefont, sehen Sie es,
Hier   daß auch die Freude ihre Tränen hat? Hie* rollen Sie,
diese ⌈Kinder der süßesten Wollust⌉! – Aber ach, ver-
lorne Tränen! seine Hand trocknet euch nicht ab. 20

MELLEFONT ⌈Marwood, die Zeit ist vorbei da mich solche
Reden bezaubert hätten. Sie müssen jetzt in einem an-
dern Tone mit mir sprechen. Ich komme her, ihre letzten
Vorwürfe anzuhören, und darauf zu antworten.

MARWOOD Vorwürfe? Was hätte ich Ihnen für Vorwürfe 25
zu machen, Mellefont? Keine.⌉

MELLEFONT So hätten Sie, sollte ich meinen, ihren Weg
ersparen können.

MARWOOD Liebste wunderliche Seele, warum wollen Sie
mich denn nun mit Gewalt zwingen, einer Kleinigkeit zu 30
gedenken, die ich Ihnen in eben dem Augenblicke vergab, in welchem ich sie erfuhr? Eine kurze Untreue, die
mir ihre Galanterie aber nicht ihr Herz spielt, verdient

diese Vorwürfe? Kommen Sie, lassen Sie uns darüber scherzen.

MELLEFONT Sie irren sich; mein Herz hat mehr Anteil daran, als es jemals an allen unsern Liebeshändeln ge-
5 habt hat, auf die ich jetzt nicht ohne Abscheu zurück sehen kann.

MARWOOD Ihr Herz, Mellefont, ist ein gutes Närrchen. Es läßt sich alles bereden, was ihrer Einbildung, ihm zu bereden* einfällt. Glauben Sie mir doch, ich kenne es
10 besser, als Sie. Wenn es nicht das beste, das getreuste Herz wäre, würde ich mir wohl so viel Mühe geben, es zu behalten!

MELLEFONT Zu behalten? Sie haben es niemals besessen, sage ich Ihnen.

15 MARWOOD Und ich sage Ihnen; ich besitze es im Grunde noch.

MELLEFONT Marwood, wenn ich wüßte, daß Sie auch nur noch eine Faser davon besäßen, so wollte ich es mir selbst, hier vor ihren Augen, aus meinem Leibe reißen.

20 MARWOOD Sie würden sehen, daß Sie meines zugleich herausrissen. Und dann, dann würden diese herausgerissenen Herzen endlich zu der Vereinigung gelangen, die sie so oft auf unsern Lippen gesucht haben.

MELLEFONT *bei Seite:* Was für eine Schlange! Hier wird
25 das beste sein zu fliehen – Sagen Sie mir es nur kurz, Marwood, warum Sie mir nachgekommen sind? Was Sie noch von mir verlangen? Aber sagen Sie nur es ohne dieses Lächeln, ohne diesen Blick, aus welchem mich eine ganze Hölle von Verführung schreckt.

30 MARWOOD *vertraulich:* Höre nur mein lieber Mellefont; ich merke wohl, wie es jetzt mit dir steht. Deine Begierden und dein Geschmack sind jetzt deine Tyrannen. Laß es gut sein; man muß sie austoben lassen. Sich ihnen widersetzen, ist Torheit. Sie werden am sichersten einge-
35 schläfert, und endlich gar überwunden, wenn man ih-

* ihm einzureden

nen freies Feld läßt. Sie reiben sich selbst auf. Kannst du
mir ⌜noch sagen⌝, kleiner Flattergeist*, daß ich jemals
eifersüchtig gewesen wäre, wenn stärkere Reize, als die
meinigen, dich mir auf eine Zeitlang abspenstig machten? Ich gönnte dir ja allezeit diese Veränderung, bei der   5
ich immer mehr gewann, als verlor. Du kehrtest mit
neuem Feuer, mit neuer Inbrunst in meine Arme zurück,
in die ich dich nur als in leichte Bande, und nie als in
schwere Fesseln schloß. Bin ich nicht oft selbst deine
Vertraute gewesen, wenn du mir auch schon nichts zu   10
vertrauen hattest, als die Gunstbezeigungen, die du mir
entwandtest, um sie gegen andre zu verschwenden?
Warum glaubst du denn, daß ich jetzt einen Eigensinn
gegen dich zu zeigen anfangen würde, zu welchem ich
nun eben berechtiget zu sein aufhöre, oder – vielleicht   15
schon aufgehört habe? wenn deine Hitze ⌜gegen⌝ das
schöne Landmädchen noch nicht verraucht ist, wenn du
noch in der ersten Stärke deiner Liebe gegen sie bist,
wenn du ihren Genuß noch nicht entbehren kannst; wer
hindert dich denn, ihr so lange ergeben zu sein, als du es   20
für gut befindest? Mußt du deswegen so unbesonnene
Anschläge* machen, und mit ihr aus dem Reiche fliehen
wollen?

MELLEFONT ⌜Marwood, Sie reden vollkommen ihren Charakter gemäß*⌝, dessen Häßlichkeit ich nie so gekannt   25
habe, als seit dem ich, in dem Umgange mit einer tugendhaften Freundin, die Liebe von der Wollust unter-
scheiden gelernt.

MARWOOD Ei sieh doch! deine neue Gebieterin ist also
wohl gar ein Mädchen von schönen sittlichen Empfin-   30
dungen? Ihr Mannspersonen* müßt doch selbst nicht
wissen, was ihr wollt. Bald sind es die schlüpfrigsten
Reden, die buhlerischsten Scherze, die euch an uns gefallen; und bald entzücken wir euch, wenn wir nichts als
Tugend reden, und alle ⌜sieben Weise⌝ auf unsrer Zunge   35

flatterhafter,
unbeständiger
Mensch

Hier:
Anstalten,
Pläne

Im 18. Jh.
›gemäß‹
häufig mit
Akkusativ

Bis ins 19. Jh.
für erwachs.
männl. Pers.

zu haben scheinen. Das schlimmste aber ist, daß ihr das
eine so wohl als das andre überdrüssig werdet. Wir mögen närrisch oder vernünftig, weltlich oder geistlich ge-
sinnet sein, wir verlieren unsre Mühe, euch beständig zu
machen, einmal wie das andre. Du wirst an deine schöne
Heilige die Reihe Zeit genug* kommen lassen. Soll ich   früh genug
wohl einen kleinen Überschlag machen? Jetzo bist du im
heftigsten ⌈Paroxysmo⌉ mit ihr, und diesem gebe ich
noch zwei, aufs längste, drei Tage. Hierauf wird eine
ziemlich geruhige Liebe folgen; der gebe ich acht Tage.
Die andern* acht Tage wirst du nur gelegentlich an diese   zweiten
Liebe denken. Die dritten wirst du dich daran erinnern
lassen; und wann* du dieses Erinnern satt bist, so wirst   Hier: wenn
du dich zu der äußersten Gleichgültigkeit so schnell gebracht sehen, daß ich kaum in die vierten acht Tage auf
diese letzten Veränderungen rechnen darf – Das wäre
nun ohngefehr* ein Monat. Und diesen Monat, Melle-   ungefähr
font, will ich dir noch mit dem größten Vergnügen nach-
sehen; nur wirst du erlauben, daß ich dich nicht aus dem
Gesichte verlieren darf.

MELLEFONT Vergebens, Marwood, suchen Sie alle Waffen
hervor, mit welchen Sie sich erinnern, gegen mich sonst
glücklich* gewesen zu sein. Ein tugendhafter Entschluß   Hier:
sichert mich gegen ihre Zärtlichkeit und gegen ihren   erfolgreich
⌈Witz⌉. Gleichwohl will ich mich beiden nicht länger aus-
setzen. Ich gehe, und habe Ihnen weiter nichts mehr zu
sagen, als daß Sie mich in wenig Tagen auf eine Art sollen gebunden wissen, die Ihnen alle Hoffnung auf meine
Rückkehr in ihre lasterhafte Sklaverei vernichten wird.
Meine Rechtfertigungen werden Sie genugsam aus dem
Briefe ersehen haben, den ich Ihnen vor meiner Abreise
zustellen lassen.

MARWOOD Gut, daß Sie dieses Briefes gedenken. Sagen Sie
mir, von wem hatten Sie ihn schreiben lassen?

MELLEFONT Hatte ich ihn nicht selbst geschrieben?

MARWOOD Unmöglich! Den Anfang desselben, in welchen
Sie mir, ich weiß nicht was für Summen vorrechneten,
die Sie mit mir wollen verschwendet haben, mußte ein
Gastwirt, so wie den übrigen theologischen Rest ein
⌜Quäcker⌝ geschrieben haben. Dem ohngeachtet will ich 5
Ihnen jetzt ernstlich darauf antworten. Was den vor-
nehmsten* Punct anbelangt, so wissen Sie wohl, daß alle
die Geschenke, welche Sie mir gemacht haben, noch da
sind. Ich habe ihre Bankozettel*, ihre Juwelen, nie als
mein Eigentum angesehen, und jetzt alles mit gebracht, 10
um es wieder in diejenigen Hände zu liefern, die mir es
anvertrauet hatten.

MELLEFONT Behalten Sie alles, Marwood.

MARWOOD ⌜Ich will nichts davon behalten⌝. Was hätte ich
ohne ihre Person für ein Recht darauf? Wenn Sie mich 15
auch nicht mehr lieben, so müssen Sie mir doch die Gerechtigkeit widerfahren lassen, und mich für keine von
den feilen Buhlerinnen* halten, denen es gleich viel ist
von wessen Beute sie sich bereichern. Kommen Sie nur,
Mellefont, Sie sollen den Augenblick wieder so reich 20
sein, als Sie vielleicht ohne meine Bekanntschaft geblieben wären; und vielleicht auch nicht.

MELLEFONT Welcher Geist, der mein Verderben geschwo-
ren hat, redet jetzt aus Ihnen? Eine wollüstige Marwood
denkt so edel nicht. 25

MARWOOD Nennen Sie das edel? Ich nenne es weiter
nichts, als billig*. Nein, mein Herr, nein; ich verlange
nicht, daß Sie mir diese Wiedererstattung als etwas besonders anrechnen sollen. Sie kostet mir nichts, und
auch den geringsten Dank, den Sie mir dafür sagen woll- 30
ten, würde ich für eine Beschimpfung halten, weil er
doch keinen andern Sinn als diesen haben könnte:
⌜»Marwood ich hielt euch für eine niederträchtige Be-
triegerin; ich bedanke mich, daß ihr es wenigstens gegen
mich nicht sein wollt.«⌝ 35

Hier:
wichtigsten

Geldan-
weisungen

Prostituierten

berechtigt,
angemessen

MELLEFONT Genug, Madame, genug! Ich fliehe, weil mich mein Unstern in einen Streit von Großmut zu verwickeln drohet, in welchem ich am ungernsten unterliegen möchte.

MARWOOD Fliehen Sie nur; aber nehmen Sie auch alles mit, was ihr Andenken bei mir erneuern könnte. Arm, verachtet, ohne Ehre und ohne Freunde, will ich es alsdann noch einmal wagen, ihr Erbarmen rege zu machen. ⌜Ich will Ihnen in der unglücklichen Marwood nichts als eine Elende zeigen, die Geschlecht*, Ansehen, Tugend und Gewissen für Sie aufgeopfert hat. Ich will Sie an den ersten Tag erinnern, da Sie mich sahen und liebten; an den ersten Tag, da auch ich Sie sahe und liebte; an das erste stammelnde, schamhafte Bekenntnis, das Sie mir zu meinen Füßen von ihrer Liebe ablegten; an die erste Versicherung von Gegenliebe, die Sie mir auspreßten; an die zärtlichen Blicke, an die feurigen Umarmungen, die darauf folgten; an das beredte Stillschweigen, wenn wir mit beschäftigten Sinnen einer des andern geheimste Regungen errieten und in den schmachtenden Augen die verborgensten Gedanken der Seele lasen; an das zitternde Erwarten der nahenden Wollust; an die Trunkenheit ihrer Freuden; an das süße Erstarren nach der Fülle des Genusses, in welchen sich die ermatteten Geister zu neuen Entzückungen erholten.⌝ An alles dieses will ich Sie erinnern, und dann ihre Knie umfassen, und nicht aufhören um das einzige Geschenk zu bitten, das Sie mir nicht versagen können, und ich ohne zu erröten annehmen darf, – um den Tod von ihren Händen.

MELLEFONT Grausame! noch wollte ich selbst mein Leben für Sie hingeben. Fordern Sie es; fordern Sie es; nur auf meine Liebe machen Sie weiter keinen Anspruch. Ich muß Sie verlassen, Marwood, oder mich zu einem Abscheu der ganzen Natur machen. Ich bin schon strafbar, daß ich nur hier stehe, und Sie anhöre. Leben Sie wohl; leben Sie wohl.

Hier: Familie

MARWOOD *die ihn zurück hält:* Sie müssen mich verlassen? Und was wollen Sie denn, das aus mir werde? So
wie ich jetzt bin, bin ich ihr Geschöpf; tun Sie also was
einem Schöpfer zukömmt; er darf die Hand von seinem
Werke nicht eher abziehn, als bis er es gänzlich vernich- 5
ten will. – Ach, Hannah, ich sehe wohl, meine Bitten
allein sind zu schwach. Geh bringe meinen Vorsprecher*
her, der mir vielleicht jetzt auf einmal mehr wiedergeben
wird, als er von mir erhalten hat.

Fürsprecher

Hannah geht ab. 10

MELLEFONT Was für einen Vorsprecher, Marwood?

MARWOOD Ach, einen Vorsprecher, dessen Sie mich nur
allzugern beraubet hätten. Die Natur wird seine Klagen
auf einen kürzerm Wege zu ihren Herzen bringen –

MELLEFONT Ich erschrecke. Sie werden doch nicht – 15

Vierter Auftritt.

⌈*Arabella*⌉. *Hannah. Mellefont. Marwood.*

MELLEFONT Was seh ich? Sie ist es! – Marwood, wie haben
Sie sich unterstehen können –

MARWOOD Soll ich umsonst Mutter sein? – Komm, meine 20
Bella, komm; sieh hier deinen Beschützer wieder, deinen
Freund, deinen – ach! das Herz mag es euch sagen, was
er noch mehr, als dein Beschützer, als dein Freund sein
kann.

MELLEFONT *mit abgewandtem Gesichte:* Gott! wie wird es 25
mir hier ergehen?

ARABELLA *indem sie ihm furchtsam näher tritt:* Ach, mein
Herr! Sind Sie es? Sind Sie unser Mellefont? – Nein
doch, Madame, er ist es nicht. – Würde er mich nicht
ansehen, wenn er es wäre? Würde er mich nicht in seine 30

Arme schließen? Er hat es ja sonst getan. Ich unglückli-
ches Kind! Womit hätte ich ihn denn erzürnt, diesen
Mann, diesen liebsten Mann, der mir erlaubte, mich
seine Tochter zu nennen?

MARWOOD Sie schweigen, Mellefont? Sie gönnen der Un-
schuldigen keinen Blick.

MELLEFONT Ach! –

ARABELLA Er seufzet ja, Madame. Was fehlt ihm? Können
wir ihm nicht helfen? Ich nicht? Sie auch nicht? So lassen
Sie uns doch mit ihm seufzen. – Ach, nun sieht er mich
an! – Nein er sieht wieder weg! Er sieht gen Himmel!
Was wünscht er? Was bittet er vom Himmel? Möchte er
ihm doch alles gewähren, wenn er mir auch alles dafür
versagte!

MARWOOD ⌜Geh, mein Kind, geh; fall ihm zu Füßen. Er
will uns verlassen; er will uns auf ewig verlassen.⌝

ARABELLA *die vor ihm niederfällt:* Hier liege ich schon. Sie
uns verlassen? Sie uns auf ewig verlassen? War es nicht
schon eine kleine Ewigkeit, die wir Sie jetzt vermißt haben? Wir sollen Sie wieder vermissen? Sie haben ja so oft
gesagt, daß sie uns liebten. Verläßt man denn die, die
man liebt: So muß ich Sie wohl nicht lieben, denn ich
wünschte Sie nie zu verlassen. Nie; und will Sie auch nie
verlassen.

MARWOOD Ich will dir bitten helfen, mein Kind; hilf nur
auch mir – Nun, Mellefont, sehen Sie auch mich zu ihren
Füßen –

MELLEFONT *hält sie zurück, indem* * *sie sich niederwerfen*   Hier: als
will: Marwood, gefährliche Marwood – Und auch du,
meine liebste Bella, *hebt sie auf* auch du bist wider deinen Mellefont!

ARABELLA Ich wider Sie?

MARWOOD Was beschließen Sie, Mellefont?

MELLEFONT Was ich nicht sollte, Marwood; was ich nicht
sollte.

MARWOOD *die ihn umarmt:* Ach, ich weiß es ja, daß die ⌜Redlichkeit ihres Herzens allezeit über den Eigensinn ihrer Begierden⌝ gesiegt hat.

MELLEFONT Bestürmen Sie mich nicht weiter. ⌜Ich bin es schon, was sie mich haben wollen⌝; ein Meineidiger, ein 5 Verführer, ein Räuber, ein Mörder.

MARWOOD Jetzt werden Sie es einige Tage in ihrer Einbildung sein, und hernach werden Sie erkennen, daß ich Sie abgehalten habe, es wirklich zu werden. Machen Sie nur, und kehren Sie wieder mit uns zurück. 10

ARABELLA *schmeichelnd:* Oh ja, tun Sie dieses.

MELLEFONT Mit euch zurückkehren? Kann ich denn?

MARWOOD Nichts ist leichter, wenn Sie nur wollen.

MELLEFONT Und meine Miß –

MARWOOD Und ihre Miß mag sehen, wo sie bleibt – 15

MELLEFONT Ha, barbarische Marwood, diese Rede ließ mich bis auf den Grund ihres Herzens sehen. – Und ich Verruchter gehe doch nicht wieder in mich?

MARWOOD Wenn sie bis auf den Grund meines Herzens gesehen hätten, so würden Sie entdeckt haben, daß es 20 mehr wahres Erbarmen gegen ihre Miß fühlt, als Sie selbst. Ich sage, wahres Erbarmen; denn das ihre ist ein eigennütziges, weichherziges Erbarmen. Sie haben überhaupt diesen Liebeshandel* viel zu weit getrieben. Daß Sie, als ein Mann, der bei einem langen Umgange mit 25 unserm Geschlechte, in der Kunst zu verführen ausgelernet hatte, gegen ein so junges Frauenzimmer sich ihrer Überlegenheit an Verstellung und Erfahrung zu Nutze machten und nicht eher ruheten, als bis Sie ihren Zweck erreichten; das möchte noch hingehen; Sie kön- 30 nen sich mit der Heftigkeit ihrer Leidenschaft entschuldigen. Allein, daß Sie einem alten Vater sein einziges Kind raubten, daß Sie einem rechtschaffnen Greise die wenigen Schritte zu seinem Grabe noch so schwer und bitter machten, daß Sie ihrer Lust wegen die stärksten 35

Hier:
Liebesaffäre

Banden der Natur trennten; das, Mellefont, das können Sie nicht verantworten. Machen Sie also ihren Fehler wieder gut, so weit es möglich ist, ihn gut zu machen. Geben Sie dem weinenden Alter seine Stütze wieder und schicken Sie eine leichtgläubige Tochter in ihr Haus zurück, das Sie deswegen, weil Sie es beschimpft haben, nicht auch öde machen müssen.

MELLEFONT Das fehlte noch, daß Sie auch mein Gewissen wider mich zu Hülfe riefen! Aber gesetzt, es wäre billig*, was Sie sagen; müßte ich nicht ⌜eine eiserne Stirn haben⌝, wenn ich es der unglücklichen Miß selbst vorschlagen sollte? Hier: gerecht

MARWOOD Nunmehr will ich es Ihnen gestehen, daß ich schon im voraus bedacht gewesen bin, Ihnen diese Verwirrung zu ersparen. So bald ich Ihren Aufenthalt erfuhr, habe ich auch dem alten Sampson unter der Hand Nachricht davon geben lassen. Er ist für Freuden* darüber ganz außer sich gewesen, und hat sich sogleich auf den Weg machen wollen. Ich wundre mich, daß er noch nicht hier ist. vor Freude

MELLEFONT Was sagen Sie?

MARWOOD Erwarten sie nur ruhig seine Ankunft; und lassen sich gegen die Miß nichts merken. Ich will Sie selbst jetzt nicht länger aufhalten. Gehen Sie wieder zu ihr; sie möchte Verdacht bekommen. Doch versprech ich mir, Sie heute noch einmal zu sehen.

MELLEFONT O Marwood, mit was für Gesinnungen kam ich zu Ihnen, und mit welchen muß ich Sie verlassen! – Einen Kuß meine liebe Bella –

ARABELLA Der war für Sie; aber nun einen für mich. Kommen Sie nur ja bald wieder; ich bitte.

Mellefont geht ab.

Fünfter Auftritt.

Marwood. Arabella. Hannah.

MARWOOD *nachdem sie tief Atem geholt:* Sieg, Hannah!
aber ein saurer Sieg! – Gieb mir einen Stuhl; ich fühle
mich ganz abgemattet – *sie setzt sich:* Eben war es die 5
höchste Zeit, als er sich ergab; noch einen Augenblick
hätt er anstehen dürfen*, so würde ich ihm eine ganz
andre Marwood gezeigt haben.

HANNAH Ach, Madame, was sind Sie für eine Frau! Den
möchte ich doch sehn, der Ihnen widerstehen könnte. 10

MARWOOD Er hat mir schon zu lange widerstanden. Und
gewiß, gewiß ich will es ihm nicht vergeben, daß ich ihm
fast zu Fuße gefallen wäre.

ARABELLA Oh nein, Sie müssen ihm alles vergeben. Er ist ja
so gut, so gut – 15

MARWOOD Schweig, kleine Närrin!

HANNAH Auf welcher Seite wußten Sie ihn nicht zu fassen!
Aber nichts, glaube ich, rührte ihn mehr, als die Unei-
gennützigkeit, mit welcher sie sich erboten, alle von ihm
erhaltenen Geschenke zurück zu geben. 20

MARWOOD Ich glaube es auch. Ha! Ha! Ha *verächtlich.*

HANNAH Warum lachen Sie, Madame? Wenn es nicht ihr
Ernst war, so wagten Sie in der Tat sehr viel. Gesetzt, er
hätte Sie bei ihrem Worte gefaßt?

MARWOOD O geh; man muß wissen, wen man vor sich 25
hat.

HANNAH Nun das gesteh ich! Aber auch Sie, meine schöne
Bella, haben ihre Sache vortrefflich gemacht; vortrefflich!

ARABELLA Warum das? Konnte ich sie denn anders ma- 30
chen? Ich hatte ihn ja so lange nicht gesehen. Sie sind
doch nicht böse, Madame, daß ich ihn so lieb habe? Ich
habe Sie so lieb, wie ihn; eben so lieb.

zu zögern
brauchen

MARWOOD Schon gut; das mal will ich dir verzeihen, daß du mich nicht lieber hast, als ihn.

ARABELLA Das mal? *schluchsend*

MARWOOD Du weinst ja wohl gar? Warum denn?

5 ARABELLA Ach nein, ich weine nicht, werden Sie nur nicht ungehalten. Ich will Sie ja gern alle beide so lieb, so lieb haben, daß ich unmöglich, weder Sie noch ihn, lieber haben kann.

MARWOOD Je nun ja.

10 ARABELLA Ich bin recht unglücklich –

MARWOOD Sei doch nur stille – Aber was ist das?

Sechster Auftritt.

Mellefont. Marwood. Arabella. Hannah.

MARWOOD Warum kommen Sie schon wieder, Mellefont?

15 *sie steht auf*

MELLEFONT *hitzig.:* Weil ich mehr nicht, als einige Augenblicke nötig hatte, wieder zu mir selbst zu kommen.

MARWOOD Nun?

MELLEFONT Ich war betäubt, Marwood, aber nicht be-

20 wegt. Sie haben alle ihre Mühe verloren; eine andre Luft, als diese ansteckende Luft ihres Zimmers, gab mir Mut und Kräfte wieder, meinen Fuß aus dieser gefährlichen Schlinge noch zeitig genug zu ziehen. Waren mir Nichtswürdigem die Ränke einer Marwood noch nicht be-

25 kannt genug?

MARWOOD *hastig:* Was ist das wieder für eine Sprache?

MELLEFONT Die Sprache der Wahrheit und des Unwillens.

MARWOOD Nur gemach, Mellefont, oder auch ich werde

30 diese Sprache sprechen.

MELLEFONT Ich komme nur zurück, Sie keinen Augenblick länger in einem Irrtume von mir stecken zu lassen,
der mich, selbst in ihren Augen, verächtlich machen
muß.

ARABELLA *furchtsam:* Ach Hannah – 5

MELLEFONT Sehen sie mich nur so wütend an, als Sie wollen. Je wütender, je besser. War es möglich, daß ich zwischen einer Marwood und einer Sara nur einen Augenblick unentschließig* bleiben konnte? Und daß ich mich
fast für die erstere entschlossen hätte? 10

ARABELLA Ach Mellefont –

MELLEFONT Zittern Sie nicht, Bella. Auch für Sie bin ich
mit zurück gekommen. Geben Sie mir die Hand, und
folgen Sie mir nur getrost.

MARWOOD *die beide zurückhält.:* Wem soll sie folgen, 15
Verräter?

MELLEFONT Ihrem Vater.

MARWOOD Geh, Elender; und lerne erst ihre Mutter kennen.

MELLEFONT Ich kenne sie. Sie ist die Schande ihres Ge- 20
schlechts –

MARWOOD Führe sie weg, Hannah!

MELLEFONT Bleiben Sie, Bella. *indem er sie zurück halten
will.*

MARWOOD Nur keine Gewalt, Mellefont, oder – 25
Hannah und Arabella gehen ab.

Siebender Auftritt.

Mellefont. Marwood.

MARWOOD Nun sind wir allein. Nun sagen Sie es noch
einmal, ob Sie fest entschlossen sind, mich einer jungen 30
Närrin aufzuopfern?

MELLEFONT *bitter*. Aufzuopfern? Sie machen, daß ich mich hier erinnere, daß den alten Göttern auch sehr unreine Tiere geopfert wurden.

MARWOOD *spöttisch:* Drücken Sie sich ⌈ohne so gelehrte Anspielungen⌉ aus.

MELLEFONT So sage ich Ihnen, daß ich fest entschlossen bin, nie wieder ohne die schrecklichsten Verwünschungen an Sie zu denken. Wer sind Sie? Und wer ist Sara? Sie sind ⌈eine wollüstige, eigennützige, schändliche Buhlerin⌉, die sich jetzo kaum mehr muß erinnern können, einmal unschuldig gewesen zu sein. Ich habe mir mit Ihnen nichts vorzuwerfen, als daß ich dasjenige genossen, was Sie ohne mich vielleicht der ganzen Welt hätten genießen lassen. Sie haben mich gesucht, nicht ich Sie; und wenn ich nunmehr weiß, wer Marwood ist, so kömmt mir die Kenntnis teuer genug zu stehen. Sie kostet mich mein Vermögen, meine Ehre, mein Glück –

MARWOOD Und so wollte ich, daß sie Ihnen auch ihre Seligkeit kosten müßte! Ungeheuer! ⌈Ist der Teufel ärger als du, der schwache Menschen zu Verbrechen reizet, und sie dieser Verbrechen wegen, die sein Werk sind, hernach selbst anklagt?⌉ Was geht dich meine Unschuld an, wenn und wie ich sie verloren habe? Habe ich dir meine Tugend nicht Preis geben können, so habe ich doch meinen guten Namen für dich ⌈in die Schanze geschlagen⌉. Jene ist nichts kostbarer als dieser. Was sage ich kostbarer? Sie ist ohne ihm ein albernes Hirngespinst, das weder ruhig noch glücklich macht. Er allein giebt ihr noch einigen Wert, und kann vollkommen ohne sie bestehen. Möchte ich doch sein, wer ich wollte, ehe ich dich, Scheusal, kennen lernte; genug, daß ich in den Augen der Welt für ein Frauenzimmer ohne Tadel galt. Durch dich nur hat sie es erfahren, daß ich es nicht sei; durch meine Bereitwilligkeit bloß, dein Herz, wie ich damals glaubte, ohne deine Hand anzunehmen.

MELLEFONT Eben diese Bereitwilligkeit verdammt dich, Niederträchtige.

MARWOOD Erinnerst du dich aber, welchen nichtswürdigen Kunstgriffen du sie zu verdanken hattest? Ward ich nicht von dir beredt*, daß du dich in keine öffentliche Verbindung einlassen könntest, ohne eine Erbschaft verlustig zu werden, deren Genuß du mit niemanden, als mit mir teilen wolltest? Ist es nun Zeit ihrer zu entsagen? und ihrer für eine andre, als für mich zu entsagen?

MELLEFONT Es ist eine wahre Wollust für mich, Ihnen melden zu können, daß diese Schwierigkeit nunmehr bald wird gehoben sein. Begnügen Sie sich also nur, mich um mein väterliches Erbteil gebracht zu haben, und lassen mich, ein weit geringers mit einer würdigern Gattin genießen.

MARWOOD Ha! Nun seh ichs, was dich eigentlich so trotzig macht. Wohl, ich will kein Wort mehr verlieren. Es sei darum! Rechne darauf, daß ich alles anwenden will dich zu vergessen. Und das erste, was ich in dieser Absicht tun werde, soll dieses sein – Du wirst mich verstehen! Zittre für deine Bella! Ihr Leben soll das Andenken meiner verachteten Liebe auf die Nachwelt nicht bringen; meine Grausamkeit soll dieses Andenken verewigen. Sieh in mir ⌈eine neue Medea⌉!

MELLEFONT *erschrocken:* Marwood –

MARWOOD ⌈Oder wenn du noch eine grausamere Mutter weißt, so sieh sie gedoppelt in mir!⌉ Gift und Dolch sollen mich rächen. Doch nein, Gift und Dolch sind zu barmherzige Werkzeuge! Sie würden dein und mein Kind zu bald töten. ⌈Ich will es nicht gestorben; ich will es sterben sehen!⌉ Durch langsame Martern will ich in seinem Gesichte jeden ähnlichen Zug, den es von dir hat sich verstellen, verzerren und verschwinden sehen. Ich will mit begieriger Hand Glied von Glied, Ader von Ader, Nerve* von Nerve lösen, und das kleinste derselben auch da noch nicht aufhören zu schneiden und zu brennen, wenn es schon nichts mehr sein wird, als ein empfindungsloses Aas. Ich, ich werde wenigstens dabei empfinden, wie süße die Rache sei!

5 MELLEFONT Sie rasen, Marwood –

MARWOOD Eben erinnern Sie mich, daß ich doch noch nicht gegen den rechten rase. Der Vater muß voran! Er muß schon in jener Welt sein, wenn der Geist seiner Tochter unter tausend Seufzern gemach* ihm nachzie- gemächlich,
10 het. – *sie geht mit einem Dolche, den sie aus dem Busen* langsam
reißt, auf ihn los: Drum stirb Verräter!

MELLEFONT *der ihr in den Arm fällt, und den Dolch ent-reißt:* Unsinniges Weibsbild! Was hindert mich nun, den Stahl wider dich zu kehren? Doch lebe, und deine Strafe
15 müsse einer ehrlosen Hand aufgehoben* sein! der Hand des
Henkers
MARWOOD *mit gerungenen Händen:* Himmel, was habe vorbehalten
ich getan? Mellefont –

NIELLEFONT Deine Reue soll mich nicht hintergehen! Ich weiß es doch wohl, was dich reuet; nicht daß du den
20 Stoß tun wollen, sondern daß du ihn nicht tun können.

MARWOOD Geben Sie mir ihn wieder, den verirrten Stahl; geben Sie mir ihn wieder; und Sie sollen es gleich sehen, für wen er geschliffen ward. Für diese Brust allein, die schon längst einem Herze zu enge ist, das eher dem Le-
25 ben als ihrer Liebe entsagen will.

MELLEFONT Hannah! –

MARWOOD Was wollen Sie tun, Mellefont?

Achter Auftritt.

Hannah. erschrocken. Marwood. Mellefont.

MELLEFONT Hast du es gehört, Hannah, welche Furie
deine Gebieterin ist? ⌜Wisse, daß ich Arabellen von deinen Händen fordern werde.⌝   5

HANNAH Ach Madame, wie sind Sie außer sich!

MELLEFONT Ich will das unschuldige Kind bald in völlige
Sicherheit bringen. Die Gerechtigkeit wird einer so
grausamen Mutter die mördrischen Hände schon zu
binden wissen.   10

er will gehen.

MARWOOD Wohin, Mellefont? Ist es zu verwundern, daß
die ⌜Heftigkeit meines Schmerzes⌝ mich des Verstandes
nicht mächtig ließ? Wer bringt mich zu so unnatürlichen
Ausschweifungen? Sind Sie es nicht selbst? Wo kann   15
Bella sicherer sein, als bei mir? Mein Mund tobet wider
sie, und mein Herz bleibt doch immer Mutter. Ach, Mellefont, vergessen Sie meine Raserei, und denken, zu ihrer
Entschuldigung, nur an die Ursache derselben.

MELLEFONT Es ist nur ein Mittel, welches mich bewegen   20
kann, sie zu vergessen.

MARWOOD Welches?

MELLEFONT Wenn Sie den Augenblick nach London zurückkehren. Arabellen will ich in einer andern Beglei-
tung wieder dahin bringen lassen. Sie müssen durchaus   25
ferner mit ihr nichts zu tun haben.

MARWOOD Gut, ich lasse mir alles gefallen; aber eine einzige Bitte gewähren Sie mir noch. ⌜Lassen Sie mich ihre
Sara wenigstens einmal sehen.⌝

MELLEFONT Und wozu?   30

MARWOOD Um in ihren Blicken mein ganzes künftiges
Schicksal zu lesen. Ich will selbst urteilen, ob sie einer
Untreue, wie Sie an mir begehen, würdig ist; und ob ich

46

Hoffnung haben kann, wenigstens einmal einen Anteil
an ihrer Liebe wieder zu bekommen.

MELLEFONT Nichtige Hoffnung!

MARWOOD Wer ist so grausam, daß er einer Elenden auch
nicht einmal die Hoffnung gönnen wollte? Ich will mich
ihr nicht als Marwood, sondern als eine Anverwandte
von Ihnen zeigen. Melden Sie mich bei ihr als eine solche; Sie sollen bei meinem Besuche zugegen sein, und,
ich verspreche Ihnen bei allem was heilig ist, ihr nicht
das geringste anstößige zu sagen. Schlagen Sie mir meine
Bitte nicht ab; denn sonst möchte ich vielleicht alles anwenden, in meiner wahren Gestalt vor ihr zu erscheinen.

MELLEFONT Diese Bitte, Marwood, *nach dem er einen Augenblick nachgedacht:* – könnte ich Ihnen gewähren.
Wollen Sie aber auch alsdann gewiß diesen Ort verlassen?

MARWOOD Gewiß; ja ich verspreche Ihnen noch mehr; ⌐ich
will Ihnen, wo nur noch einige Möglichkeit ist, von dem
Überfalle ihres Vaters befreien⌐.

MELLEFONT Dieses haben Sie nicht nötig. Ich hoffe, daß er
auch mich in die Verzeihung mit einschließen wird, die
er seiner Tochter widerfahren läßt. Will er aber dieser
nicht verzeihen; so werde ich auch wissen, wie ich ihm
begegnen soll – Ich gehe, Sie bei meiner Miß zu melden.
Nur halten Sie Wort, Marwood!
geht ab.

MARWOOD Ach Hannah! daß unsere Kräfte nicht so groß
sind als unsere Wut! Komm; hilf mich ankleiden. Ich
gebe mein Vorhaben noch nicht auf. Wenn ich ihn nur
erst sicher gemacht habe. Komm!
Ende des zweiten Aufzugs.

Dritter Aufzug.

Erster Auftritt.

Ein Saal ⌜im erstern Gasthofe⌝.
Sir Sampson. Waitwell.

SAMPSON Hier, Waitwell, bringe ihr diesen Brief. Es ist der 5
Brief eines ⌜zärtlichen Vaters⌝, der sich über nichts, als
über ihre Abwesenheit beklaget. Sage ihr, daß ich dich
darmit vorweg geschickt, und daß ich nur noch ihre
Antwort erwarten wolle, ehe ich selbst käme, sie wieder
in meine Arme zu schließen. 10

WAITWELL Ich glaube, Sie tun recht wohl, daß Sie ihre Zu-
sammenkunft auf diese Art vorbereiten.

SAMPSON Ich werde ihrer Gesinnungen dadurch gewiß,
und mache* ihr Gelegenheit, alles was ihr die Reue kläg-
liches und errötendes eingeben könnte, schon ausge- 15
schüttet zu haben, ehe sie mündlich mit mir spricht. Es
wird ihr in einem Briefe weniger Verwirrung, und mir
vielleicht weniger Tränen kosten.

WAITWELL Darf ich aber fragen, Sir, was Sie in Ansehung
Mellefonts beschlossen haben? 20

SAMPSON Ach, Waitwell, wenn ich ihn von dem Geliebten
meiner Tochter trennen könnte, so würde ich ⌜etwas
sehr hartes⌝ wider ihn beschließen. Aber da dieses nicht
angeht, so siehst du wohl, daß er gegen meinen Unwillen
gesichert ist. Ich habe selbst den größten Fehler bei die- 25
sem Unglücke begangen. Ohne mich würde Sara diesen
gefährlichen Menschen nicht haben kennen lernen. Ich
verstattete ihm, wegen einer Verbindlichkeit, die ich gegen ihn zu haben glaubte, einen allzufreien Zutritt in
meinem Hause. Es war natürlich, daß ihm die dankbare 30
Aufmerksamkeit, die ich für ihn bezeigte, auch die Ach-

Hier: gebe

tung meiner Tochter zuziehen mußte. Und es war eben
so natürlich, daß sich ein Mensch von seiner Denkungsart durch diese Achtung verleiten ließ, sie zu etwas hö-
hern zu treiben. Er hatte Geschicklichkeit genug gehabt,
sie in Liebe zu verwandeln, ehe ich noch das geringste
merkte, und ehe ich noch Zeit hatte, mich nach seiner
übrigen* Lebensart zu erkundigen. Das Unglück war ge- sonstigen
schehen, und ich hätte wohl getan, wenn ich ihnen nur
gleich alles vergeben hätte. Ich wollte unerbittlich gegen
ihn sein, und überlegte nicht, daß ich es gegen ihn nicht
allein sein könnte. Wenn ich meine zu späte Strenge er-
spart hätte, so würde ich wenigstens ihre Flucht verhin-
dert haben. – Da bin ich nun, Waitwell! Ich muß sie
selbst zurückholen, und mich noch glücklich schätzen,
wenn ich aus dem Verführer nur meinen Sohn machen
kann. Denn wer weiß, ob er seine Marwoods und seine
übrigen Creaturen eines Mädchens wegen wird aufgeben wollen, das seinen Begierden nichts mehr zu verlangen übrig gelassen hat, und die fesselnden Künste einer
Buhlerin so wenig versteht?

WAITWELL Nun, Sir, das ist wohl nicht möglich, daß ein
Mensch so gar böse sein könnte –

SAMPSON Der Zweifel, guter Waitwell, macht deiner Tugend Ehre. Aber warum ist es gleichwohl wahr, daß sich
die Grenzen der menschlichen Bosheit noch viel weiter
erstrecken? – Geh nur jetzt und tue was ich dir gesagt
habe. Gieb auf alle ihre Mienen Acht, wenn sie meinen
Brief lesen wird. In der kurzen Entfernung von der Tu- In der kurzen
Zeit seit Saras
Sündenfall
gend*, kann sie die Verstellung noch nicht gelernt haben,
zu deren Larven* nur das eingewurzelte Laster seine Zu- Masken
flucht nimmt. Du wirst ihre ganze Seele in ihrem Gesichte lesen. Laß dir ja keinen Zug entgehen, der etwa
eine Gleichgültigkeit gegen mich, eine Verschmähung
ihres Vaters, anzeigen könnte. Denn wenn du diese unglückliche Entdeckung machen solltest, und wenn sie

mich nicht mehr liebt, so hoffe ich, daß ich mich endlich werde überwinden können, sie ihrem Schicksale zu überlassen. Ich hoffe es, Waitwell – Ach wenn nur hier kein Herz schlüge, daß dieser Hoffnung widerspricht.

Sie gehen beide auf verschiedenen Seiten ab. 5

Zweiter Auftritt.

Das Zimmer der Sara.
Miß Sara. Mellefont.

MELLEFONT Ich habe Unrecht getan, liebste Miß, daß ich Sie wegen des vorigen Briefes in einer kleinen Unruhe 10
ließ.

SARA Nein doch, Mellefont; ich bin deswegen ganz und gar nicht unruhig gewesen. Könnten Sie mich denn nicht lieben, wenn Sie noch Geheimnisse vor mir hätten?

MELLEFONT Sie glauben also doch, daß es ein Geheimnis 15
gewesen sei?

SARA Aber keines, das mich angeht. Und das muß mir genug sein.

MELLEFONT Sie sind allzugefällig. Doch erlauben Sie mir, daß ich ihnen dieses Geheimnis gleichwohl entdecke. Es 20
waren einige Zeilen von einer Anverwandtin, die meinen hiesigen Aufenthalt erfahren hat. Sie geht auf ihrer Reise nach London hier durch, und will mich sprechen. Sie hat zugleich um die Ehre ersucht, Ihnen ihre Aufwartung machen zu dürfen. 25

SARA Es wird mir allezeit angenehm sein, Mellefont, die würdigen Personen ihrer Familie kennen zu lernen. Aber, überlegen Sie es selbst, ob ich schon, ohne zu erröten, einer derselben unter die Augen* sehen darf.

in die Augen

MELLEFONT Ohne zu erröten? Und worüber? Darüber, 30

Dritter Aufzug.

daß Sie mich lieben? Es ist wahr, Miß, Sie hätten ihre Liebe einem Edlern, einem Reichern schenken können. Sie müssen sich schämen, daß Sie ihr Herz nur um ein Herz haben geben wollen, und daß Sie bei diesem Tau-
5 sche ihr Glück so weit aus den Augen gesetzt.

SARA Sie werden es selbst wissen, wie falsch Sie meine Worte erklären.

MELLEFONT Erlauben Sie, Miß; wenn ich sie falsch er-kläre, so können sie gar keine Bedeutung haben.

10 SARA Wie heißt ihre Anverwandte?

MELLEFONT Es ist – ⌈Lady Solmes⌉. Sie werden den Namen von mir schon gehört haben.

SARA Ich kann mich nicht erinnern.

MELLEFONT Darf ich bitten, daß Sie ihren Besuch annehmen-
15 men wollen?

SARA Bitten, Mellefont? Sie können mir es ja befehlen.

MELLEFONT Was für ein Wort! – Nein, Miß, Sie soll das Glücke nicht haben, Sie zu sehen. Sie wird es betauren*; [bedauern] aber sie muß es sich gefallen lassen. Miß Sara hat ihre
20 Ursachen, die ich auch, ohne sie zu wissen, verehre.

SARA Mein Gott, wie schnell sind Sie, Mellefont. Ich werde die Lady erwarten; und mich der Ehre ihres Besuchs, so [so viel wie] viel möglich*, würdig zu erzeigen suchen. Sind Sie zu- [möglich] frieden?

25 MELLEFONT Ach, Miß, lassen Sie mich meinen Ehrgeiz ge-stehen. Ich möchte gern gegen die ganze Welt* mit Ihnen [der ganzen] prahlen. Und wenn ich auf den Besitz einer solchen Per- [Welt gegen-] son nicht eitel wäre, so würde ich mir selbst vorwerfen, [über] daß ich den Wert derselben nicht zu schätzen wüßte. Ich
30 gehe und bringe die Lady sogleich zu Ihnen.
gehet ab.

SARA *allein:* Wenn es nur keine von den stolzen Weibern ist, die voll von ihrer Tugend, über alle Schwachheiten erhaben zu sein glauben. Sie machen uns mit einem ein-
35 zigen verächtlichen Blicke den Proceß, und ein zweideu-

tiges Achselzucken ist das ganze Mitleiden, das wir ihnen zu verdienen scheinen.

Dritter Auftritt.

Waitwell. Sara.

hinter den
Kulissen

BETTY *zwischen der Scene**: Nur hier herein, wenn er   5
selbst mit ihr sprechen muß.

SARA *die sich umsieht.* Wer muß selbst mit mir sprechen? –
Wen seh ich? Ist es möglich? Waitwell, dich?

WAITWELL Was für ein glücklicher dann bin ich, daß ich
endlich unsere Miß Sara wieder sehe!   10

SARA Gott, was bringst du! Ich höre es schon, ich höre es
schon, du bringest mir die Nachricht von dem Tode meines Vaters! Er ist hin, der vortrefflichste Mann, der beste

Er ist tot   Vater! Er ist hin*, und ich, ich bin die Elende, die seinen
beschleunigt   Tod beschleiniget* hat.   15

WAITWELL Ach, Miß –

schnell   SARA Sage mir, geschwind* sage mir, daß die letzten Augenblicke seines Lebens ihm durch mein Andenken
nicht schwerer wurden; daß er mich vergessen hatte;
daß er eben so ruhig starb, als er sich sonst in meinen   20
Armen zu sterben versprach; daß er sich meiner auch
nicht einmal in seinem letzten Gebete erinnerte –

WAITWELL Hören sie doch auf, sich mit so falschen Vorstellungen zu plagen! Er lebt ja noch, ihr Vater; er lebt ja
noch, der rechtschaffne Sir Sampson.   25

SARA Lebt er noch? Ist es wahr, lebt er noch? O daß er
noch lange leben, und glücklich leben möge! O daß ihm
Gott die Hälfte meiner Jahre zulegen wolle! Die
Hälfte? – Ich Undankbare, wenn ich ihm nicht mit allen,
so viel mir deren bestimmt sind, auch nur einige Augen-   30

blicke zu erkaufen bereit bin! Aber nun sage mir wenigstens, Waitwell, daß es ihm nicht hart fällt, ohne mich zu leben; daß es ihm leicht geworden ist, eine Tochter aufzugeben, die ihre Tugend so leicht aufgeben können; daß ihm meine Flucht erzürnet, aber nicht gekränkt habe; daß er mich verwünsche, aber nicht betaure*. bedauere

WAITWELL Ach, Sir Sampson ist noch immer der zärtliche Vater, so wie sein Sarchen noch immer die zärtliche Tochter ist, die sie beide gewesen sind.

SARA Was sagst du? Du bist ein Bote des Unglücks, des schrecklichsten Unglücks unter allen, die mir meine feindselige Einbildung jemals vorgestellet hat! Er ist noch der zärtliche Vater? So liebt er mich ja noch? So muß er mich ja beklagen? Nein, nein, das tut er nicht; das kann er nicht tun! Siehst du denn nicht, wie unendlich jeder Seufzer, den er um mich verlöre, meine Verbrechen vergrößern würde? Müßte mir nicht die Gerechtigkeit des Himmels jede seiner Tränen, die ich ihm auspreßte, so anrechnen, als ob ich bei jeder derselben mein Laster und meinen Undank wiederholte? Ich erstarre über diesen Gedanken. Tränen koste ich ihm? Tränen? Und es sind andre Tränen, als Tränen der Freude? – Widersprich mir doch, Waitwell! Aufs höchste* hat er einige leichte Regungen des Bluts für mich gefühlet; einige von den geschwind überhin gehenden* Regungen, welche die kleinste Anstrengung der Vernunft besänftiget. Zu Tränen hat er es nicht kommen lassen. Nicht wahr, Waitwell, zu Tränen hat er es nicht kommen lassen? Höchstens vorübergehenden

WAITWELL *indem er sich die Augen wischt:* Nein, Miß, darzu hat er es nicht kommen lassen –

SARA Ach, dein Mund sagt nein; und deine eigenen Tränen sagen ja.

WAITWELL Nehmen Sie diesen Brief. Miß; er ist von ihm selbst.

SARA Von wem? Von meinem Vater? An mich?

WAITWELL Ja, nehmen Sie ihn nur; Sie werden mehr daraus
sehen können, als ich zu sagen vermag. Er hätte einem
andern, als mir dieses Geschäfte auftragen sollen. Ich
versprach mir Freude davon; aber Sie verwandeln mir   5
diese Freude in Betrübnis –

SARA Gieb nur, ehrlicher Waitwell – Doch nein, ich will
ihn nicht eher nehmen, als bis du mir sagst, was ohngefehr* darin enthalten ist.

WAITWELL Was kann darin enthalten sein? Liebe und Ver-   10
gebung.

SARA Liebe? Vergebung?

WAITWELL Und vielleicht ein aufrichtiges Betauren, daß er
die Rechte der väterlichen Gewalt gegen ein Kind brauchen wollen, für welches nur die Vorrechte der väterli-   15
chen Huld* sind.

SARA So behalte nur, deinen grausamen Brief!

WAITWELL Grausamen? fürchten Sie nichts; Sie erhalten
völlige Freiheit über ihr Herz und ihre Hand.

SARA Und das ist es eben was ich fürchte. Einen Vater, wie   20
ihn, zu betrüben; darzu habe ich noch den Mut gehabt.
Allein ihn durch eben diese Betrübnis, ihn durch seine
Liebe, der ich entsagt, dahin gebracht zu sehen, daß er
sich alles gefallen läßt, wozu mich eine unglückliche Leidenschaft verleitet, das Waitwell, das würde ich nicht   25
ausstehen. Wenn sein Brief alles enthielte, was ein auf-
gebrachter Vater, in solchem Falle heftiges und hartes,
vorbringen kann, so würde ich ihn zwar mit Schauer*
lesen, aber ich würde ihn doch lesen können. Ich würde
gegen seinen Zorn noch einen Schatten von Verteidi-   30
gung aufzubringen wissen, um ihn durch diese Verteidi-
gung, wo möglich, noch zorniger zu machen. Meine
Beruhigung wäre alsdann diese, daß bei einem gewalt-
samen Zorne kein wehmütiger Gram* Raum haben
könne, und daß sich jener endlich glücklich in eine bit-   35

ungefähr

Gunst, Wohl-
wollen

Druckfehler,
1772 korr. zu:
Schauder

starker, lang
andauernder
Kummer

tere Verachtung gegen mich verwandeln werde. Wen man aber verachtet, um den bekümmert man sich nicht mehr. Mein Vater wäre wieder ruhig, und ich dürfte mir nicht vorwerfen, ihm* auf immer unglücklich gemacht zu haben.

ihn (vmtl. Druckfehler)

WAITWELL Ach Miß, Sie werden sich diesen Vorwurf noch weniger machen dürfen, wenn Sie jetzt seine Liebe wieder ergreifen, die ja alles vergessen will.

SARA Du irrst dich, Waitwell. Sein sehnliches Verlangen nach mir, verführt ihn vielleicht, zu allen ja zu sagen? Kaum aber würde dieses Verlangen ein wenig beruhiget sein, so würde er sich, seiner Schwäche wegen, vor sich selbst schämen. Ein finstrer Unwille würde sich seiner bemeistern, und er würde mich nie ansehen können, ohne mich heimlich anzuklagen, wie viel ich ihm abzutrotzen, mich unterstanden habe. Ja, wenn es in meinem Vermögen stünde, ihm bei der äußersten Gewalt, die er sich meinetwegen antut, das bitterste zu ersparen; wenn in dem Augenblicke, da er mir alles erlauben wollte, ich ihm alles aufopfern könnte: so wäre es ganz etwas anders. Ich wollte den Brief mit Vergnügen von deinen Händen nehmen, die Stärke der väterlichen Liebe darinne bewundern, und ohne sie zu mißbrauchen, mich als eine reuende* und gehorsame Tochter zu seinen Füßen werfen. Aber kann ich das? Ich würde es tun müssen, was er mir erlaubte, ohne mich daran zu kehren, wie teuer ihm diese Erlaubnis zu stehen komme. Und wenn ich dann am vergnügtesten darüber sein wollte, würde es mir plötzlich einfallen, daß er mein Vergnügen äußerlich nur zu teilen scheine, und in sich vielleicht seufze; kurz, daß er mich mit Entsagung seiner eignen Glückseligkeit glücklich gemacht habe – Und es auf diese Art zu sein wünschen, trauest du mir das wohl zu, Waitwell? –

bereuende

WAITWELL Gewiß ich weiß nicht, was ich hierauf antworten soll –

SARA Es ist nichts darauf zu antworten. Bringe deinen
Brief also nur wieder zurück. Wenn mein Vater durch
mich unglücklich sein muß; so will ich selbst auch unglücklich bleiben. Ganz allein ohne ihm unglücklich zu
sein, das ist es, was ich jetzt stündlich von dem Himmel   5
bitte; glücklich aber ohne ihm ganz allein zu sein, davon
will ich durchaus nichts wissen.

WAITWELL *etwas bei Seite:* Ich glaube wahrhaftig, ich
werde das gute Kind hintergehen müssen, damit es den
Brief doch nur lieset.   10

SARA Was sprichst du da vor dich?

WAITWELL Ich sage mir selbst, daß ich einen sehr unge-
schickten Einfall gehabt hätte, Sie, Miß, zur Lesung des
Briefes desto geschwinder zu vermögen*.

SARA Wie so?   15

WAITWELL Ich konnte so weit nicht denken. Sie überlegen
freilich alles genauer, als es unser einer kann. Ich wollte
Sie nicht erschrecken; der Brief ist vielleicht nur allzu-
hart; und wenn ich gesagt habe, daß nichts als Liebe und
Vergebung darin enthalten sei, so hätte ich sagen sollen,   20
daß ich nichts als dieses darin enthalten zu sein
wünschte.

SARA Ist das wahr? – Nun so gieb mir ihn her. Ich will ihn
lesen. Wenn man den Zorn eines Vaters unglücklicher
Weise verdient hat, so muß man wenigstens gegen diesen   25
väterlichen Zorn so viel Achtung haben, daß er ihn nach
allen Gefallen gegen uns auslassen kann. Ihn zu vereiteln
suchen, heißt Beleidigungen mit Geringschätzigkeit
häufen. Ich werde ihn nach aller seiner Stärke empfinden. Du siehst, ich zittre schon – Aber ich soll auch zit-   30
tern; und ich will lieber zittern, als weinen – *sie erbricht*
den Brief: Nun ist er erbrochen! Ich bebe – Aber was seh
ich? *sie lieset:* »Einzige geliebteste Tochter!« – Ha, du
alter Betrieger*! Ist das die Anrede eines zornigen Vaters? Geh, weiter werde ich nicht lesen –   35

WAITWELL Ach, Miß, verzeihen Sie doch einem alten
Knechte. Ja gewiß, ich glaube es ist in meinem Leben das
erstemal, daß ich mit Vorsatz betrogen habe. Wer einmal
betriegt, Miß, und aus einer so guten Absicht betrieget,
5   der ist ja deswegen noch kein alter Betrieger. Das geht
mir nahe, Miß. Ich weiß wohl, die gute Absicht ent-
schuldigt nicht immer; aber was konnte ich denn tun?
Einem so guten Vater seinen Brief ungelesen wieder zu
bringen? Das kann ich nimmermehr. Eher will ich ge-
10   hen, so weit mich meine alten Beine tragen, und ihm nie
wieder vor die Augen kommen.
SARA Wie? Auch du willst ihn verlassen?
WAITWELL Werde ich denn nicht müssen, wenn Sie den
Brief nicht lesen? Lesen Sie ihn doch immer. Lassen Sie
15   doch immer den ersten vorsätzlichen Betrug, den ich mir
vorzuwerfen habe, nicht ohne gute Wirkung bleiben. Sie
werden ihn desto eher vergessen, und ich werde mir ihn
desto eher vergeben können. Ich bin ein gemeiner* ein-   gewöhnlicher,
fältiger Mann, der Ihnen ihre Ursachen, warum sie den   einfacher
20   Brief nicht lesen können, oder wollen, freilich so muß
gelten lassen. Ob sie wahr sind, weiß ich nicht; aber so
recht natürlich scheinen sie mir wenigstens nicht. Ich
dächte nun so, Miß; ein Vater, dächte ich, ist doch im-
mer ein Vater; und ein Kind kann wohl einmal fehlen*, es   einen Fehltritt
25   bleibt deswegen doch ein gutes Kind. Wenn der Vater   begehen
den Fehler verzeiht, so kann ja das Kind sich wohl wieder so aufführen, daß er auch gar nicht mehr daran denken darf. Und wer erinnert sich denn gern an etwas,
wovon er lieber wünscht, es wäre gar nicht geschehen?
30   ⌜Es ist, Miß, als ob Sie nur immer an ihren Fehler däch-
ten, und glaubten, es wäre genug, wenn Sie den in ihrer
Einbildung vergrößerten, und sich selbst mit solchen
vergrößerten Vorstellungen marterten. Aber ich sollte
meinen, Sie müßten auch daran denken, wie Sie das, was
35   geschehen ist, wieder gut machten.⌝ Und wie wollen Sie

es denn wieder gut machen, wenn Sie sich selbst alle
Gelegenheit dazu benehmen? Kann es Ihnen denn sauer
werden, den andern Schritt zu tun, wenn so ein lieber
Vater, schon den ersten getan hat?

SARA ⌜Was für Schwerter gehen aus deinem einfältigen 5
Munde in mein Herz!⌝ – Eben das kann ich nicht aushalten, daß er den ersten Schritt tun muß. Und was willst
du denn? Tut er denn nur den ersten Schritt? Er muß sie
alle tun; ich kann ihm keinen entgegen tun. So weit ich
mich von ihm entfernet, so weit muß er sich zu mir herab 10
lassen. Wenn er mir vergiebt, so muß er mein ganzes
Verbrechen vergeben, und sich noch darzu gefallen lassen, die Folgen desselben vor seinen Augen fortdauern*
zu sehen. Ist das von einem Vater zu verlangen?

WAITWELL Ich weiß nicht, Miß, ob ich dieses so recht ver- 15
stehe. Aber ⌜mich deucht⌝, Sie wollen sagen, er müsse
Ihnen gar zu viel vergeben, und weil ihm das nicht anders, als sehr sauer werden könne, so machten Sie sich
ein Gewissen, seine Vergebung anzunehmen. Wenn Sie
das meinen, so sagen Sie mir doch, ist denn nicht das 20
Vergeben für ein gutes Herz ein Vergnügen? Ich bin in
meinem Leben so glücklich nicht gewesen, daß ich dieses Vergnügen oft empfunden hätte. Aber der wenigen-
male, die ich es empfunden habe, erinnere ich mich noch
immer gern. Ich fühlte so etwas sanftes, so etwas beru- 25
higendes, so etwas himmlisches dabei, daß ich mich
nicht entbrechen konnte*, an die große unüberschweng-
liche Seligkeit Gottes zu denken, dessen ganze Erhaltun-
gen der elenden Menschen ein immerwährendes Vergeben ist. Ich wünschte mir, alle Augenblicke verzeihen 30
zu können, und schämte mich, daß ich nur solche Klei-
nigkeiten zu verzeihen hatte. Rechte schmerzhafte Beleidigungen, rechte tödliche Kränkungen zu vergeben,
sagte ich zu mir selbst, muß eine Wollust sein, in der die
ganze Seele zerfließt. – Und nun, Miß, wollen Sie denn 35
so eine große Wollust ihrem Vater nicht gönnen?

fortdauern

mich nicht
enthalten
konnte

SARA Ach! – Rede weiter, Waitwell, rede weiter!

WAITWELL Ich weiß wohl, es giebt eine Art von Leuten, die nichts ⌜ungerner⌝, als Vergebung annehmen, und zwar, weil sie keine zu erzeigen gelernt haben. Es sind stolze
5 unbiegsame Leute, die durchaus nicht gestehen wollen, daß sie unrecht getan. Aber von der Art, Miß, sind Sie nicht. Sie haben das liebreichste und zärtlichste Herz, das die beste ihres Geschlechts nur haben kann. Ihren Fehler erkennen* Sie auch. Woran liegt es denn nun also
10 noch? – Doch verzeihen Sie mir nur, Miß, ich bin ein alter Plauderer, und hätte es gleich merken sollen, daß ihr Weigern nur eine rühmliche Besorgnis, nur eine tugendhafte Schüchternheit sei. Leute, die eine große Wohltat gleich, ohne Bedenken, annehmen können, sind
15 der Wohltat selten würdig. Die sie am meisten verdienen, haben auch immer das meiste Mißtrauen gegen sich selbst. Doch muß das Mißtrauen nicht über sein Ziel getrieben werden –

SARA Lieber alter Vater, ich glaube du hast mich überre-
20 det.

WAITWELL Ach Gott, wenn ich so glücklich gewesen bin, so muß mir ein guter Geist haben reden helfen. Aber nein, Miß, meine Reden haben dabei nichts getan, als daß sie Ihnen Zeit gelassen, selbst nachzudenken, und
25 sich von einer so fröhlichen Bestürzung zu erholen. – Nicht wahr, nun werden Sie den Brief lesen? O lesen Sie ihn doch gleich!

SARA Ich will es tun, Waitwell – Welche Bisse, welche Schmerzen werde ich fühlen –

30 WAITWELL Schmerzen, Miß, aber angenehme Schmerzen.

SARA Sei still! *sie fängt an vor sich zu lesen.*

WAITWELL *bei Seite:* O wenn er sie selbst sehen sollte!

SARA *nachdem sie einige Augenblicke gelesen:* Ach Waitwell, was für ein Vater! Er nennt meine Flucht eine Ab-
35 wesenheit. Wie viel sträflicher wird sie durch dieses ge-

1772 korr. zu: bekennen

linde Wort! *sie lieset weiter und unterbricht sich wieder:*
Höre doch! Er schmeichelt sich, ich würde ihn noch lieben. Er schmeichelt sich! *lieset und unterbricht sich:* Er
bittet mich – Er bittet mich? Ein Vater seine Tochter?
Seine strafbare Tochter? Und was bittet er mich denn? – 5

für sich *lieset vor sich**: Er bittet mich, seine übereilte Strenge zu
vergessen, und ihn mit meiner Entfernung nicht länger
zu strafen. Übereilte Strenge! – Zu strafen! – *lieset wieder und unterbricht sich:* Noch mehr! Nun dankt er mir
gar, und dankt mir, daß ich ihm Gelegenheit gegeben, 10
den ganzen Umfang der väterlichen Liebe kennen zu lernen. Unselige Gelegenheit! Wenn er doch nur auch
sagte, daß sie ihm zugleich den ganzen Umfang des kindlichen Ungehorsams habe kennen lernen! *sie lieset wieder:* Nein, er sagt es nicht! Er gedenkt meines Verbre- 15
chens nicht mit einem Buchstaben. *Sie fährt weiter fort
vor sich zu lesen:* Er will kommen, und seine Kinder
selbst zurückholen. Seine Kinder, Waitwell! Das geht
über alles! – Habe ich auch recht gelesen? *sie lieset wieder vor sich:* – Ich möchte vergehen! Er sagt, derjenige 20
verdiene nur allzuwohl sein Sohn zu sein, ohne welchem
er keine Tochter haben könne. – O hätte er sie nie gehabt, diese unglückliche Tochter! – Geh, Waitwell, laß
mich allein. Er verlangt eine Antwort, und ich will sie
sogleich machen. Frage in einer Stunde wieder nach. Ich 25
danke dir unterdessen für deine Mühe. Du bist ein recht-
schaffner Mann. Es sind wenig Diener die Freunde ihrer
Herren!

WAITWELL Beschämen sie mich nicht, Miß. Wenn alle Herren Sir Sampsons wären, so müßten die Diener Unmen- 30
schen sein, wenn sie nicht ihr Leben für sie lassen wollten.
geht ab.

Vierter Auftritt.

Sara.

    sie setzet sich zum schreiben nieder: Wenn man mir es
vor Jahr und Tag gesagt hätte, daß ich auf einen solchen
5 Brief würde antworten müssen! und unter solchen Umständen! – Ja, die Feder habe ich in der Hand. – Weiß ich
aber auch schon, was ich schreiben soll? Was ich denke;
was ich empfinde. – Und was denkt man denn, wenn
sich in einem Augenblicke tausend Gedanken durch-
10 kreuzen? Und was empfindet man denn, wenn das Herz,
vor lauter empfinden, in einer tiefen Betäubung liegt? –
Ich muß doch schreiben – Ich führe ja die Feder nicht das
erstemal. Nachdem sie mir schon so manche kleine
Dienste der Höflichkeit und Freundschaft abstatten hel-
15 fen; sollte mir ihre Hülfe wohl bei dem wichtigsten
Dienste entstehen*? *sie denkt ein wenig nach, und*   Hier: fehlen
schreibt darauf einige Zeilen: Das soll der Anfang sein?
Ein sehr frostiger Anfang. Und werde ich denn bei seiner
Liebe anfangen wollen? Ich muß bei meinem Verbre-
20 chen anfangen. *sie streicht aus und schreibt anders:* Daß
ich mich ja nicht zu oben hin davon ausdrücke! – ⌜Das
schämen kann überall an seiner rechten Stelle sein, nur
bei dem Bekenntnisse unsrer Fehler nicht. Ich darf mich
nicht fürchten, in Übertreibungen zu geraten, wenn ich
25 auch schon die gräßlichsten Züge anwende.⌝ – Ach,
warum muß ich nun gestört werden?

Fünfter Auftritt.

Mellefont. Marwood. Sara.

MELLEFONT Liebste Miß, ich habe die Ehre, Ihnen Lady
Solmes vorzustellen, welche eine von denen* Personen in
meiner Familie ist, welchen ich mich am meisten ver- 5
pflichtet erkenne.

von den

MARWOOD Ich muß um Vergebung bitten, Miß Sampson,
daß ich so frei bin, mich mit meinen eignen Augen von
dem Glücke eines Vetters zu überzeugen, dem ich das
vollkommenste Frauenzimmer wünschen würde, wenn 10
mich nicht gleich der erste Anblick überzeugt hätte, daß
er es in Ihnen bereits gefunden habe.

SARA Sie erzeigen mir allzuviel Ehre, Lady. Eine Schmeichelei wie diese würde mich zu allen Zeiten beschämt
haben; jetzt aber, sollte ich sie fast für einen versteckten 15
Vorwurf annehmen, wenn ich Lady Solmes nicht für viel
zu großmütig hielte, ihre Überlegenheit an Tugend und
Klugheit eine Unglückliche fühlen zu lassen.

MARWOOD *kalt:* Ich würde untröstlich sein, Miß, wenn Sie
mir andre als die freundschaftlichsten Gesinnungen zu- 20
trauten. – *bei Seite:* Sie ist schön!

MELLEFONT Und wäre es denn auch möglich, Lady, gegen
so viel Schönheit, gegen so viel Bescheidenheit gleichgültig zu bleiben? Man sagt zwar, daß einem reizenden
Frauenzimmer selten von einem andern Gerechtigkeit 25
erwiesen werde; allein dieses ist auf der einen Seite nur
von denen, die auf ihre Vorzüge allzueitel sind, und auf
der andern nur von solchen zu verstehen, welche sich
selbst keiner Vorzüge bewußt sind. Wie weit sind Sie
beide von diesem Falle entfernt! – *zur Marwood welche* 30
in Gedanken steht: Ist es nicht wahr, Lady, daß meine
Liebe nichts weniger als parteiisch gewesen ist? Ist es
nicht wahr, daß ich Ihnen zum Lobe meiner Miß viel,

aber noch lange nicht so viel gesagt habe, als sie selbst
finden? – Aber warum so in Gedanken? – *sachte zu ihr:*
Sie vergessen, wer Sie sein wollen.

MARWOOD Darf ich es sagen? – Die Bewunderung ihrer
liebsten Miß, führte mich auf die Betrachtung ihres
Schicksals. Es gieng mir nahe, daß sie die Früchte ihrer
Liebe nicht in ihrem Vaterlande genießen soll. Ich erinnerte mich, daß sie einen Vater, und wie man mir gesagt
hat, einen sehr zärtlichen Vater verlassen müßte, um die
ihrige sein zu können; und ich konnte mich nicht enthalten, ihre Aussöhnung mit ihm zu wünschen.

SARA Ach, Lady, wie sehr bin ich Ihnen für diesen Wunsch
verbunden. Er verdient es, daß ich meine ganze Freude
mit Ihnen teile. Sie können es noch nicht wissen, Mellefont, daß er erfüllt wurde, ehe Lady die Liebe für uns
hatte, ihn zu tun.

MELLEFONT Wie verstehen Sie dieses, Miß?

MARWOOD *bei Seite:* Was will das sagen?

SARA Eben jetzt habe ich einen Brief von meinem Vater
erhalten. Waitwell brachte mir ihn. Ach, Mellefont, welcher Brief!

MELLEFONT ⌜Geschwind reißen Sie mich aus meiner Unge-
wißheit. Was habe ich zu fürchten? Was habe ich zu
hoffen? Ist er noch der Vater, den wir flohen?⌝ Und wenn
er es noch ist, wird Sara die Tochter sein, die mich zärtlich genug liebt, um ihn noch weiter zu fliehen? Ach,
⌜hätte ich Ihnen gefolgt⌝, liebste Miß, so wären wir jetzt
durch ein Band verknüpft, das man aus eigensinnigen
Absichten zu trennen unterlassen müßte? In diesem Augenblicke empfinde ich alle das Unglück, das unser ent-
deckter Aufenthalt für mich nachziehen kann. – Er wird
kommen und Sie aus meinen Armen reißen. – Wie hasse
ich den Nichtswürdigen, der uns ihm verraten hat? *mit
einem zornigen Blicke gegen die Marwood.*

SARA Liebster Mellefont, wie schmeichelhaft ist diese ihre

Unruhe für mich! Und wie glücklich sind wir beide, daß
sie vergebens ist! Lesen Sie hier seinen Brief. – *gegen die
Marwood, indem Mellefont den Brief vor sich lieset:*
Lady, er wird über die Liebe meines Vaters erstaunen.
Meines Vaters? Ach, er ist nun auch der seinige.   5

MARWOOD *betroffen:* Ist es möglich?

SARA Ja wohl, Lady, haben Sie Ursache, diese Veränderung zu bewundern. Er vergiebt uns alles; wir werden
uns nun vor seinen Augen lieben; er erlaubt es uns; er
befiehlt es uns. – Wie hat diese Gütigkeit meine ganze   10
Seele durchdrungen! – Nun, Mellefont, *der ihr den Brief
wieder giebt:* Sie schweigen? O nein, diese Träne, die
sich aus ihrem Auge schleicht, sagt weit mehr, als ihr
Mund ausdrücken könnte.

MARWOOD *bei Seite:* Wie sehr habe ich mir selbst gescha-   15
det! Ich Unvorsichtige!

SARA O lassen Sie mich diese Träne von ihrer Wange küssen!

MELLEFONT Ach Miß, warum haben wir so einen göttlichen Mann betrüben müssen? Ja wohl einen göttlichen   20
Mann? denn ⌜was ist göttlicher als vergeben⌝? – Hätten
wir uns diesen glücklichen Ausgang nur als möglich vor-
stellen können? gewiß, so wollten wir ihn jetzt so ge-
waltsamen Mitteln nicht zu verdanken haben; wir wollten ihn allein unsern Bitten zu verdanken haben. Welche   25
Glückseligkeit wartet auf mich! Wie schmerzlich wird
mir aber auch die eigne Überzeugung sein, daß ich dieser
Glückseligkeit so unwert bin!

MARWOOD *bei Seite:* Und das muß ich mit anhören!

SARA Wie vollkommen rechtfertigen Sie durch solche Ge-   30
sinnungen meine Liebe gegen Sie.

MARWOOD *bei Seite:* Was für Zwang muß ich mir antun!

SARA Auch Sie, vortreffliche Lady, müssen den Brief meines Vaters lesen. Sie scheinen allzuviel Anteil an unserem
Schicksale zu nehmen, als daß Ihnen sein Inhalt gleich-   35
gültig sein könnte.

MARWOOD Mir gleichgültig, Miß? *sie nimmt den Brief*

SARA Aber, Lady, Sie scheinen noch immer sehr nachdenkend, sehr traurig –

MARWOOD Nachdenkend, Miß, aber nicht traurig.

5 MELLEFONT *bei Seite:* Himmel, wo* sie sich verrät!

SARA Und warum denn?

MARWOOD Ich zittere für Sie beide. Könnte diese un-
vermutete Güte ihres Vaters nicht eine Verstellung sein?
eine List?

10 SARA Gewiß nicht, Lady, gewiß nicht. Lesen Sie nur, und
Sie werden es selbst gestehen. Die Verstellung bleibt immer kalt, und eine so zärtliche Sprache ist in ihrem Vermögen nicht*. *Marwood lieset vor sich:* Werden Sie nicht
argwöhnisch, Mellefont, ich bitte Sie. Ich stehe Ihnen
15 dafür, daß mein Vater sich zu keiner List herablassen
kann. Er sagt nichts, was er nicht denkt, und Falschheit
ist ihm ein unbekanntes Laster.

MELLEFONT O davon bin ich vollkommen überzeugt, liebste Miß. – Man muß der Lady den Verdacht vergeben,
20 weil sie den Mann noch nicht kennt, den er trifft.

SARA *indem ihr Marwood den Brief zurücke giebt:* Was
seh ich, Lady? Sie haben sich entfärbt? Sie zittern? Was
fehlt Ihnen?

MELLEFONT *bei Seite:* In welcher Angst bin ich! Warum
25 habe ich sie auch hergebracht.

MARWOOD Es ist nichts, Miß, als ein kleiner Schwindel,
welcher vorüber gehn wird. Die Nachtluft muß mir auf
der Reise nicht bekommen sein.

MELLEFONT Sie erschrecken mich, Lady – Ist es Ihnen
30 nicht gefällig frische Luft zu schöpfen? Man erholt sich
in einem verschloßnen Zimmer nicht so leicht.

MARWOOD Wann Sie meinen, so reichen Sie mir ihren
Arm.

SARA Ich werde Sie begleiten, Lady.

35 MARWOOD Ich verbitte diese Höflichkeit, Miß. Meine
Schwachheit wird ohne Folgen sein.

SARA So hoffe ich denn Lady bald wieder zu sehen.

MARWOOD Wenn Sie erlauben, Miß – *Mellefont führt sie
ab.*

SARA *allein:* Die arme Lady! – Sie scheinet die freund- 5
schaftlichste Person zwar nicht zu sein; aber mürrisch
und stolz scheinet sie doch auch nicht. – Ich bin wieder
allein. Kann ich die wenigen Augenblicke, die ich es vielleicht sein werde, zu etwas bessern als zur Vollendung
meiner Antwort anwenden? *Sie will sich niedersetzen zu
schreiben.* 10

Sechster Auftritt.

Betty. Sara.

BETTY Das war ja wohl ein sehr kurzer Besuch.

SARA Ja, Betty. Es ist Lady Solmes; eine Anverwandte mei- 15
nes Mellefont. Es wandelte ihr gähling eine kleine
Schwachheit an.* Wo ist sie jetzt?

Es befiel sie
plötzlich eine
Schwäche.

BETTY Mellefont hat sie bis an die Türe begleitet.

SARA So ist sie ja wohl wieder fort?

BETTY Ich vermute es, – Aber je mehr ich Sie ansehe, Miß –
Sie müssen mir meine Freiheit verzeihen – je mehr finde 20
ich Sie verändert. Es ist etwas ruhiges, etwas zufriednes
in ihren Blicken. Lady muß ein sehr angenehmer Besuch,
oder der alte Mann ein sehr angenehmer Bote gewesen
sein.

SARA Das letzte, Betty, das letzte. Er kam von meinem Va- 25
ter. Was für einen zärtlichen Brief will ich dich lesen
lassen! Dein gutes Herz hat so oft mit mir geweint, nun
soll es sich auch mit mir freuen. Ich werde wieder glücklich sein, und dich für deine guten Dienste belohnen
können. 30

BETTY Was habe ich Ihnen in kurzen neun Wochen für
Dienste leisten können?

SARA Du hättest mir ihrer in meinem ganzen andern Leben
nicht mehrere* leisten können; als in diesen neun Wo- mehr
5 chen. – Sie sind vorüber! – Komm nur jetzt Betty; weil
Mellefont vielleicht wieder allein ist, so muß ich ihn
noch sprechen. Ich bekomme eben den Einfall, daß es
sehr gut sein würde, wenn er zugleich mit mir an meinen
Vater schriebe, dem seine Danksagung schwerlich uner-
10 wartet sein durfte*. Komm! 1772 korr.
Sie gehen ab. zu: dürfte

Siebender Auftritt.

Der Saal.
Sir Sampson. Waitwell.

15 SIR SAMPSON Was für ⌈Balsam⌉, Waitwell, hast du mir
durch deine Erzehlung in mein verwundetes Herz ge-
gossen! Ich lebe wieder neu auf; und ihre herannahende
Rückkehr scheint mich eben so weit zu meiner Jugend
wieder zurück zu bringen, als mich ihre Flucht näher zu
20 dem Grabe gebracht hatte. Sie liebt mich noch! Was will
ich mehr? – Geh ja bald wieder zu ihr, Waitwell. Ich
kann den Augenblick nicht erwarten, da ich sie aufs
neue in diese Arme schließen soll, die ich so sehnlich
gegen den Tod ausgestreckt hatte. Wie erwünscht wäre
25 er mir in den Augenblicken meines Kummers gewesen!
Und wie fürchterlich wird er mir in meinem neuen
Glücke sein! Ein Alter ist ohne Zweifel zu tadeln, wenn
er die Bande, die ihn noch mit der Welt verbinden, so fest
wieder zuziehet. Die endliche Trennung wird desto
30 schmerzlicher – Doch der Gott, der sich jetzt so gnädig

gegen mich erzeigt, wird mir auch diese überstehen helfen. Sollte er mir wohl eine Wohltat erweisen, um sie mir
zuletzt zu meinem Verderben gereichen zu lassen? Sollte
er mir eine Tochter wiedergeben, damit ich über seine
Abforderung aus diesem Leben murren müsse? Nein, 5
nein; er schenkt mir sie wieder, um in der letzten Stunde
nur um mich selbst besorgt sein zu dürfen. Dank sei dir,
ewige Güte! wie schwach ist der Dank eines sterblichen
Mundes! Doch bald, bald werde ich, in einer ihr geweih-
ten Ewigkeit, würdiger danken können. 10

WAITWELL Wie herzlich vergnügt es mich, Sir, Sie vor meinem Ende wieder zufrieden zu wissen! Glauben Sie mir
es nur, ich habe fast so viel bei ihrem Jammer ausge-
standen, als Sie selbst. Fast so viel; gar so viel nicht: denn
der Schmerz eines Vaters mag wohl bei solchen Gelegen- 15
heiten unaussprechlich sein.

SAMPSON Betrachte dich von nun an, mein guter Waitwell,
nicht mehr als mein Diener. Du hast es schon längst um
mich verdient, ein anständiger* Alter zu genießen. Ich
will dir es auch schaffen, und du sollst es nicht schlechter 20
haben, als ich es noch in der Welt haben werde. Ich will
allen Unterscheid zwischen uns aufheben; in jener Welt,
weißt du wohl, ist er ohnedem aufgehoben – Nur das-
mal sei noch der alte Diener, auf den ich mich nie umsonst verlassen habe. Geh, und gieb Acht, daß du mir 25
ihre Antwort sogleich bringen kannst, als* sie fertig ist.

WAITWELL Ich gehe, Sir. Aber so ein Gang ist kein Dienst,
den ich Ihnen tue. Er ist eine Belohnung, die sie mir für
meine Dienste gönnen. Ja gewiß, das ist er.
Sie gehen auf verschiedenen Seiten ab 30
Ende des dritten Aufzugs.

Vierter Aufzug.

Erster Auftritt.

Mellefonts Zimmer.
Mellefont. Sara.

5 MELLEFONT Ja, liebste Miß, ja; das will ich tun; das muß
ich tun.

SARA Wie vergnügt machen Sie mich!

MELLEFONT Ich bin es allein, der das ganze Verbrechen auf
sich nehmen muß. Ich allein, bin schuldig; ich allein muß
10 um Vergebung bitten.

SARA Nein, Mellefont, nehmen Sie mir den größern Anteil,
den ich an unserm Vergehen habe, nicht. Er ist mir teuer,
so strafbar er auch ist; denn er muß Sie überzeugt haben,
daß ich meinen Mellefont über alles in der Welt liebe. –
15 Aber ist es denn gewiß wahr, daß ich nunmehr diese
Liebe mit der Liebe gegen meinen Vater verbinden darf?
Oder befinde ich mich in einem angenehmen Traume?
Wie fürchte ich mich, ihn zu verlieren, und in meinem
alten Jammer zu erwachen! – Doch nein, ich bin nicht
20 bloß in einem Traume, ich bin wirklich glücklicher, als
ich jemals zu werden hoffen durfte; glücklicher, als es
vielleicht dieses kurze Leben zuläßt. Vielleicht erscheint
mir dieser Strahl von Glückseligkeit nur darum von
ferne, und scheinet mir nur darum schmeichelhaft näher
25 zu kommen, damit er auf einmal wieder in die dickste
Finsternis zerfließe, und mich auf einmal in einer Nacht
lasse, deren Schrecklichkeit mir durch diese kurze Er-
leuchtung erst recht fühlbar geworden. – Was für Ahndungen quälen mich! – Sind es wirklich Ahndungen,
30 Mellefont, oder sind es gewöhnliche Empfindungen, die
von der Erwartung eines unverdienten Glücks, und von

der Furcht es zu verlieren, unzertrennlich sind? – Wie
schlägt mir das Herz, und wie unordentlich* schlägt es!
Wie stark jetzt, wie geschwind! – Und nun, wie matt,
wie bänglich, wie zitternd! – Jetzt eilt es wieder, als ob es
die letztern Schläge wären, die es gern recht schnell hin- 5
tereinander tun wollte. – Armes Herz!

MELLEFONT ⌐Die Wallungen des Geblüts*, welche nichts
anders als plötzliche Überraschungen verursachen können, werden sich legen, Miß, und das Herz wird seine
Verrichtungen ruhiger fortsetzen. Keiner seiner Schläge 10
zielet auf das Zukünftige, und wir sind zu tadeln, – verzeihen Sie, liebste Sara, – wenn wir des Bluts mechanische Drückungen* zu fürchterlichen Propheten machen.⌐ – Deswegen aber will ich nichts unterlassen, was
Sie selbst zur Besänftigung dieses kleinen innerlichen 15
Sturms für dienlich halten. Ich will sogleich schreiben,
und Sir Sampson, hoffe ich, soll mit den Beteurungen
meiner Reue, mit den Ausdrückungen meines gerührten
Herzens, und mit den Angelobungen* des zärtlichen Gehorsams zufrieden sein. 20

SARA Sir Sampson? Ach Mellefont, fangen Sie doch nun
an, sich an einen weit zärtlichem Namen zu gewöhnen.
Mein Vater; ihr Vater, Mellefont –

MELLEFONT Nun ja, Miß, unser gütiger, unser bester Vater – Ich mußte sehr jung aufhören, diesen süßen Namen 25
zu nennen; sehr jung mußte ich den eben so süßen Namen, Mutter, verlernen –

SARA Sie haben ihn verlernt, und mir – mir ward es so gut
nicht, ihn nur einmal sprechen zu können. Mein Leben
war ihr Tod. – Gott! Ich ward eine Muttermörderin wi- 30
der mein Verschulden. Und wie viel fehlte – wie wenig,
wie nichts fehlte – so wäre ich auch eine Vatermörderin
geworden! Aber nicht ohn mein Verschulden; eine vorsätzliche Vatermörderin! – Und wer weiß, ob ich es nicht
schon bin? Die Jahre, die Tage, die Augenblicke, die er 35

unregelmäßig

des Blutes

Hochdruck-
phasen

Gelöbnissen,
feierlichen
Verspre-
chungen

geschwinder zu seinem Ziele kömmt, als er ohne die
Betrübnis, die ich ihm verursacht, gekommen wäre –
diese hab ich ihm, – ich habe sie ihm geraubt. Wenn ihn
sein Schicksal auch noch ⌐so alt und Lebenssatt sterben⌐
⁵ läßt, so wird mein Gewissen doch nichts gegen den Vorwurf sichern können, daß er ohne mich vielleicht noch
später gestorben wäre. Trauriger Vorwurf, den ich mir
ohne Zweifel nicht machen dürfte, wenn eine zärtliche
Mutter die Führerin meiner Jugend gewesen wäre! Ihre
¹⁰ Lehren, ihr Exempel würden mein Herz – So zärtlich
blicken Sie mich an, Mellefont? Sie haben Recht; eine
Mutter würde mich vielleicht mit lauter Liebe tyran-
nisiert haben, und ich würde Mellefonts nicht sein.
⌐Warum wünsche ich mir denn also das, was mir das
¹⁵ weisere Schicksal nur aus Güte versagte? Seine Fügungen sind immer die besten.⌐ Lassen Sie uns nur das recht
brauchen, was es uns schenkt; einen Vater, der mich
noch nie nach einer Mutter seufzen lassen; ein Vater, der
auch Sie ungenossene Eltern will vergessen lehren. Wel-
²⁰ che schmeichelhafte Vorstellung! Ich verliebe mich
selbst darein und vergesse es fast, daß in dem Innersten
sich noch etwas regt, das ihm keinen Glauben beimessen
will. – Was ist es, dieses rebellische Etwas?

MELLEFONT Dieses Etwas, liebste Sara, wie Sie schon
²⁵ selbst gesagt haben, ist eine natürliche furchtsame
Schwierigkeit, sich in ein großes Glück zu finden. – Ach,
ihr Herz machte weniger Bedenken, sich unglücklich zu
glauben, als es jetzt, zu seiner eigenen Pein, macht, sich
für glücklich zu halten! – Aber wie dem, der in einer
³⁰ schnellen Kreisbewegung drehend geworden, auch da
noch, wenn er schon wieder stille sitzt, die äußern Gegenstände mit ihn* herum zu gehen scheinen; so wird   mit ihm
auch das Herz, das zu heftig erschüttert worden, nicht
auf einmal wieder ruhig. Es bleibet eine zitternde Be-
³⁵ bung oft noch lange zurück, die wir ihrer eigenen Ab-
schwächung überlassen müssen.

SARA Ich glaube es, Mellefont; ich glaube es; weil Sie es sagen; weil ich es wünsche. – Aber lassen Sie uns einer den andern nicht länger aufhalten. Ich will gehen, und meinen Brief vollenden. Ich darf doch auch den ihrigen lesen, wenn ich Ihnen den meinigen werde gezeigt ha- 5 ben?

MELLEFONT Jedes Wort soll ihrer Beurteilung unterworfen sein; nur das nicht, was ich zu ihrer Rettung sagen muß; denn ich weiß es, Sie halten sich nicht für so unschuldig als Sie sind. *indem er die Sara bis an die Scene begleitet.* 10

Zweiter Auftritt.

Mellefont.

> *nachdem er einigemal tiefsinnig auf und nieder gegangen:* Was für ein Rätsel bin ich mir selbst! Wofür soll ich mich halten? Für einen Toren? Oder für einen Böse- 15 wicht? Oder für beides? – Herz, was für ein Schalk* bist du! – Ich liebe den Engel, so ein Teufel ich auch sein mag. – Ich liebe ihn? Ja, gewiß, gewiß ich liebe ihn. Ich weiß, ich wollte tausend Leben für sie aufopfern, für sie, die mir ihre Tugend aufgeopfert hat! Ich wollte es; jetzt 20 gleich ohne Anstand wollte ich es – Und doch, doch – Ich erschrecke, mir es selbst zu sagen – Und doch – Wie soll ich es begreifen? – Und doch fürchte ich mich für den Augenblick, der sie auf ewig vor dem Angesichte der Welt zu der meinigen machen wird. – Er ist nun nicht zu 25 vermeiden; denn der Vater ist versöhnt. Auch weit hinaus werde ich ihn nicht schieben können. Die Verzögerung desselben hat mir schon schmerzhafte Vorwürfe genug zugezogen. So schmerzhaft sie aber waren, so waren sie mir doch erträglicher, als der melancholische 30

Gedanke, auf Zeit Lebens gefesselt zu sein. – Aber bin ich es denn nicht schon? – Ich bin es freilich, und bin es mit Vergnügen. – Freilich bin ich schon ihr Gefangener – Was will ich also? – Das! – Jetzt bin ich ein Gefangener, den man auf sein Wort frei herum gehen läßt – Das schmeichelt! Warum kann es dabei nicht sein Bewenden haben? Warum muß ich eingeschmiedet werden, und auch so gar den elenden Schatten der Freiheit entbehren? – Eingeschmiedet? Nichts anders! – Sara Sampson meine Geliebte! Wie viel Seligkeiten liegen in diesen Worten! – Sara Sampson meine Ehegattin! – Die Hälfte dieser Seligkeiten ist verschwunden! Und die andre Hälfte – wird verschwinden. – Ich Ungeheuer! – Und bei diesen Gesinnungen soll ich an ihren Vater schreiben? – Doch es sind keine Gesinnungen; Es sind Einbildungen! Vermaledeite Einbildungen, die mir durch ein zügelloses Leben so natürlich geworden! Ich will ihrer los werden, oder – nicht leben.

Dritter Auftritt.

Norton. Mellefont.

MELLEFONT Du störst mich, Norton –

NORTON Verzeihen Sie also, mein Herr – *indem er wieder zurück gehen will.*

MELLEFONT Nein, nein, bleib da. Es ist eben so gut, daß du mich störst. Was willst du?

NORTON Ich habe von Betty eine sehr freudige Neuigkeit gehört, und ich komme Ihnen dazu Glück zu wünschen –

MELLEFONT Zur Versöhnung des Vaters doch wohl? Ich danke dir.

NORTON Der Himmel will Sie also noch glücklich machen –

MELLEFONT Wenn er es will – du siehst, Norton, ich lasse mir Gerechtigkeit widerfahren – so will er mir es meinetwegen gewiß nicht. 5

NORTON Nein, wenn Sie dieses erkennen, so will er es auch ihretwegen.

MELLEFONT Meiner Sara wegen, einzig und allein meiner Sara wegen. ⌜Wollte seine schon gerüstete Rache eine ganze sündige Stadt weniger Gerechten wegen ver- 10 schonen⌝; so kann er ja wohl auch einen Verbrecher dulden, wenn eine ihm gefällige Seele an dem Schicksale desselben Anteil nimmt.

NORTON Sie sprechen sehr ernsthaft und rührend. Aber drückt sich die Freude nicht etwas anders aus? 15

MELLEFONT Die Freude, Norton? Sie ist nun für mich dahin.

NORTON Darf ich frei reden? *indem er ihn scharf ansieht.*

MELLEFONT Du darfst.

NORTON Der Vorwurf, den ich an dem heutigen Morgen 20 von Ihnen hören mußte, daß ich mich ihrer Verbrechen teilhaft gemacht, weil ich dazu geschwiegen, mag mich bei Ihnen entschuldigen, wenn ich von nun an seltner schweige.

MELLEFONT Nur vergiß nicht, wer du bist. 25

NORTON Ich will es nicht vergessen, daß ich ein Bedienter bin. Ein Bedienter, der auch etwas bessers sein könnte, wenn er, leider, darnach gelebt hätte. Ich bin ihr Bedienter, ja; aber nicht auf den Fuß*, daß ich mich gern mit Ihnen möchte verdammen lassen. 30

MELLEFONT Mit mir! Und warum sagst du das jetzt?

NORTON Weil ich nicht wenig erstaune, Sie anders zu finden, als ich mir vorstellte –

MELLEFONT Willst du mich nicht wissen lassen, was du dir vorstelltest? 35

1772
korr. zu:
dem Fuße

NORTON Sie in lauter Entzückung zu finden.

MELLEFONT ⌜Nur der Pöbel wird gleich außer sich gebracht, wenn ihn das Glück einmal anlächelt.⌝

NORTON Vielleicht, weil der Pöbel noch sein Gefühl hat,
5 das bei Vornehmern durch tausend unnatürliche Verstellungen ⌜verderbt⌝ und geschwächt wird. – Allein in ihrem Gesichte ist noch etwas anders als Mäßigung zu lesen. – Kaltsinn, Unentschlossenheit, Widerwille –

MELLEFONT Und wenn auch? Hast du es vergessen, wer
10 noch außer der Sara hier ist? Die Gegenwart der Marwood –

NORTON Könnte Sie wohl besorgt, aber nicht niedergeschlagen machen. – Sie beunruhigt etwas anders. Und ich will mich gern geirret haben, wenn Sie es nicht lieber
15 gesehen hätten, der Vater wäre noch nicht versöhnt. Die Aussicht in einen Stand*, der sich so wenig zu ihrer Denkungsart schickt –

Hier: Ehestand

MELLEFONT Norton, Norton, du mußt ein erschrecklicher, Bösewicht entweder gewesen sein, oder noch sein,
20 daß du mich so erraten kannst. Weil du es getroffen hast, so will ich es nicht leugnen. Es ist wahr; so gewiß es ist, daß ich meine Sara ewig lieben werde; so wenig will es mir ein, daß ich sie ewig lieben soll – Soll! – Aber besorge nichts, ich will über diese närrische Grille siegen. Oder
25 meinst du nicht, daß es eine Grille ist? Wer heißt mich, die Ehe als einen Zwang ansehen? Ich wünsche es mir ja nicht, freier zu sein, als sie mich lassen wird.

NORTON Diese Betrachtungen sind sehr gut. Aber Marwood, Marwood wird ihren alten Vorurteilen zu Hülfe
30 kommen, und ich fürchte, ich fürchte –

MELLEFONT Was nie geschehen wird. Du sollst sie noch heute nach London zurückreisen sehen. Da ich dir meine geheimste – Narrheit will ich es nur unterdessen*

vorläufig

nennen – gestanden habe, so darf ich dir auch nicht verbergen, daß ich die Marwood in solche Furcht gejagt habe, daß sie sich durchaus nach meinem geringsten Winke bequemen muß.

NORTON Sie sagen mir etwas unglaubliches.

MELLEFONT Sieh, dieses Mördereisen riß ich ihr aus der Hand, *er zeigt ihm den Dolch, den er der Marwood genommen:* als sie mir in der schrecklichsten Wut das Herz damit durchstoßen wollte. Glaubst du es nun bald, daß ich ihr festen Obstand gehalten* habe? Anfangs zwar fehlte es nicht viel, sie hätte mir ihre Schlinge wieder um den Hals geworfen. Die Verräterin hat Arabellen bei sich.

Widerstand entgegen-gesetzt

NORTON Arabellen?

MELLEFONT Ich habe es noch nicht untersuchen können, durch welche List sie das Kind wieder in ihre Hände bekommen. Genug der Erfolg fiel für sie nicht so aus, als sie es ohne Zweifel gehofft hatte.

NORTON Erlauben Sie, daß ich mich über ihre Standhaftigkeit freuen und ihre Besserung schon für halb geborgen* halten darf. Allein – da Sie mich doch alles wollen wissen lassen – was hat sie unter dem Namen der Lady Solmes hier gesollt?

gesichert

MELLEFONT Sie wollte ihre Nebenbuhlerin mit aller Gewalt sehen. Ich willigte in ihr Verlangen, Teils aus Nachsicht, Teils aus Übereilung, Teils aus Begierde, sich durch den Anblick der besten ihres Geschlechts zu demütigen. – Du schüttelst den Kopf, Norton? –

NORTON Das hätte ich nicht gewagt.

MELLEFONT Gewagt? Eigentlich wagte ich nichts mehr dabei, als ich im Falle der Weigerung gewagt hätte. Sie würde als Marwood vorzukommen gesucht haben; und das schlimmste, was bei ihrem unbekannten Besuche zu besorgen steht, ist nichts schlimmres.

NORTON Danken Sie dem Himmel, daß er so ruhig abgelaufen.

1772 korr. zu: Es

MELLEFONT Er* ist noch nicht ganz vorbei, Norton. Es

stieß ihr eine kleine Unbäßlichkeit* zu, daß sie sich, ohne   Unpässlichkeit
Abschied zu nehmen, wegbegeben mußte. Sie will wie-
derkommen. – Mag sie doch. Die Wespe, die den Stachel
verloren hat, *indem er auf den Dolch weiset, den er wie-*
5 *der in den Busen steckt:* kann doch weiter nichts als
summen. Aber auch das Summen soll ihr teuer werden,
wenn sie zu überlästig* damit wird. – Hör ich nicht je-   lästig
mand kommen? Verlaß mich, wenn Sie es ist. – Sie ist es.
Geh!
10 *Norton geht ab.*

Vierter Auftritt.

Mellefont. Marwood.
MARWOOD Sie sehen mich ohne Zweifel sehr ungern wie-
derkommen.
15 MELLEFONT Ich sehe es sehr gern, Marwood, daß ihre Unbäßlichkeit ohne Folgen gewesen ist. Sie befinden sich
doch besser?
MARWOOD So, so!
MELLEFONT Sie haben also nicht wohl getan, sich wieder
20 hieher zu bemühen.
MARWOOD Ich danke Ihnen, Mellefont, wenn Sie dieses
aus Vorsorge* für mich sagen. Und ich nehme es Ihnen   Fürsorge
nicht übel, wenn Sie etwas anders damit meinen.
MELLEFONT Es ist mir angenehm, Sie so ruhig zu sehen.
25 MARWOOD Der Sturm ist vorüber. Vergessen Sie ihn, bitte
ich nochmals.
MELLEFONT Vergessen Sie nur ihr Versprechen nicht, Marwood, und ich will gern alles vergessen. – Aber, wenn
ich wüßte, daß Sie es für keine Beleidigung annehmen
30 wollten, so möchte ich wohl fragen –

MARWOOD Fragen Sie nur, Mellefont. Sie können mich nicht mehr beleidigen. – Was wollten Sie fragen?

MELLEFONT Wie Ihnen meine Miß gefallen habe?

MARWOOD Die Frage ist natürlich. Meine Antwort wird so natürlich nicht scheinen, aber sie ist gleichwohl nicht 5 weniger wahr. – Sie hat mir sehr wohl gefallen.

MELLEFONT Diese Unparteilichkeit entzückt mich. Aber wär es auch möglich, daß der, welcher die Reize einer Marwood zu schätzen wußte, eine schlechte Wahl treffen könnte? 10

MARWOOD Mit dieser Schmeichelei, Mellefont, ⌐wenn es anders⌐ eine ist, hätten Sie mich verschonen sollen. Sie will sich mit meinem Vorsatze, Sie zu vergessen, nicht vertragen.

MELLEFONT Sie wollen doch nicht, daß ich Ihnen diesen 15 Vorsatz durch Grobheiten erleichtern soll? Lassen Sie unsere Trennung nicht von der gemeinen Art sein. Lassen Sie uns mit einander brechen, wie Leute von Vernunft, die der Notwendigkeit weichen. Ohne Bitterkeit, ohne Groll und mit Beibehaltung eines Grades von 20 Hochachtung, die sich zu unsrer ehmaligen Vertraulichkeit schickt.

MARWOOD Ehmaligen Vertraulichkeit? – Ich will nicht daran erinnert sein. Nichts mehr davon! Was geschehen muß, muß geschehen, und es kömmt wenig auf die Art 25 an, mit welcher es geschicht*. – Aber ein Wort noch von Arabellen. Sie wollen mir sie nicht lassen?

MELLEFONT Nein, Marwood.

MARWOOD Es ist grausam, da Sie ihr Vater nicht bleiben können, daß Sie ihr auch die Mutter nehmen wollen. 30

MELLEFONT Ich kann ihr Vater bleiben; und will es auch bleiben.

MARWOOD So beweisen sie es gleich jetzt.

MELLEFONT Wie?

MARWOOD Erlauben Sie, daß Arabella die Reichtümer, 35

geschieht

welche ich von Ihnen in Verwahrung habe, als ihr Va-
terteil besitzen darf. Was ihr Mutterteil anbelangt, so
wollte ich wohl wünschen, daß ich ihr ein bessres lassen
könnte, als die Schande von mir geboren zu sein.

5 MELLEFONT Reden Sie nicht so. – Ich will für Arabellen
sorgen, ohne ihre Mutter wegen eines anständigen Aus-
kommens in Verlegenheit zu setzen. Wenn sie mich vergessen will, so muß sie damit anfangen, daß sie etwas
von mir zu besitzen vergißt. Ich habe Verbindlichkeit
10 gegen sie, und werde es nie aus der Acht lassen, daß sie
mein wahres Glück, obschon wider ihren Willen, befördert hat. Ja, Marwood, ich danke Ihnen in allem Ernste,
daß Sie unsern Aufenthalt einem Vater verrieten, den
bloß die Unwissenheit desselben verhinderte, uns nicht
15 eher wieder anzunehmen.

MARWOOD Martern Sie mich nicht mit einem Danke, den
ich niemals habe verdienen wollen. Sir Sampson ist ein
zu guter alter Narre; er muß anders denken, als ich an
seiner Stelle würde gedacht haben. Ich hätte der Tochter
20 vergeben, und ihrem Verführer hätte ich –

MELLEFONT Marwood –

MARWOOD Es ist wahr; Sie sind es selbst. Ich schweige. –
Werde ich der Miß mein Abschiedscompliment* bald
machen dürfen? *meinen Abschieds-besuch

25 MELLEFONT Miß Sara würde es Ihnen nicht übel nehmen
können, wenn Sie auch wegreiseten, ohne sie wieder zu
sprechen.

MARWOOD Mellefont, ich spiele meine Rolle nicht gerne
halb, und ich will, auch unter keinem fremden Namen*, *ich will nicht, auch nicht unter einem fremden Namen
30 für ein Frauenzimmer ohne Lebensart gehalten wer-
den.

MELLEFONT Wenn Ihnen ihre eigne Ruhe lieb ist, so sollten
Sie sich selbst hüten, eine Person nochmals zu sehen, die
gewisse Vorstellungen bei Ihnen rege machen muß –

35 MARWOOD *spöttisch lächelnd:* Sie haben eine bessere Mei-

Veraltet für:
Ihretwegen

nung von sich selbst, als von mir. Wenn Sie es aber auch glaubten, daß ich ihrentwegen* untröstlich sein müßte, so sollten Sie es doch wenigstens ganz in der Stille glauben. – Miß Sara soll gewisse Vorstellungen bei mir rege machen? Gewisse? O ja – aber keine gewisser als diese, 5 daß das beste Mädchen oft den nichtswürdigsten Mann lieben kann.

MELLEFONT Allerliebst, Marwood, allerliebst! Nun sind Sie gleich in der Verfassung, in der ich Sie längst gerne gewünscht hätte, ob es mir gleich, wie ich schon gesagt, 10 fast lieber gewesen wäre, wann wir einige gemeinschaftliche Hochachtung für einander hätten behalten können. Doch vielleicht findet sich diese noch, wenn nur das gährende Herz erst ausgebrauset hat. – Erlauben Sie, daß ich Sie einige Augenblicke allein lasse. Ich will Miß 15 Sampson zu Ihnen holen.

Fünfter Auftritt.

Marwood.

indem sie um sich herum sieht: Bin ich allein? – Kann ich unbemerkt einmal Atem schöpfen, und die Muskeln des 20 Gesichts in die ihnen jetzt natürliche Lage fahren lassen? – Ich muß geschwind einmal in allen Mienen die wahre Marwood sein, um den Zwang der Verstellung wieder aushalten zu können. – Wie hasse ich dich, niedrige Verstellung! Nicht, weil ich die Aufrichtigkeit liebe, 25 sondern weil du die armseligste Zuflucht der ohnmächtigen Rachsucht bist. Gewiß würde ich mich zu dir nicht herablassen, wenn mir ein Tyrann seine Gewalt, oder der Himmel seinen Blitz anvertrauen wollte. – Doch

wenn

wann* du mich nur zu meinem Zwecke bringst! – Der 30

Anfang verspricht es; und Mellefont scheinet noch sich-
rer werden zu wollen. Wenn mir meine List gelingt, daß
ich mit seiner Sara allein sprechen kann; so – Ja, so ist es
doch noch sehr ungewiß, ob es mir etwas helfen wird.
Die Wahrheiten von dem Mellefont werden ihr vielleicht
nichts neues sein; die Verleumdungen wird sie vielleicht
nicht glauben; und die Drohungen vielleicht verachten.
Aber doch soll sie Wahrheit, Verleumdung und Drohungen von mir hören. Es wäre schlecht, wenn sie in ihrem
Gemüte ganz und gar keinen Stachel zurück ließen. –
Still! Sie kommen. Ich bin nun nicht mehr Marwood; ich
bin eine nichtswürdige Verstoßene, die durch kleine
Kunstgriffe die Schande von sich abzuwehren sucht; ein
getretner Wurm, der sich krümmet und dem, der ihn
getreten hat, wenigstens die Ferse gern verwunden
möchte.

Sechster Auftritt.

Sara. Mellefont. Marwood.

SARA Ich freue mich, Lady, daß meine Unruhe vergebens
gewesen ist –

MARWOOD Ich danke Ihnen, Miß. Der Zufall* war zu   Anfall
klein, als daß er Sie hätte beunruhigen sollen.

MELLEFONT Lady will sich Ihnen empfehlen, liebste Sara.

SARA So eilig, Lady?

MARWOOD Ich kann es für die, denen an meiner Gegenwart in London gelegen ist, nicht genug sein.

SARA Sie werden doch heute nicht wieder aufbrechen?

MARWOOD Morgen mit dem frühsten.*   in aller Frühe,
                                                         so früh wie
MELLEFONT Morgen mit dem frühsten, Lady? Ich glaubte, möglich
noch heute.

SARA Unsere Bekanntschaft, Lady, fängt sich sehr im Vorbeigehn an. Ich schmeichle mir in Zukunft eines näheren Umgangs mit Ihnen gewürdiget zu werden.

MARWOOD Ich bitte um ihre Freundschaft, Miß.

MELLEFONT Ich stehe Ihnen dafür, liebste Sara, daß diese 5 Bitte der Lady aufrichtig ist; ob ich Ihnen gleich voraussagen muß, daß Sie einander ohne Zweifel lange nicht wiedersehen werden. Lady, wird sich mit uns sehr selten an einem Orte aufhalten können –

MARWOOD *bei Seite:* Wie fein! 10

SARA Mellefont, das heißt mir eine sehr angenehme Hoffnung rauben.

MARWOOD Ich werde am meisten dabei verlieren, glückliche Miß.

MELLEFONT Aber in der Tat, Lady, wollen Sie erst morgen 15 früh wieder fort?

MARWOOD Vielleicht auch eher. *bei Seite:* Es will noch niemand kommen!

MELLEFONT Auch wir wollen uns nicht lange mehr hier aufhalten. Nicht wahr, liebste Miß, es wird gut sein, 20 wenn wir unserer Antwort ungesäumt nachfolgen? Sir Sampson kann unsre Eilfertigkeit nicht übel nehmen.

Siebender Auftritt.

Betty. Mellefont. Sara. Marwood.

MELLEFONT Was willst du, Betty? 25

BETTY Man verlangt Sie unverzüglich zu sprechen.

MARWOOD *bei Seite:* Ha! Nun kömmt es drauf an –

MELLEFONT Mich? unverzüglich? Ich werde gleich kommen – Lady, ist es Ihnen gefällig, ihren Besuch abzukürzen? 30

SARA Warum das, Mellefont? – Lady wird so gütig sein, und bis zu ihrer Zurückkunft warten.

MARWOOD Verzeihen Sie, Miß; ich kenne meinen Vetter Mellefont, und will mich lieber mit ihm wegbegeben.

BETTY Der Fremde, mein Herr – Er will Sie nur auf ein Wort sprechen. Er sagt, er habe keinen Augenblick zu versäumen –

MELLEFONT Geh nur; ich will gleich bei ihm sein – Ich vermute, Miß, daß es eine endliche Nachricht von dem Vergleiche sein wird, dessen ich gegen Sie gedacht habe.*

*den ich Ihnen gegenüber erwähnt habe

Betty geht ab.

MARWOOD *bei Seite:* Gute Vermutung!

MELLEFONT Aber doch, Lady –

MARWOOD Wenn Sie es denn befehlen – Miß, so muß ich mich Ihnen –

SARA Nein doch, Mellefont: Sie werden mir ja das Vergnügen nicht mißgönnen, Lady Solmes so lange unterhalten zu dürfen?

MELLEFONT Sie wollen es, Miß –

SARA Halten Sie sich nicht auf, liebster Mellefont, und kommen Sie nur bald wieder. Aber mit einem freudigern Gesichte, will ich wünschen! Sie vermuten ohne Zweifel eine unangenehme Nachricht. Lassen Sie sich nichts anfechten; ich bin begieriger, zu sehen, ob Sie allen Falls auf eine gute Art mich einer Erbschaft vorziehen können, als ich begierig bin, Sie in dem Besitze derselben zu wissen –

MELLEFONT Ich gehorche. *warnend:* Lady, ich bin ganz gewiß den Augenblick wieder hier.

geht ab.

MARWOOD *bei Seite:* Glücklich!

Achter Auftritt.

Sara. Marwood.

SARA Mein guter Mellefont sagt seine Höflichkeit manch-
mal mit einem ganz falschen Tone. Finden Sie es nicht
auch, Lady? –   5

MARWOOD Ohne Zweifel bin ich seiner Art schon allzuge-
wohnt? als daß ich so etwas bemerken könnte.

SARA Wollen sich Lady nicht setzen?

MARWOOD Wenn Sie befehlen Miß – *bei Seite, indem sie*
ungenutzt   *sich setzen:* Ich muß diesen Augenblick nicht unge-   10
braucht* vorbeistreichen lassen.

SARA Sagen Sie mir, Lady, werde ich nicht das glücklichste
Frauenzimmer, mit meinem Mellefont werden?

MARWOOD Wenn sich Mellefont in sein Glück zu finden
weiß, so wird ihn Miß Sara zu der beneidenswürdigsten   15
Mannsperson machen. Aber –

SARA Ein Aber und eine so nachdenkliche Pause, Lady –

MARWOOD Ich bin offenherzig, Miß –

SARA Und dadurch unendlich schätzbarer –

MARWOOD Offenherzig – nicht selten bis zur Unbedacht-   20
samkeit. Mein Aber ist der Beweis davon. Ein sehr unbe-
dächtiges Aber!

SARA Ich glaube nicht, daß mich Lady durch diese Auswei-
chung noch unruhiger machen wollen. Es mag wohl eine
grausame Barmherzigkeit sein, ein Übel, das man zeigen   25
könnte, nur argwohnen zu lassen.

MARWOOD Nicht doch, Miß; Sie denken bei meinem Aber
viel zu viel. Mellefont ist mein Anverwandter –

SARA Desto wichtiger wird die geringste Einwendung, die
Sie wider ihn zu machen haben.   30

MARWOOD Aber wenn Mellefont auch mein Bruder wäre,
so muß ich Ihnen doch sagen, daß ich mich ohne Bedenken einer Person meines Geschlechts gegen ihn anneh-

men würde, wenn ich bemerkte, daß er nicht recht-
schaffen genug an ihr handle. Wir Frauenzimmer sollten
billig* jede Beleidigung, die einer einzigen von uns er- mit gutem
Recht
wiesen wird, zu Beleidigungen des ganzen Geschlechts
5 und zu einer allgemeinen Sache machen, an der auch die
Schwester und Mutter des Schuldigen, Anteil zu nehmen, sich nicht bedenken müßten.

SARA Diese Anmerkung –

MARWOOD Ist schon dann und wann in zweifelhaften Fäl-
10 len meine Richtschnur gewesen.

SARA Und verspricht mir – Ich zittere –

MARWOOD Nein, Miß; wenn Sie zittern wollen – Lassen
Sie uns von etwas anders* sprechen – 1772
korr. zu: von
etwas anderm

SARA Grausame Lady!

15 MARWOOD Es tut mir leid, daß ich verkannt werde. Ich
wenigstens, wenn ich mich in Gedanken an Miß
Sampsons Stelle setze, würde jede nähere Nachricht, die
man mir von demjenigen geben wollte, mit dessen
Schicksale ich das meinige auf ewig zu verbinden bereit
20 wäre, als eine Wohltat ansehen.

SARA Was wollen Sie, Lady? Kenne ich meinen Mellefont
nicht schon? Glauben Sie mir, ich kenne ihn, wie meine
eigne Seele. Ich weiß, daß er mich liebt –

MARWOOD Und andre –

25 SARA Geliebt hat. Auch das weiß ich. Hat er mich lieben
sollen, ehe er von mir etwas wußte? Kann ich die einzige
zu sein verlangen, die für ihn Reize genug gehabt hat?
Muß ich mir es nicht selbst gestehen, daß ich mich, ihm
zu gefallen, bestrebt habe? Ist er nicht liebenswürdig ge-
30 nug, daß er bei mehrern dieses Bestreben hat erwecken
müssen? Und ist es nicht natürlich, wenn mancher dieses
Bestreben gelungen ist?

MARWOOD Sie verteidigen ihn mit eben der Hitze und fast
mit eben den Gründen, mit welchen ich ihn schon oft
35 verteidiget habe. Es ist kein Verbrechen, geliebt haben;

noch viel weniger ist es eines, geliebet worden sein. Aber die Flatterhaftigkeit ist ein Verbrechen.

SARA Nicht immer; denn oft, glaube ich, wird sie durch die Gegenstände der Liebe entschuldiget, die es immer zu bleiben, selten verdienen.

MARWOOD Miß Sampsons Sittenlehre scheinet nicht die strengste zu sein.

SARA Es ist wahr; die, nach der ich diejenigen zu richten pflege, welche es selbst gestehen, daß sie auf Irrwegen gegangen sind, ist die strengste nicht. Sie muß es auch nicht sein. Denn hier kömmt es nicht darauf an, die Schranken zu bestimmen, die uns die Tugend bei der Liebe setzt; sondern bloß darauf, die menschliche Schwachheit zu entschuldigen, wenn sie in diesen Schranken nicht geblieben ist, und die daraus entstehenden Folgen nach den Regeln der Klugheit zu beurteilen. Wenn zum Exempel, ein Mellefont eine Marwood liebt, und sie endlich verläßt; so ist dieses Verlassen, in Vergleichung mit der Liebe selbst, etwas sehr gutes. Es wäre ein Unglück, wenn er eine Lasterhafte deswegen, weil er sie einmal geliebt hat, ewig lieben müßte.

MARWOOD Aber, Miß, kennen Sie denn diese Marwood, welche Sie so getrost eine Lasterhafte nennen?

SARA Ich kenne sie aus der Beschreibung des Mellefont.

MARWOOD Des Mellefont? Ist es Ihnen denn nie beigefallen, daß Mellefont in seiner eignen Sache nichts anders, als ein sehr ungültiger Zeuge sein könne?

SARA – Nun merke ich es erst, Lady, daß Sie mich auf die Probe stellen wollen. Mellefont wird lächeln wenn Sie es ihm wieder sagen werden, wie ernsthaft ich mich seiner angenommen.

MARWOOD Verzeihen Sie, Miß; von dieser Unterredung muß Mellefont nichts wieder erfahren. Sie denken zu edel, als daß Sie, zum Danke für eine wohlgemeinte Warnung, eine Anverwandte mit ihm entzweien wollten, die sich nur deswegen wider ihn erklärt, weil sie sein unwürdiges Verfahren gegen mehr als eine der liebenswürdigsten Personen unsers Geschlechts, so ansieht, als ob sie selbst darunter gelitten hätte.

5 SARA Ich will niemand entzweien, Lady; und ich wünschte, daß es andre eben so wenig wollten.

MARWOOD Soll ich Ihnen die Geschichte der Marwood in wenig Worten erzehlen?

SARA Ich weiß nicht – Aber doch ja, Lady; nur mit dem 10 Beding*, daß sie davon aufhören, so bald Mellefont zurück kömmt. Er möchte denken, ich hätte mich aus eignem Triebe darnach erkundiget; und ich wollte nicht gern, daß er mir eine ihm so nachteilige Neubegierde* zutrauen könnte.

unter der Bedingung

Neugierde

15 MARWOOD Ich würde Miß Sampson um gleiche Vorsicht gebeten haben, wenn sie mir nicht zuvorgekommen wäre. Er muß es auch nicht argwohnen können, daß Marwood unser Gespräch gewesen ist; und Sie werden so behutsam sein, ihre Maßregeln ganz in der Stille dar-20 nach zu nehmen. – Hören Sie nunmehr! – Marwood ist aus einem guten Geschlechte. Sie war eine junge Witwe, als sie Mellefont bei einer ihrer Freundinnen kennen lernte. Man sagt, es habe ihr weder an Schönheit noch an derjenigen Anmut gemangelt, ohne welche die 25 Schönheit tot sein würde. Ihr guter Name war ohne Flecken. Ein einziges fehlte ihr – Vermögen! Alles was sie besessen hatte, – und es sollen ansehnliche Reichtümer gewesen sein, – hatte sie für die Befreiung eines Mannes aufgeopfert, dem sie nichts in der Welt vorenthalten zu 30 dürfen glaubte, nachdem sie ihm einmal ihr Herz und ihre Hand schenken wollen.

SARA Wahrlich ein edler Zug, Lady, von dem ich wollte, daß er in einem bessern Gemälde prangen könne!

MARWOOD Des Mangels an Vermögen ungeachtet, ward 35 sie von Personen gesucht, die nichts eifriger wünschten, als sie glücklich zu machen. Unter diesen reichen und vornehmen Anbetern trat Mellefont auf. Sein Antrag war ernstlich, und der Überfluß, in welchen er die Marwood zu setzen versprach, war das geringste, worauf er sich stützte. Er hatte es bei der ersten Unterredung weg, 5 daß er mit keiner Eigennützigen zu tun habe, sondern mit einem Frauenzimmer, voll des zärtlichsten Gefühls, welches eine Hütte einem Palast würde vorgezogen haben, wenn sie in jener mit einer geliebten, und in diesem mit einer gleichgültigen Person hätte leben sollen. 10

SARA Wieder ein Zug, den ich der Marwood nicht gönne. Schmeicheln Sie ihr ja nicht mehr, Lady, oder ich möchte sie am Ende betauren müssen.

MARWOOD Mellefont war eben im Begriff, sich auf die feierlichste Art mit ihr zu verbinden, als er Nachricht 15 von dem Tode eines Vetters bekam, welcher ihm sein ganzes Vermögen mit der Bedingung hinterließ, eine weitläufige Anverwandtin zu heiraten. Hatte Marwood seinetwegen reichere Verbindungen ausgeschlagen, so wollte er ihr nunmehr an Großmut nichts nachgeben. Er 20 war Willens, ihr von dieser Erbschaft eher nichts zu sagen, als bis er sich derselben durch sie würde verlustig gemacht haben. – Nicht wahr, Miß, das war groß gedacht?

SARA O Lady, wer weiß es besser als ich, daß Mellefont das 25 edelste Herz besitzt?

MARWOOD Was aber tat Marwood? Sie erfuhr es unter der Hand, noch spät an einem Abende, wozu sich Mellefont ihretwegen entschlossen hätte. Mellefont kam des Morgens, sie zu besuchen, und Marwood war fort. 30

SARA Wohin? Warum?

MARWOOD Er fand nichts als einen Brief von ihr, worinne sie ihm entdeckte, daß er sich keine Rechnung machen* dürfe, sie jemals wieder zu sehen. Sie leugne es zwar nicht, daß sie ihn liebe; aber eben deswegen könne sie 35

nicht damit rechnen

sich nicht überwinden, die Ursache einer Tat zu sein, die
er notwendig einmal bereuen müsse. Sie erlasse ihn seines Versprechens, und ersuche ihn, ohne weiteres Bedenken, durch die Vollziehung der in dem Testamente
vorgeschriebnen Verbindung, in den Besitz eines Vermögens zu treten, welches ein Mann von Ehre zu etwas
wichtigern* brauchen könne, als einem Frauenzimmer   *Wichtigerem*
eine unüberlegte Schmeichelei damit zu machen.

SARA Aber Lady, warum leihen Sie der Marwood so vortreffliche Gesinnungen? Lady Solmes kann derselben
wohl fähig sein, aber nicht Marwood. Gewiß Marwood
nicht.

MARWOOD Es ist nicht zu verwundern, Miß, daß Sie wider
sie eingenommen sind. – Mellefont wollte über den Entschluß der Marwood von Sinnen kommen. Er schickte
überall Leute aus, sie wieder aufzusuchen; und endlich
fand er sie.

SARA Weil sie sich finden lassen wollte, ohne Zweifel.

MARWOOD Keine bitteren Glossen*, Miß! Sie geziemen   *(Rand-)Bemer-
einem Frauenzimmer von einer sonst so sanften Den-   kungen*
kungsart nicht. – Er fand sie, sag ich, und fand sie un-
beweglich*. Sie wollte seine Hand durchaus nicht an-   *unbeugsam,
nehmen, und alles, was er von ihr erhalten konnte war   standhaft*
dieses, daß sie nach London zurückzukommen ver-
sprach. Sie wurden eins, ihre Vermählung so lange aus-
zusetzen, bis die Anverwandte, des langen Verzögerns
überdrüssig, einen Vergleich vorzuschlagen gezwungen
sei. Unterdessen konnte sich Marwood nicht wohl der
täglichen Besuche des Mellefont entbrechen*, die eine   *entziehen*
lange Zeit nichts als ehrfurchtsvolle Besuche eines Lieb-
habers waren, den man in die Grenzen der Freundschaft
zurückgewiesen hat. Aber wie unmöglich ist es, daß ein
hitziges Temperament diese engen Grenzen nicht über-
schreiten sollte! Mellefont besitzt alles, was uns eine
Mannsperson gefährlich machen kann. Niemand kann
hiervon überzeugter sein als Miß Sampson selbst.

SARA Ach!

MARWOOD Sie seufzen? Auch Marwood hat über ihre Schwachheit mehr als einmal geseufzet und seufzet noch.

SARA Genug, Lady, genug; diese Wendung, sollte ich meinen, war mehr als eine bittere Glosse, die Sie mir zu untersagen beliebten.

MARWOOD Ihre Absicht war nicht, zu beleidigen, sondern bloß die unglückliche Marwood Ihnen in einem Lichte zu zeigen, in welchem Sie am richtigsten von ihr urteilen könnten. – Kurz, die Liebe gab dem Mellefont die Rechte eines Gemahls, und Mellefont hielt es länger nicht für nötig, sie durch die Gesetze gültig machen zu lassen. Wie glücklich wäre Marwood, wenn sie, Mellefont und der Himmel, nur allein von ihrer Schande wüßten? Wie glücklich, wenn nicht eine jammernde Tochter dasjenige der ganzen Welt entdeckte, was sie vor sich selbst verbergen zu können wünschte!

SARA Was sagen Sie, Lady? Eine Tochter –

MARWOOD Ja, Miß, eine unglückliche Tochter verlieret durch die Darzwischenkunft der Sara Sampson alle Hoffnung ihre Eltern jemals ohne Abscheu nennen zu können.

SARA Schreckliche Nachricht! Und dieses hat mir Mellefont verschwiegen? – Darf ich es auch glauben, Lady?

MARWOOD Sie dürfen es sicher glauben, Miß, daß Ihnen Mellefont vielleicht noch mehr verschwiegen hat.

SARA Noch mehr? Was könnte er mir noch mehr verschwiegen haben?

MARWOOD Dieses, daß er die Marwood noch liebt.

SARA Sie töten mich, Lady!

MARWOOD Es ist unglaublich, daß sich eine Liebe, welche länger als zehn Jahr gedauert hat, so geschwind verlieren könne. Sie kann zwar eine kurze Verfinsterung leiden, weiter aber auch nichts als eine kurze Verfinsterung, aus welcher sie hernach mit neuem Glanze wieder hervor bricht. Ich könnte Ihnen eine Miß Oklaff, eine Miß Dorcas, eine Miß Moor und mehrere nennen, welche eine nach der andern der Marwood einen Mann abspenstig zu machen drohten, von welchem sie sich am Ende auf das grausamste hintergangen sahen. Er hat einen gewissen Punct, über welchen er sich nicht bringen läßt, und sobald er diesen scharf in das Gesicht bekömmt*, springt er ab. Gesetzt aber, Miß, Sie wären die einzige Glückliche, bei welcher sich alle Umstände wider ihn erklärten*; gesetzt Sie brächten ihn dahin, daß er seinen nunmehr zur Natur gewordenen Abscheu gegen ein förmliches Joch* überwinden müßte: glauben Sie wohl dadurch seines Herzens versichert zu sein?

SARA Ich Unglückliche! Was muß ich hören!

MARWOOD Nichts weniger! Alsdenn würde er eben am allerersten in die Arme derjenigen zurückeilen, die auf seine Freiheit so eifersüchtig nicht gewesen. Sie würden seine Gemahlin heißen, und jene würde es sein.

SARA Martern Sie mich nicht länger mit so schrecklichen Vorstellungen! Raten Sie mir vielmehr, Lady, ich bitte Sie raten Sie mir, was ich tun soll. Sie müssen ihn kennen. Sie müssen es wissen, durch was es noch etwa möglich ist, ihm ein Band angenehm zu machen, ohne welches auch die aufrichtigste Liebe eine unheilige Leidenschaft bleibt.

MARWOOD Daß man einen Vogel fangen können, Miß, das weiß ich wohl. Aber daß man ihm seinen Käfig angenehmer, als das freie Feld machen könne, das weiß ich nicht. Mein Rat wäre also, ihn lieber nicht zu fangen, und sich den Verdruß über die vergebene* Mühe zu ersparen. Begnügen Sie sich, Miß, an dem Vergnügen, ihn sehr nahe an ihrer Schlinge gesehn zu haben, und weil Sie voraussehn können, daß er die Schlinge ganz gewiß zerreißen werde, wenn Sie ihn vollends hinein lockten,

in den Blick bekommt

alles gegen ihn verschwöre

Gemeint ist die Ehe.

vergebliche

so schonen Sie ihre Schlinge und locken ihn nicht herein.

SARA Ich weiß nicht ob ich dieses tändelnde* Gleichnis recht verstehe, Lady –

MARWOOD Wenn Sie verdrießlich darüber geworden sind, 5
so haben Sie es verstanden – Mit einem Worte, ihr eigner
Vorteil so wohl, als der Vorteil einer andern, die Klugheit so wohl als die Billigkeit, können und sollen Miß
Sampson bewegen, ihre Ansprüche auf einen Mann aufzugeben, auf den Marwood die ersten und stärksten hat. 10
Noch stehen Sie, Miß, mit ihm so, daß Sie, ich will nicht
sagen mit vieler Ehre, aber doch ohne öffentliche
Schande von ihm ablassen können. Eine kurze Verschwindung* mit einem Liebhaber ist zwar ein Fleck;
aber doch ein Fleck, den die Zeit ausbleichet. In einigen 15
Jahren ist alles vergessen, und es finden sich für eine
reiche Erbin noch immer Mannspersonen, die es so genau nicht nehmen. Wenn Marwood in diesen Umständen wäre, und sie brauchte, weder für ihre im Abzuge*
begriffene Reize einen Gemahl, noch für ihre hülflose 20
Tochter, einen Vater, so weiß ich gewiß Marwood
würde gegen Miß Sampson großmütiger handeln, als
Miß Sampson gegen die Marwood zu handeln, schimpfliche Schwierigkeiten macht.

SARA *indem sie unwillig aufsteht:* Das gehet zu weit! Ist 25
dieses die Sprache einer Anverwandtin des Mellefont? –
Wie unwürdig verrät man Sie, Mellefont! – Nun merke
ich es, Lady, warum er Sie so ungern bei mir allein lassen
wollte. Er mag es schon wissen, wie viel man von ihrer
Zunge zu fürchten habe. Eine giftige Zunge! – Ich rede 30
dreust*! denn Lady haben lange genug unanständig* geredet. Wodurch hat Marwood sich eine solche Vorsprecherin* erwerben können, die alle ihre Erfindungskraft aufbietet, mir einen blendenden Roman* von ihr
aufzudringen, und alle Ränke anwendet, mich gegen die 35

dreist
ungehörig
Fürsprecherin

eine
erfundene
Geschichte

Redlichkeit eines Mannes argwöhnisch zu machen, der
ein Mensch, aber kein Ungeheuer ist? Ward es mir nur
deswegen gesagt, daß sich Marwood einer Tochter von
ihm rühme, ward mir nur deswegen diese und jene be-
trogene Miß genannt, damit man mir am Ende auf die
empfindlichste Art zu verstehen geben könne, ich würde
wohl tun, wenn ich mich selbst einer verhärteten Buhlerin nachsetzte*.

hintanstellte

MARWOOD Nur nicht so hitzig, mein junges Frauenzimmer. Eine verhärtete Buhlerin? – Sie brauchen, wahr-
scheinlicher Weise, Worte, deren Kraft Sie nicht überle-
get haben.

SARA Erscheint sie nicht als eine solche, selbst in der Schilderung der Lady Solmes? – Gut, Lady, Sie sind ihre
Freundin, ihre vertrauteste Freundin vielleicht. Ich sage
dieses nicht als einen Vorwurf; denn es kann leicht in der
Welt nicht wohl möglich sein, nur lauter tugendhafte
Freunde zu haben. Allein wie komme ich darzu, dieser
ihrer Freundschaft wegen, so tief herabgestoßen zu werden? Wenn ich der Marwood Erfahrung gehabt hätte, so
würde ich den Fehltritt gewiß nicht getan haben, der
mich mit ihr in eine so erniedrigende Parallel setzt*.

in so erniedri-
gender Weise
gleichsetzt

Hätte ich ihn aber doch getan, so würde ich wenigstens
nicht zehn Jahr darin verharrt sein. Es ist ganz etwas
anders, aus Unwissenheit auf das Laster treffen, und
ganz etwas anders, es kennen und dem ohngeachtet* mit

ungeachtet
dessen

ihm vertraulich werden. Ach, Lady, wenn Sie es wüßten,
was für Reue, was für Gewissensbisse, was für Angst
mich mein Irrtum gekostet! Mein Irrtum, sag ich; denn
warum soll ich länger so grausam gegen mich sein, und
ihn als ein Verbrechen betrachten? Der Himmel selbst
hört auf, ihn als ein solches anzusehen; er nimmt die
Strafe von mir, und schenkt mir einen Vater wieder – Ich
erschrecke, Lady; wie verändern sich auf einmal die
Züge ihres Gesichts? Sie glühen; aus dem starren Auge

schreckt Wut, und des Mundes knirschende Bewegung –
Ach, wo ich Sie erzürnt habe, Lady; so bitte ich um Verzeihung. Ich bin eine empfindliche Närrin; was Sie gesagt haben, war ohne Zweifel so böse nicht gemeint.
Vergessen Sie meine Übereilung. Wodurch kann ich Sie   5
besänftigen? Wodurch kann auch ich mir eine Freundin
an Ihnen erwerben, so wie sie Marwood an Ihnen gefunden hat? Lassen Sie mich, Lady, lassen Sie mich fußfällig darum bitten – *indem sie nieder fällt:* Um ihre
Freundschaft, Lady – Und wo ich diese nicht erhalten   10
kann, um die Gerechtigkeit wenigstens, mich und Marwood nicht in einen Rang zu setzen.

MARWOOD *die einige Schritte stolz zurück tritt und die*
Sara liegen läßt: Diese Stellung der Sara Sampson ist für
Marwood viel zu reizend, als daß sie nur unerkannt dar-   15
über frohlocken sollte – Erkennen Sie, Miß, in mir die
Marwood, mit der sie nicht verglichen zu werden, die
Marwood selbst fußfällig bitten.

SARA *die voller Erschrecken aufspringt und sich zitternd*
zurückzieht: Sie, Marwood? – Ha! Nun erkenn ich sie –   20
nun erkenn ich sie, die mördrische Retterin, deren Dolche mich ein warnender Traum* Preis gab. Sie ist es!
Fliehe unglückliche Sara! Retten Sie mich, Mellefont;
retten Sie ihre Geliebte! Und du, süße Stimme meines
geliebten Vaters, erschalle! Wo schallt sie? Wo soll ich   25
auf sie zueilen? – Hier? – Da? – Hülfe, Mellefont!
Hülfe*, Betty! – Jetzt dringt sie mit tötender Faust auf
mich ein! Hülfe!
eilt ab.

Gemeint ist
der in I, 7
erwähnte
Traum.

Hilfe

Vierter Aufzug.

Neunter Auftritt.

Marwood.

Was will die ⌈Schwärmerin⌉? – O daß sie wahr redte, und
ich mit tötender Faust auf sie eindränge! Bis hieher hätte
ich den Stahl sparen sollen, ich Törichte! Welche Wollust, eine Nebenbuhlerin* in der freiwilligen Erniedri-
gung zu unsern Füßen durchbohren zu können! – Was
nun? – Ich bin entdeckt. Mellefont kann den Augenblick
hier sein. Soll ich ihn fliehen*? Soll ich ihn erwarten? Ich
will ihn erwarten, aber nicht müßig. Vielleicht, daß ihn
die glückliche List meines Bedienten noch lange genug
aufhält? – Ich sehe, ich werde gefürchtet. Warum folge
ich ihr also nicht? Warum versuche ich nicht noch das
letzte, das ich wider sie brauchen kann? Drohungen sind
armselige Waffen, doch die Verzweiflung verschmäht
keine, so armselig sie sind. Ein schreckhaftes Mädchen,
das betäubt und mit zerrütteten Sinnen schon vor meinen* Namen flieht, kann leicht fürchterliche Worte für
fürchterliche Taten halten. Aber Mellefont? – Mellefont
wird ihr wieder Mut machen, und sie über meine Drohungen spotten lehren. Er wird? Vielleicht wird er auch
nicht. Es wäre wenig in der Welt unternommen worden,
wenn man nur immer auf den Ausgang gesehen hätte.
Und bin ich auf den unglücklichsten nicht schon vorbereitet? – Der Dolch war für andre, das Gift ist für
mich! – Das Gift für mich! Schon längst mit mir herum-
getragen, wartet es hier, dem Herze bereits nahe, auf den
traurigen Dienst; hier, wo ich in bessern Zeiten, die ge-
schriebenen Schmeicheleien der Anbeter verbarg; für
uns ein eben so gewisses, aber nur langsameres Gift. –
Wenn es doch nur bestimmt wäre, in meinen Adern
nicht allein zu toben! Wenn es doch einem Ungetreuen –
Was halte ich mich mit Wünschen auf! – Fort! Ich muß

Marginal notes:

Rivalin, die sich um die Zuneigung eines Mannes bemüht (›buhlt‹)

vor ihm fliehen

meinem

weder mich, noch sie zu sich selbst kommen lassen. Der will sich nichts wagen, der sich ⌈mit kaltem Blute⌉ wagen will.

gehet ab.

Ende des vierten Aufzugs.   5

Fünfter Aufzug.

Erster Auftritt.

Das Zimmer der Sara.
SARA *schwach in einem Lehnstuhle:* Betty.

5 BETTY Fühlen Sie nicht, Miß, daß Ihnen ein wenig besser
wird?

SARA Besser, Betty? – Wenn nur Mellefont wieder kom-
men wollte. Du hast doch nach ihn ausgeschickt*?   *nach ihm geschickt*

BETTY Norton und der Wirt suchen ihn.

10 SARA Norton ist ein guter Mensch, aber er ist hastig. Ich
will durchaus nicht, daß er seinem Herrn meinetwegen
Grobheiten sagen soll. Wie er es selbst erzehlte, so ist
Mellefont ja an allen* unschuldig. – Nicht wahr, Betty   *1772 korr. zu: an allem*
du hältst ihn auch für unschuldig? – Sie kömmt ihm

15 nach; was kann er dafür? Sie tobt, sie raset, sie will ihn
ermorden. Siehst du, Betty? dieser Gefahr habe ich ihn
ausgesetzt. Wer sonst als ich? – Und endlich will die böse
Marwood mich sehen, oder nicht eher nach London zurückkehren. Konnte er ihr diese Kleinigkeit abschlagen?

20 Bin ich doch auch oft begierig gewesen, die Marwood zu
sehen. Mellefont weiß wohl, daß wir neugierige Ge-
schöpfe sind. Und wenn ich nicht selbst darauf gedrun-
gen hätte, daß sie bis zu seiner Zurückkunft bei mir ver-   *verweilen, abwarten*
ziehen* sollte, so würde er sie wieder mit weggenommen

25 haben. Ich würde sie unter einem falschen Namen gesehen haben, ohne zu wissen, daß ich sie gesehen hätte.
Und vielleicht würde mir dieser kleine Betrug einmal
angenehm gewesen sein. Kurz, alle Schuld ist mein. – Je
nun, ich bin erschrocken; weiter bin ich ja nichts! Die

30 kleine Ohnmacht wollte nicht viel sagen. Du weißt
wohl, Betty, ich bin dazu geneigt.

BETTY Aber in so tiefer hatte ich Miß noch nie gesehen.

SARA Sage es mir nur nicht. Ich werde dir gutherzigem Mädchen freilich zu schaffen gemacht haben.

BETTY Marwood selbst, schien durch die Gefahr, in der sie sich befanden, gerühret zu sein. So stark ich ihr auch anlag*, daß sie sich nur fortbegeben möchte, so wollte sie doch das Zimmer nicht eher verlassen, als bis Sie die Augen ein wenig wieder aufschlugen, und ich Ihnen die Arzenei einflößen konnte.

SARA Ich muß es wohl gar für ein Glück halten, daß ich in Ohnmacht gefallen bin. Denn wer weiß, was ich noch von ihr hätte hören müssen. Umsonst mochte sie mir gewiß nicht in mein Zimmer gefolgt sein. Du glaubst nicht, wie außer mir ich war. Auf einmal fiel mir der schreckliche Traum von voriger Nacht ein, und ich flohe als eine Unsinnige, die nicht weiß warum und wohin sie flieht. – Aber Mellefont kömmt noch nicht. – Ach! –

BETTY Was für ein Ach, Miß? Was für Zuckungen –

SARA Gott, was für eine Empfindung war dieses –

BETTY Was stößt Ihnen wieder zu?

SARA Nichts, Betty. – Ein Stich, nicht ein Stich, tausend feurige Stiche in einem. – Sei nur ruhig; es ist vorbei.

*So dringend ich ihr auch nahe legte

Zweiter Auftritt.

Norton. Sara. Betty.

NORTON Mellefont wird den Augenblick hier sein.

SARA Nun das ist gut, Norton. Aber wo hast du ihn noch gefunden?

NORTON Ein Unbekannter hat ihn bis vor das Tor mit sich gelockt, wo ein Herr auf ihn warte, der in Sachen von der größten Wichtigkeit mit ihm sprechen müsse. Nach langen Herumführen hat ⌜sich der Betrieger ihn von der Seite geschlichen⌝. Es ist sein Unglück, wo er sich ertappen läßt; so wütend ist Mellefont.

SARA Hast du ihm gesagt, was vorgegangen?

NORTON Alles.

SARA Aber mit einer Art –

NORTON Ich habe auf die Art nicht denken können. Genug er weiß es, was für Angst Ihnen seine Unvorsichtigkeit wieder verursacht hat.

SARA Nicht doch, Norton; ich habe mir sie selbst verursacht. –

NORTON Warum soll Mellefont niemals Unrecht haben? – Kommen Sie nur, mein Herr, die Liebe hat Sie bereits entschuldiget.

Dritter Auftritt.

Mellefont. Norton. Sara. Betty.

MELLEFONT Ach, Miß, wenn auch diese ihre Liebe nicht wäre –

SARA So wäre ich von uns beiden gewiß die Unglücklichste. Ist Ihnen in ihrer Abwesenheit nur nichts verdrießlichers zugestoßen, als mir, so bin ich vergnügt.

MELLEFONT So gütig empfangen zu werden, habe ich nicht verdient.

SARA Verzeihen Sie es meiner Schwachheit, daß ich Sie nicht zärtlicher empfangen kann. Bloß ihrer Zufriedenheit wegen wünschte ich, mich weniger krank zu fühlen.

MELLEFONT Ha, Marwood, diese Verräterei war noch übrig! Der Nichtswürdige, der mich mit der geheimnisvollsten Miene aus einer Straße in die andre, aus einem

Winkel in den andern führte, war gewiß nichts anders als ein abgeschickter von ihr. Sehen Sie, liebste Miß, diese List wandte sie an, mich von Ihnen zu entfernen. Eine plumpe List, ohne Zweifel; aber eben weil sie plump war, war ich weit davon entfernet, sie dafür zu halten. Umsonst muß sie so treulos nicht gewesen sein! Geschwind, Norton, geh in ihre Wohnung; laß sie nicht aus den Augen, und halte sie so lange auf, bis ich nachkomme.

SARA Wozu dieses, Mellefont? Ich bitte für Marwood.

MELLEFONT Geh!

Norton geht ab.

Vierter Auftritt.

Sara. Mellefont. Betty.

SARA Lassen Sie doch einen abgematteten Feind, der den letzten fruchtlosen Sturm gewagt hat, ruhig abziehen. Ich würde ohne Marwood vieles nicht wissen –

MELLEFONT Vieles? Was ist das viele?

SARA Was sie mir selbst nicht gesagt hätten, Mellefont. – Sie werden stutzig? – Nun wohl ich will es wieder vergessen, weil Sie doch nicht wollen, daß ich es wissen soll.

MELLEFONT Ich will nicht hoffen, daß Sie etwas zu meinem Nachteile glauben werden, was keinen andern Grund hat, als die Eifersucht einer aufgebrachten Verleumderin.

SARA Auf ein andermal hiervon! – Warum aber lassen Sie es nicht das erste sein, mir von der Gefahr zu sagen, in der sich ihr kostbares Leben befunden hat? Ich, Mellefont, ich würde den Stahl geschliffen haben, mit dem Sie Marwood durchstoßen hätte –

MELLEFONT Diese Gefahr war so groß nicht. Marwood
war von einer blinden Wut umgetrieben, und ich war bei
kaltem Blute. Ihr Angriff also mußte mißlingen – Wenn
ihr ein andrer auf der Miß Sara gute Meinung von ihrem
5   Mellefont nur nicht besser gelungen ist? Fast muß ich es
fürchten – Nein, liebste Miß, verschweigen sie mir es
nicht länger, was Sie von ihr wollen erfahren haben.
SARA Nun wohl. – Wenn ich noch den geringsten Zweifel
an ihrer Liebe gehabt hätte, Mellefont, so würde mir ihn
10   die tobende Marwood benommen* haben. Sie muß es   genommen
gewiß wissen, daß sie durch mich um das Kostbarste
gekommen sei; denn ein ungewisser Verlust würde sie
bedächtiger haben gehen lassen.
MELLEFONT Bald werde ich also auf ihre blutdürstige Ei-
15   fersucht, auf ihre ungestüme Frechheit, auf ihre treulose
List einigen Wert legen müssen! – Aber, Miß, Sie wollen
mir wieder ausweichen, und mir dasjenige nicht entdek-   Hier: mitteilen
ken* –
SARA Ich will es, und was ich sagte war schon ein näherer
20   Schritt dazu. Daß mich Mellefont also liebt, ist unwider-
sprechlich gewiß. Wenn ich nur nicht entdeckt hätte,
daß seiner Liebe ein gewisses Vertrauen fehlte, welches
mir eben so schmeichelhaft sein würde, als die Liebe
selbst. Kurz, liebster Mellefont – Warum muß mir eine
25   plötzliche Beklemmung das Reden so schwer machen?
Ich werde es schon sagen müssen, ohne viel die behut-
samste Wendung zu suchen, mit der ich es Ihnen sagen
sollte. – Marwood ⌈erwähnte eines Pfandes⌉, und der
schwatzhafte Norton – Vergeben Sie es ihm nur – nannte
30   mir einen Namen, einen Namen, Mellefont, welcher
eine andre Zärtlichkeit bei Ihnen rege machen muß, als
Sie gegen mich empfinden –
MELLEFONT Ist es möglich? Hat die Unverschämte ihre
eigne Schande bekannt? – Ach, Miß, haben Sie Mitlei-
35   den mit meiner Verwirrung. – Da Sie schon alles wissen,

1772 korr. zu:
hören

warum wollen Sie es auch noch aus meinem Munde wissen*? Sie soll nie vor ihre Augen kommen die kleine Unglückliche, der man nichts vorwerfen kann, als ihre
Mutter.

SARA Sie lieben sie also doch? –

MELLEFONT Zu sehr, Miß, zu sehr, als daß ich es leugnen
sollte.

SARA Wohl Mellefont. – Wie sehr liebe ich Sie, auch um
dieser Liebe willen. Sie würden mich empfindlich beleidiget haben, wenn Sie die Sympathie ihres Bluts, aus
mir nachteiligen Bedenklichkeiten, verleugnet hätten.
Schon haben Sie mich dadurch beleidiget, daß Sie mir
drohen, sie nicht vor meine Augen kommen zu lassen.
Nein, Mellefont; es muß eine von den Versprechungen
sein, die Sie mir vor den Augen des Höchsten angeloben,
daß Sie Arabellen nicht von sich lassen wollen. Sie läuft
Gefahr, in den Händen ihrer Mutter, ihres Vaters unwürdig zu werden. Brauchen Sie ihre Rechte über beide
und lassen mich an die Stelle der Marwood treten. Gönnen Sie mir das Glück, mir eine Freundin zu erziehen, die
Ihnen ihr Leben zu danken hat; einen Mellefont meines
Geschlechts. Glückliche Tage, wenn mein Vater, wenn
Sie, wenn Arabella, meine kindliche Ehrfurcht, meine
vertrauliche Liebe, meine sorgsame Freundschaft um
die Wette beschäftigen werden! Glückliche Tage! Aber
ach! – sie sind noch fern in der Zukunft. – Doch vielleicht weiß auch die Zukunft nichts von ihnen, und sie
sind bloß in meiner Begierde noch Glück! – Empfindungen, Mellefont, nie gefühlte Empfindungen wenden
meine Augen in eine andre Aussicht! Eine dunkle Aussicht in ehrfurchtsvolle Schatten! – Wie wird mir? – *indem sie die Hand vors Gesicht hält.*

MELLEFONT Welcher plötzliche Übergang von Bewunderung zum Schrecken! – Eile doch Betty! Schaffe doch
Hülfe! – Was fehlt Ihnen, großmütige Miß! Himmlische

Seele! Warum verbirgt mir diese neidische Hand *indem er sie weg nimmt: so* holde Blicke? – Ach es sind Mienen, die den grausamsten Schmerz, aber ungern, verraten! – Und doch ist die Hand neidisch, die mir diese Mienen
5 verbergen will. Soll ich ihre Schmerzen nicht mit fühlen, Miß? Ich Unglücklicher, daß ich sie nur mit fühlen kann? – Daß ich sie nicht allein fühlen soll? – So eile doch Betty –

BETTY Wohin soll ich eilen? –

10 MELLEFONT Du siehst und fragst? – nach Hülfe!

SARA Bleib nur! – Es geht vorüber. Ich will Sie nicht wieder erschrecken, Mellefont.

MELLEFONT Betty, was ist ihr geschehen? – Das sind nicht bloße Folgen einer Ohnmacht.

15 *Fünfter Auftritt.*

Norton. Mellefont. Sara. Betty.

MELLEFONT Du kömmst schon wieder Norton? Recht gut! Du wirst hier nötiger sein.

NORTON Marwood ist fort –

20 MELLEFONT Und meine Flüche eilen ihr nach! – Sie ist fort? – Wohin? – ⌜Unglück und Tod, und wo möglich, die ganze Hölle möge sich auf ihrem Wege finden! Verzehrend Feuer donnre der Himmel auf sie herab, und unter ihr breche die Erde ein, der weiblichen Ungeheuer größ-
25 tes zu verschlingen!⌝ –

NORTON So bald sie in ihre Wohnung zurück gekommen, hat sie sich ⌜mit Arabellen und ihrem Mädchen in den Wagen geworfen, und die Pferde mit verhängtem Zügel davon eilen lassen.⌝ Dieser versiegelte Zettel ist von ihr
30 an Sie zurück geblieben.

MELLEFONT *indem er den Zettel nimmt:* Er ist an mich. –
Soll ich ihn lesen, Miß?

SARA Wenn Sie ruhiger sein werden, Mellefont.

MELLEFONT Ruhiger? Kann ich es werden, ⌐ehe ich mich
an Marwood gerächet⌐, und Sie, teuerste Miß, außer 5
Gefahr weiß?

SARA Lassen Sie mich nichts von Rache hören. ⌐Die Rache
ist nicht unser!⌐ – Sie erbrechen* ihn doch? – Ach, Mellefont, warum sind wir zu gewissen Tugenden bei einem
gesunden und seine Kräfte fühlenden Körper weniger, 10
als bei einem siechen und abgematteten aufgelegt? Wie
sauer werden Ihnen Gelassenheit und Sanftmut, und wie
unnatürlich scheint mir des Affects* ungeduldige
Hitze! – Behalten Sie den Inhalt nur vor sich*.

MELLEFONT Was ist es für ein Geist, der mich Ihnen unge- 15
horsam zu sein zwinget? Ich erbrach ihn wider Willen, –
wider Willen muß ich ihn lesen.

SARA *indem Mellefont vor sich lieset:* Wie schlau weiß sich
der Mensch zu trennen und aus seinen Leidenschaften
ein von sich unterschiedenes Wesen zu machen, dem er 20
alles zur Last legen könne, was er bei kaltem Blute selbst
nicht billiget – Mein Salz*, Betty! Ich besorge* einen
neuen Schreck, und werde es nötig haben. – Siehst du,
was der unglückliche Zettel für einen Eindruck auf ihn
macht! – Mellefont! – Sie geraten außer sich! – Melle- 25
font! – Gott! er erstarrt! – Hier, Betty! Reiche ihm das
Salz! – Er hat es nötiger, als ich.

MELLEFONT *der die Betty damit zurückstößt:* Nicht näher
Unglückliche! – Deine Arzeneien sind Gift! –

SARA Was sagen Sie! – Besinnen Sie sich! Sie verkennen 30
sie!

BETTY Ich bin Betty, nehmen Sie doch.

MELLEFONT Wünsche dir, Elende, daß du es nicht wärest! –
Eile! Fliehe! ehe du, in Ermanglung des schuldigern, das
schuldige Opfer meiner Wut wirst! 35

SARA Was für Reden! – Mellefont liebster Mellefont –

MELLEFONT Das letzte liebster Mellefont aus diesem göttlichen Munde, und denn ewig nicht mehr! – Zu ihren Füßen, Sara – *indem er sich niederwirft:* – Aber was will ich zu ihren Füßen? *und wieder aufspringt:* Entdekken? Ich Ihnen entdecken? – Ja, ich will Ihnen entdekken, Miß, daß Sie mich hassen werden, daß Sie mich hassen müssen. – Sie sollen den Inhalt nicht erfahren; nein von mir nicht! – Aber Sie werden ihn erfahren – Sie werden – Was steht ihr noch hier, müßig und angeheftet? Lauf Norton, bringe alle Ärzte zusammen! Suche Hülfe, Betty! Laß die Hülfe so wirksam sein als deinen Irrtum! – Nein! bleibt hier! ich gehe selbst. –

SARA Wohin, Mellefont? Nach was für Hülfe? Von welchem Irrtume reden Sie?

MELLEFONT Göttliche Hülfe, Sara, oder unmenschliche Rache! – Sie sind verloren – Daß die Welt mit uns verloren wäre! –

Sechster Auftritt.

Sara. Norton. Betty.

SARA Er ist weg? – Ich bin verlassen? Was will er damit? Verstehest du ihn Norton? – Ich bin krank, sehr krank; aber setze das äußerste, daß ich sterben müsse; bin ich darum verloren? Und was will er denn mit dir, arme Betty? – Du ringst die Hände? Betrübe dich nicht; du hast ihn gewiß nicht beleidiget; er wird sich wieder besinnen. – Hätte er mir doch gefolgt, und den Zettel nicht gelesen! Er konnte es ja wohl denken, daß er das letzte Gift der Marwood enthalten müsse.

BETTY Welche schreckliche Vermutung! – Nein; es kann nicht sein; ich glaube es nicht –

NORTON *welcher nach der Scene zugegangen:* Der alte Bediente ihres Vaters, Miß Sara.

SARA Laß ihn herein kommen, Norton –

Siebender Auftritt.

Waitwell. Sara. Betty. Norton.   5

SARA Es wird dich nach meiner Antwort verlangen, guter
Waitwell. Sie ist fertig, bis auf einige Zeilen. – Aber
warum so bestürzt? Man hat es dir gewiß gesagt, daß ich
krank bin.

WAITWELL Und noch mehr!   10

SARA Gefährlich krank? – Ich schließe es mehr aus der un-
gestümen Angst des Mellefont, als daß ich es fühle –
Wenn du mit dem unvollendeten Briefe der unglücklichen Sara an den unglücklichen Vater abreisen müßtest,
Waitwell? – Laß uns das beste hoffen! Willst du wohl bis   15
morgen warten? Vielleicht finde ich einige gute Augenblicke, dich abzufertigen. Jetzo* möchte ich es nicht im
Stande sein. Diese Hand hängt wie tot an der betäubten
Seite. – Wenn der ganze Körper so leicht dahin stirbt,
wie diese Glieder – Du bist ein alter Mann, Waitwell,   20
und kannst von deinem letzten Auftritte nicht weit mehr
entfernt sein. Glaube mir, wenn das, was ich empfinde,
Annäherungen des Todes sind, – so sind die Annährun-
gen des Todes so bitter nicht, – Ach! – Kehre dich nicht
an dieses Ach! Ohne alle unangenehmer Empfindung   25
kann es freilich nicht abgehen. Unempfindlich konnte
der Mensch nicht sein; unleidlich muß er nicht sein* –
Aber, Betty, warum hörst du noch nicht auf, dich so
untröstlich zu bezeigen?

BETTY Erlauben Sie mir, Miß, erlauben Sie mir, daß ich   30
mich aus ihren Augen entfernen darf.

Veraltet für:
jetzt

Ohne Empfin-
dung konnte
der Mensch
nicht sein;
ohne Leiden
darf er nicht
sein.

SARA Geh nur; ich weiß wohl, es ist nicht eines jeden Sache, um Sterbende zu sein. Waitwell soll bei mir bleiben.
Auch du Norton, wirst mir einen Gefallen erweisen,
wenn du dich nach deinen Herrn umsiehst*. Ich sehne
5   mich nach seiner Gegenwart.

Im 18. Jh.
Akkusativ
gebräuchlich

BETTY *im abgehn:* Ach, Norton, ich nahm die Arzenei aus
den Händen der Marwood.

Achter Auftritt.

Waitwell. Sara.
10 SARA Waitwell, wenn du mir die Liebe erzeigen und bei mir
bleiben willst, so laß mich kein so wehmütiges Gesichte
sehen. Du verstummst? – Sprich doch! Und wenn ich
bitten darf, sprich von meinem Vater. Wiederhole mir
alles, was du mir vor einigen Stunden tröstliches sagtest.
15 Wiederhole mir, daß mein Vater versöhnt ist, und mir
vergeben hat. Wiederhole es mir und füge hinzu, daß der
ewige himmlische Vater nicht grausamer sein könne. –
Nicht wahr, ich kann hierauf sterben? Wenn ich vor deiner Ankunft in diese Umstände gekommen wäre, wie
20 würde es mit mir ausgesehen haben! Ich würde ver-
zweifelt sein, Waitwell. Mit dem Haß desjenigen bela-
den aus der Welt zu gehen, der wider seine Natur handelt, wenn er uns hassen muß – Was für ein Gedanke!
Sage ihm, daß ich in den lebhaftesten Empfindungen der
25 Reue, Dankbarkeit und Liebe gestorben sei. Sage ihm –
Ach, daß ich es ihm nicht selbst sagen soll, wie voll mein
Herz von seinen Wohltaten ist. Das Leben war derselben
geringste! Wie sehr wünschte ich, den schmachtenden
Rest zu seinen Füßen aufgeben zu können!
30 WAITWELL Wünschen Sie wirklich, Miß, ihn zu sehen?

SARA Endlich sprichst du, um an meinem sehnlichsten
Verlangen, an meinem letzten Verlangen zu zweifeln.

WAITWELL Wo soll ich die Worte finden, die ich schon so
lange suche? Eine plötzliche Freude ist so gefährlich, als
ein plötzlicher Schreck. Ich fürchte mich nur vor dem   5
allzugewaltsamen Eindrucke, den sein unvermuteter
Anblick auf einen so zärtlichen Geist machen möchte.

SARA Wie meinst du das? Wessen unvermuteter Anblick –

WAITWELL Der gewünschte, Miß! – Fassen Sie sich!   10

Neunter Auftritt.

Sir Sampson. Sara. Waitwell.

SAMPSON Du bleibst mir viel zu lange, Waitwell. Ich muß
sie sehen.

SARA Wessen Stimme –   15

SAMPSON Ach, meine Tochter!

SARA Ach, mein Vater! – Hilf mir auf, Waitwell, hilf mir
auf, daß ich mich zu seinen Füßen werfen kann. *Sie will
aufstehen, und fällt aus Schwachheit in den Lehnstuhl
zurück:* Er ist es doch? Oder ist eine* erquickende Er-   20
scheinung, ⌜vom Himmel gesandt, gleich jenem Engel,
der den Starken zu stärken kam? – Segne mich, wer du
auch seist, ein Bote des Höchsten, in der Gestalt meines
Vaters, oder selbst mein Vater!⌝

SAMPSON Gott segne dich, meine Tochter! – Bleib ruhig.   25
*indem sie es nochmals versuchen will vor ihm nieder-
zufallen:* Ein andermal, bei mehrern Kräften, will ich
dich nicht ungern, mein zitterndes Knie umfassen sehen.

SARA Jetzt, mein Vater, oder niemals. Bald werde ich nicht   30

1772 korr. zu:
Oder ist es
eine

Fünfter Aufzug.

mehr sein! Zu glücklich, wenn ich noch einige Augenblicke gewinne, Ihnen die Empfindungen meines Herzens zu entdecken. Doch nicht Augenblicke, lange Tage, ein nochmaliges Leben würde erfordert, alles zu sagen, was eine schuldige, eine reuende, eine gestrafte Tochter, einem beleidigten, einem großmütigen, einem zärtlichen Vater sagen kann. Mein Fehler, ihre Vergebung –

SAMPSON Mache dir aus einer Schwachheit keinen Vorwurf, und mir aus einer Schuldigkeit kein Verdienst. Wenn du mich an mein Vergeben erinnerst, so erinnerst du mich auch daran, daß ich damit gezaudert habe. Warum vergab ich dir nicht gleich? Warum setzte ich dich in die Notwendigkeit, mich zu fliehen? Und noch heute, da ich dir schon vergeben hatte, was zwang mich, erst eine Antwort von dir zu erwarten? Jetzt könnte ich dich schon einen Tag wieder genossen haben, wenn ich sogleich deinen Umarmungen zugeeilt wäre. Ein heimlicher Unwille mußte in einer der verborgensten Falten des betrognen Herzens zurückgeblieben sein, daß ich vorher deiner fortdauernden Liebe gewiß sein wollte, ehe ich dir die meinige wieder schenkte. Soll ein Vater so eigennützig handeln? ⌜Sollen wir nur die lieben, die uns lieben?⌝ Tadle mich, liebste Sara, tadle mich; ich sahe mehr auf meine Freude an dir, als auf dich selbst. – Und wenn ich sie verlieren sollte, diese Freude? – Aber wer sagt es denn, daß ich sie verlieren soll? Du wirst leben? du wirst noch lange leben! Entschlage doch aller schwarzen Gedanken.* Mellefont macht die Gefahr größer als sie ist. Er brachte das ganze Haus in Aufruhr, und eilte selbst Ärzte aufzusuchen, die er in diesem armseligen Flecken vielleicht nicht finden wird. Ich sahe seine stürmische Angst, seine hoffnungslose Betrübnis, ohne von ihm gesehen zu werden. Nun weiß ich es, daß er dich aufrichtig liebet; nun gönne ich dich ihm. Hier will ich ihn erwarten, und deine Hand in seine Hand legen.

Unterdrücke doch alle schwarzen Gedanken.

Was ich sonst nur gedrungen getan hätte, tue ich nun
gerne, da ich seh, wie teuer du ihm bist. – Ist es wahr,
daß es Marwood selbst gewesen ist, die dir dieses*
Schrecken verursacht hat? So viel habe ich aus den Klagen deiner Betty verstehen können, und mehr nicht. – 5
Doch was forsche ich nach den Ursachen deiner Unpäß-
lichkeit, da ich nur auf die Mittel, ihr abzuhelfen, bedacht sein sollte. Ich sehe du wirst von Augenblick zu
Augenblick schwächer, ich seh es und bleibe hülflos stehen. Was soll ich tun, Waitwell? Wohin soll ich laufen? 10
Was soll ich daran wenden? Mein Vermögen? Mein Leben! Sage doch!

SARA Bester Vater, alle Hülfe würde vergebens sein. Auch
die unschätzbarste würde vergebens sein, die Sie mit ihrem Leben für mich erkaufen wollten. 15

Zehnter Auftritt.

Mellefont. Sara. Sir Sampson. Waitwell.

MELLEFONT Ich wag es, den Fuß wieder in dieses Zimmer
zu setzen? Lebt sie noch?

SARA Treten sie näher, Mellefont. 20

MELLEFONT Ich sollte ihr Angesicht wieder sehen? Nein,
Miß; ich komme ohne Trost, ohne Hülfe zurück. Die
Verzweiflung allein bringt mich zurück – Aber wen seh
ich? Sie, Sir? Unglücklicher Vater! Sie sind zu einer
schrecklichen Scene gekommen. Warum kamen Sie 25
nicht eher? Sie kommen zu spät, ihre Tochter zu retten!
Aber – nur getrost! – sich gerächet zu sehen, dazu sollen
Sie nicht zu spät gekommen sein.

SAMPSON Erinnern Sie sich, Mellefont, in diesem Augenblicke nicht, daß wir Feinde gewesen sind! Wir sind es 30

diesen

110

nicht mehr, und wollen es nie wieder werden. Erhalten Sie mir nur eine Tochter, und Sie sollen sich selbst eine Gattin erhalten haben.

MELLEFONT Machen Sie mich zu Gott, und wiederholen Sie dann ihre Forderung. – Ich habe Ihnen, Miß, schon zu viel Unglück zugezogen, als daß ich mich bedenken dürfte, Ihnen auch das letzte anzukündigen: Sie müssen sterben. Und wissen Sie, durch wessen Hand Sie sterben?

SARA Ich will es nicht wissen, und es ist mir schon zu viel, daß ich es argwohnen kann.

MELLEFONT Sie müssen es wissen, denn wer könnte mir dafür stehen, daß Sie nicht falsch argwohnten? Diß schreibet Marwood. *er lieset:* »Wenn Sie diesen Zettel lesen werden, Mellefont, wird ihre Untreue in dem Anlasse derselben* schon bestraft sein. Ich hatte mich ihr entdeckt, und vor Schrecken war sie in Ohnmacht gefallen. Betty gab sich alle Mühe, sie wieder zu sich selbst zu bringen. Ich ward gewahr, daß sie ein Cordialpulver* bei Seite legte, und hatte den glücklichen Einfall, es mit einem Giftpulver zu vertauschen. Ich stellte mich gerührt und dienstfertig und machte es selbst zurechte. Ich sah es ihr geben, und gieng triumphierend fort. ⌐Rache und Wut haben mich zu einer Mörderin gemacht; ich will aber keine von den gemeinen* Mörderinnen sein, die sich ihrer Tat nicht zu rühmen wagen.⌐ ⌐Ich bin auf dem Wege nach Dover⌐; Sie können mich verfolgen, und meine eigne Hand wider mich zeugen lassen. Komme ich unverfolgt in den Hafen, so will ich Arabellen unverletzt zurücklassen. Bis dahin aber werde ich sie als einen Geisel betrachten. Marwood.« – Nun wissen Sie alles, Miß. Hier, Sir, verwahren Sie dieses Papier. Sie müssen die Mörderin zur Strafe ziehen lassen, und dazu ist es ihnen unentbehrlich. – Wie erstarrt er da steht!

SARA Geben Sie mir dieses Papier, Mellefont. Ich will mich

Gemeint ist Sara, die der Anlass der Untreue war.

Herzstärkendes Medikament (lat. cor, ›Herz‹)

gewöhnlichen

mit meinen Augen überzeugen. *er giebt es ihr, und sie sieht es einen Augenblick an:* Werde ich so viel Kräfte noch haben? *sie zerreißt es.*

MELLEFONT Was machen Sie, Miß!

SARA Marwood wird ihrem Schicksale nicht entgehen; aber weder Sie, noch mein Vater sollen ihre Ankläger werden. ⌜Ich sterbe, und vergebe es der Hand, durch die mich Gott heimsucht.⌝ – Ach mein Vater, welcher finstere Schmerz hat sich ihrer bemächtiget? – Noch liebe ich Sie, Mellefont, und wenn Sie lieben ein Verbrechen ist, wie schuldig werde ich in jener Welt erscheinen! – ⌜Wenn ich hoffen dürfte, liebster Vater, daß Sie einen Sohn, anstatt einer Tochter, annehmen wollten! Und auch eine Tochter wird Ihnen mit ihm nicht fehlen, wenn sie Arabellen dafür erkennen wollen.⌝ Sie müssen Sie zurückholen, Mellefont; und die Mutter mag entfliehen. – Da mich mein Vater liebt, warum soll es mir nicht erlaubt sein, mit seiner Liebe, als mit einem Erbteile umzugehen! Ich vermache diese väterliche Liebe Ihnen und Arabellen. Reden Sie dann und wann mit ihr von einer Freundin, aus deren Beispiele sie gegen alle Liebe auf ihrer Hut zu sein lerne. – Den letzten Segen, mein Vater! – Wer wollte die Fügungen des Höchsten zu richten wagen? – Tröste deinen Herrn, Waitwell. Doch auch du stehst in einem trostlosen Kummer vergraben, der du in mir weder Geliebte noch Tochter verlierest? –

SAMPSON Wir sollten dir Mut einsprechen und dein sterbendes Auge spricht ihn uns ein. Nicht mehr meine irdische Tochter, schon halb ein Engel, was vermag der Segen eines wimmernden Vaters auf einen Geist, auf welchen alle Segen des Himmels herabströmen? Laß mir einen Strahl des Lichtes, welches dich über alles menschliche so weit erhebt. Oder bitte Gott, den Gott, der nichts so gewiß als die Bitten eines frommen Sterbenden erhört, bitte ihn, daß dieser Tag auch der letzte meines Lebens sei.

SARA Die bewährte Tugend muß Gott der Welt lange zum
Beispiele lassen, und nur ⌐die schwache Tugend, die allzu
vielen Prüfungen vielleicht unterliegen würde, hebt er
plötzlich aus den gefährlichen Schranken⌐ – Wem fließen
5   diese Tränen, mein Vater? Sie fallen als feurige Tropfen
auf mein Herz; und doch – doch sind sie mir minder
schrecklich, als die stumme Verzweiflung. Entreißen Sie
sich ihr, Mellefont! – Mein Auge bricht – Dies war der
letzte Seufzer! – Noch denke ich an Betty, und verstehe
10 nun ihr ängstliches Händeringen. Das arme Mädchen!
Daß ihr ja niemand eine Unvorsichtigkeit vorwerfe, die
durch ihr Herz ohne Falsch*, und also auch ohne Arg-   ohne Falsch-
wohn der Falschheit, entschuldiget wird. – Der Augen-   heit, ohne
blick ist da! Mellefont – mein Vater –   Fehler
15 MELLEFONT Sie stirbt! – Ach, diese kalte Hand noch ein-
mal zu küssen, *indem er zu ihren Füßen fällt:* – Nein, ich
will es nicht wagen, sie zu berühren. Eine gemeine Sage
schreckt mich, daß der Körper eines Erschlagenen durch
die Berührung seines Mörders zu bluten anfange. Und
20 wer ist ihr Mörder? Bin ich es nicht mehr, als Marwood?
steht auf: – Nun ist sie tot, Sir! nun hört sie uns nicht
mehr; nun verfluchen Sie mich! Lassen Sie ihren
Schmerz in verdiente Verwünschungen aus! Es müsse
keine mein Haupt verfehlen, und die gräßlichste dersel-
25 ben müsse gedoppelt erfüllt werden! Was schweigen Sie
noch? Sie ist tot; sie ist gewiß tot! ⌐Nun bin ich wieder
nichts als Mellefont!⌐ Ich bin nicht mehr der Geliebte
einer zärtlichen Tochter, die sie in ihm zu schonen Ursache hätten. – Was ist das? Ich will nicht, daß Sie einen
30 barmherzigen Blick auf mich werfen sollen! Das ist ihre
Tochter! Ich bin ihr Verführer! Denken Sie nach Sir! –
Wie soll ich ihre Wut besser reizen? Diese blühende
Schönheit, über die Sie allein ein Recht hatten, ward
wider ihren Willen mein Raub! Meinetwegen vergaß
35 sich diese unerfahrne Tugend! Meinetwegen riß sie sich

aus den Armen eines geliebten Vaters! Meinetwegen mußte sie sterben! – Sie machen mich mit ihrer Langmut ungeduldig, Sir! Lassen Sie mich es hören, daß Sie Vater sind.

SAMPSON Ich bin Vater, Mellefont, und bin es zu sehr, als daß ich den letzten Willen meiner Tochter nicht verehren sollte. – Laß dich umarmen, mein Sohn, den ich teurer nicht erkaufen konnte!

MELLEFONT Nicht so, Sir! Diese Heilige befahl mehr, als die menschliche Natur vermag! Sie können mein Vater nicht sein. – Gehen Sie, Sir, *indem er den Dolch aus dem Busen zieht:* dieses ist der Dolch, den Marwood heute auf mich zuckte. Zu meinem Unglücke mußte ich sie entwaffnen. Wenn ich als das schuldige Opfer ihrer Eifersucht gefallen wäre, so lebte Sara noch. Sie hätten ihre Tochter noch, und hätten Sie ohne Mellefont. Es stehet bei mir nicht, das Geschehene ungeschehen zu machen; ⌜aber mich wegen des Geschehenen zu strafen⌝ – das steht bei mir! *er ersticht sich, und fällt auf dem Stuhle der Sara nieder.*

SAMPSON Halte ihn, Waitwell! – Was für ein neuer Streich auf mein gebeugtes Haupt! – O wenn das dritte hier erkaltende Herz das meine wäre!

MELLEFONT *sterbend:* Ich fühl es – daß ich nicht fehl gestoßen habe! – Wollen Sie mich nun ihren Sohn nennen, Sir, und mir als diesem die Hand drücken, so sterb ich zufrieden. *Sampson umarmt ihn:* – ⌜Sie haben von einer Arabella gehört, für die die sterbende Sara Sie bat. Ich würde auch für Sie bitten – aber sie ist der Marwood Kind sowohl, als meines.⌝ – Was für fremde Empfindungen ergreifen mich! – Gnade, o Schöpfer, Gnade! –

SAMPSON Wenn fremde Bitten jetzt kräftig sind, Waitwell, so laßt uns ihm diese Gnade erbitten helfen! Er stirbt! Ach, er war unglücklicher als lasterhaft. –

Elfter Auftritt.

Norton. Die Vorigen.
NORTON Ärzte, Sir. –
SAMPSON Wenn Sie Wunder tun können, so laß sie herein
5   kommen! – Laß mich nicht länger, Waitwell, bei diesem
     tötenden Anblicke verweilen. Ein Grab soll beide um-
     schließen. Komm, schleunige Anstalt zu machen, und
     dann laß uns auf* Arabellen denken. Sie sei, wer sie sei;   an
     sie ist ein Vermächtnis meiner Tochter! *Sie gehen ab, und*
10   *das Theater fällt zu*.   der Vorhang
                                                                   fällt
     Ende des bürgerlichen Trauerspiels.*   1772 wird
                                                                   ›bürgerlichen‹
                                                                   gestrichen

Kommentar

Einleitung

Im Frühjahr 1755 erscheint in Berlin ein Drama aus der Feder eines jungen Mannes, der sich als Journalist, Redakteur und Übersetzer betätigt, Rezensionen schreibt, eine neue journalistische Gattung, die Literaturbeilage, erfindet, die erste Theaterzeitschrift gründet, bereits seit zwei Jahren seine Werke sammelt und sie in sechs Teilen, den *Schrifften*, herausgibt, in deren letztem Teil sich auch das genannte Drama befindet: *Miß Sara Sampson. Ein bürgerliches Trauerspiel.* Der Untertitel hat Signalcharakter, verweist er doch in der Semantik des Attributs »bürgerlich« auf den ›ganzen Menschen‹, der in der Verknüpfung von Verstandes- und Empfindungsvermögen der lasterhaften Amoralität im öffentlichen Raum den Privatraum tugendhafter Familienbindung entgegensetzt. Zugleich erwächst der deutschen Tragödienliteratur mit dem »bürgerlichen Trauerspiel« eine eigene, originale Form, wobei die antiken, die englischen, aber auch die französischen Einflüsse unübersehbar sind. Im deutschen Sprachraum hat neben Lessing auch Johann Gottlob Benjamin Pfeil (1736–1809) mit *Lucie Woodvil* (1756) und seiner bereits ein Jahr zuvor publizierten ersten explizit theoretischen Abhandlung über das neue Genre, *Vom bürgerlichen Trauerspiele*, den dramatischen Konflikt erstmalig ausschließlich im Raum der bürgerlichen Familie angesiedelt. V. a. drei Momente sind Irmela von der Lühe zufolge bei der Etablierung der neuen Gattung zu beobachten: Die Herauslösung des tragischen Geschehens aus einem stoisch bzw. heroisch akzentuierten Schicksalsdiskurs, die Privatisierung des tragischen Sujets sowie der diskursiv erzeugte Gefühlsüberschwang, mit dem das bürgerliche Trauerspiel – insbesondere in seiner empfindsamen Variante – Leser und Zuschauer gleichermaßen konfrontiert:

> »Nicht länger die Götter oder die göttliche Weltordnung, sondern der bürgerliche Privatmensch und sein Kultort, die familiale Gefühlsgemeinschaft, beginnen mit dem bürgerlichen Trauerspiel ihren zunächst tränenseligen, später dann gewaltgesättigten Siegeszug auf der Bühne des modernen Theaters« (von der Lühe 2003, S. 205 f.).

Bürgerliches Trauerspiel

Nach Wilfried Barner gehörte Lessings erstes Trauerspiel neben Klopstocks *Messias* (1748–73) und Goethes *Werther* (1774) zu

Weinerfolg

den größten »Weinerfolgen« der Aufklärung, die insgesamt darauf verweisen, dass man es ab Mitte des 18. Jahrhunderts mit einem »weinende[n] Saeculum« zu tun habe (Barner 1983). In der ersten Rezeptionsphase (bis etwa 1775) war Lessings tragisches Debütstück eine Sensation, genügte es doch als erstes dem neuen Gattungsverständnis und gehörte zu den herausragenden Dokumenten der Empfindsamkeit, wobei Lessing sich nicht mit dieser geistigen Strömung identifizierte. Gleichwohl blieb das Stück selbst nur ein Triumph auf Zeit, ein »originelles historisches Vorspiel zur Shakespeare-Rezeption der Stürmer und Dränger und der Romantiker« (Wiedemann 2003, S. 858). Heute wirkt die Rhetorik der Figuren, das ständige Be- und Zerreden ihrer Gefühle, befremdlich, mehr noch:

> »[Der] dramatische Handlungsgang [nimmt sich] wie ein arg bemühtes, wortreiches, aber realitätsfernes Spektakel aus, das sich in seiner erklärtermaßen Langmut heischenden Umständlichkeit und Weitläufigkeit wie ein ›moralisches Schauturnen‹ im Geiste der Empfindsamkeit [so Fricke 1964, S. 117] präsentiert« (Kuttenkeuler 1987, S. 8).

Dieser Kommentar dient in erster Linie dazu, die fremd gewordene, komplexe Welt des Trauerspiels einem historischen Verstehen zu öffnen und die Kontexte dieses Schlüsseltextes der anthropologischen Wende des 18. Jahrhunderts zu erschließen.

Schlüsseltext der anthropologischen Wende des 18. Jh.s

Ausgangspunkt der Deutung ist die seit einiger Zeit in der Forschung verhandelte These von der Aufwertung der sinnlichen Natur des Menschen in der Aufklärung. Dabei ergibt sich als einer der wesentlichen Aspekte von Lessings Trauerspiel die Frage nach der möglichen Durchdringung von Sinnlichkeit und Vernunft, Gefühl und Reflexion. Aufgegriffen werden soll ein Bild vom Menschen, für das die Integration seiner Körperlichkeit konstitutiv ist. Wie Monika Fick herausgearbeitet hat, kristallisieren sich in der Forschungsdiskussion zwei konträre Sichtweisen heraus, das Verhältnis von Gefühl und Verstand zu interpretieren. Die erste Sichtweise, für die v. a. das philosophische

P. Kondylis

Standardwerk von Panajotis Kondylis (Kondylis 1981) steht, führt zu dem Ergebnis, dass »die Rehabilitation der Sinnlichkeit, die Aufwertung der leiblichen Sphäre und physischen Natur des Menschen, Charakteristikum der Aufklärung« sei; dem zweiten Ansatzpunkt zufolge (vgl. v. a. Foucault 1966) sei das 18. Jahrhundert »eine Epoche der Repression der Sinnlichkeit, der Abspaltung der Sinne vom Körper, der Entfremdung vom Körpergefühl, des Verlusts der ›Ganzheit‹« (Fick 2000, S. 30). Mit der Ausweitung des anthropologischen Ansatzes in der Forschung zeichnet sich auch in den Deutungen der Dramen Lessings eine Antithetik der Perspektiven ab. Während primär inhaltlich orientierte Deutungsansätze konstatieren, dass Lessing neue Synthesen von Sinnlichkeit und Vernunft fundiert, präsentiert er nach Ansicht der diskursanalytischen Perspektive mit Hilfe seiner Dramenfiguren die Techniken der »Diskursivierung«, in denen die Affekte und Impulse der erotischen Leidenschaft dem Tugend-Diskurs gegenübergestellt werden und der Körper somit zum Fremd-Körper wird. Darüber hinaus wird in *Miß Sara Sampson* immer wieder nach dem Konnex von Empfindung und göttlicher Ordnung gefragt, da das göttliche Gesetz von der Empfindung her gedeutet werde et vice versa. Anthropologie und Theologie werden nach Ansicht einiger Interpreten in Lessings Trauerspiel zu einer »provokativen Symbiose« verknüpft (vgl. Fick 2000, S. 127).

M. Foucault

Das hat in der Forschung dazu geführt, Lessings erstes Trauerspiel vornehmlich als ein die poetischen Möglichkeiten auslotendes Vorspiel zu *Emilia Galotti* (vgl. SBB 44) anzusehen. Demgegenüber möchte dieser Kommentar die Eigenständigkeit des früheren Dramas akzentuieren, wodurch weder dessen ästhetische Aufwertung angestrebt ist noch dessen artistische Signalfunktion in Bezug auf nachfolgende Schriften bestritten werden soll. Wohl aber wird auf diese Weise sichergestellt, dass bereits Lessings erstes bürgerliches Trauerspiel ein die Interdependenz von Sinnlichkeit und Vernunft auslotendes Denkmodell zur Darstellung bringt. Daher plädiert der Kommentar dafür, *Miß Sara Sampson* in intertextueller Verschränkung mit Lessings literaturtheoretischen Schriften dieser Zeit – dem mit Moses Mendelssohn (1729–1786) und Friedrich Nicolai (1733–1811) geführten *Briefwechsel über das Trauerspiel* (1755–1757) und der Abhandlung *Von den lateinischen Trauerspielen welche unter dem*

Eigenständigkeit des Dramas

Intertexte

Namen des Seneca bekannt sind (1755) – sowie den antiken Medea-Dramen Euripides' und Senecas zu lesen. Lessings Kunstgriff liegt v. a. darin begründet, die Ablösung von der tragédie classique und der comédie larmoyante mit den Mitteln der zeitgenössischen Empfindungspsychologie durchzuführen und dem poetologischen Kurswechsel ein explizit aufklärerisches Profil zu verleihen (vgl. Alt 1994, S. 192).

Die von Lessing vollzogene Aufkündigung der Gattungsbindung steht nicht etwa im Zeichen des Traditionsbruchs, sondern vielmehr im Zeichen der Traditionskritik (vgl. Barner 1989), die sich nicht gegen die Bindung an literarische Muster und Vor-Bilder schlechthin richtet, sondern gegen ihre Konventionalisierung und ästhetische wie moralische Trivialisierung. Charakteristisch ist dabei in erster Linie der Rückbezug Lessings auf die antiken Dramen und zugleich die Überzeugung, die Antike lasse sich nur auf der Basis eines hohen, durch philologische Bildung vermittelten ästhetischen und hermeneutischen Reflexionsniveaus fruchtbar machen. Dass sich Lessing als Philologe immer wieder intensiv und kritisch mit der griechischen Tragödie und deren Nach-Schrift, der *Poetik* des Aristoteles, beschäftigt hat, ist bekannt. Bei den griechischen Tragikern und in der Analyse bei Aristoteles fand Lessing das Konzept des Fehlverhaltens und der Erkenntnisblindheit (›hamartia‹), mit dem sich der tragische Held die Gründe für seinen Untergang selbst bereitete, und erkannte darin die aufklärerische Alternative zur römisch-barocken Bewährungstragödie. Nachdem bis in die Mitte des 20. Jahrhunderts die Interpretation der ›hamartia‹ im Sinne eines intellektuellen Irrtums als »einer mehr oder weniger schwerwiegenden, auch subjektiv voll zurechenbaren moralischen Schuld« (Kim 2002, S. 20 f.) überwog, deutet in jüngerer Zeit v. a. Arbogast Schmitt diesen Begriff als charakterbedingten, sittlich relevanten Denkfehler, wobei der Beginn des Fehlverhaltens in der betreffenden Person selbst zu verorten ist (vgl. Schmitt 1994 und 1997). Dementsprechend ist für Schmitt

> »das eigentliche Ziel der griechischen Tragödie eine Kultur des Affekts [...]. Diese erreicht sie nicht durch erzieherische Mittel im eigentlichen Sinn, also z. B. durch Belehrung o. ä., sondern eben durch den Affekt selbst, genauer: durch die Stei-

Rückbezug auf antike Dramen

›hamartia‹

gerung des im Affekt selbst wirksamen Moments der Rationalität. Nicht durch die Belehrung, sondern durch die Erregung angemessener Affekte lehrt die Tragödie Furcht und Mitleid zu empfinden dort, wo es angemessen ist, so, wie es angemessen ist, und angesichts von Personen, bei denen es angemessen ist. Indem sie dies in der Ausrichtung der Aufmerksamkeit auf die konkreten Einzelfälle tut, verschafft sie dem Zuschauer eine Fülle anschaulich exemplarischer Erfahrung über die unterschiedlichen, aber immer verhängnisvollen Gründe des Scheiterns menschlichen Handelns« (Schmitt 1994, S. 343).

Exakt an diesem Punkt setzt Lessing an. Ihm geht es expressis verbis um die Modernisierung alles dessen, was bei der Transformation der griechischen Tragödie in für sich genommen bedeutungsfreie Stoffe verloren gegangen war: um die Deutungsmuster und Gestaltungsmittel, wie sie sich in den Archetexten der antiken Tragiker selbst finden. Lessing sucht ein modernes Äquivalent für die mimetische Technik, die Logik der Konfliktentfaltung, die Gestaltung der dramatischen ›hamartia‹, den diskursiv angelegten sinnlichen und moralischen Gehalt der Tragödie. Dabei orientiert sich der Dramatiker Lessing immer an dem, was der Philologe zuvor herausgearbeitet hat. Lessing bewegt sich von früh an im Schnittpunkt zwischen philologisch-gelehrtem Diskurs und dem Kontext des Theaters. Treffend hat Wilfried Barner dieses zielgerichtete Vorgehen, – »Worterklärung, Quellenanalyse, Textkritik (bis hin zu eigenen Konjekturen), Realisierung des Theaterpraktischen, Übersetzung, Weiterdenken des Textes bis hin zu einer möglichen ›Modernisierung‹« – als im umfassenden Sinn »theater-philologisch« bezeichnet (Barner 1997, S. 180). Aus dieser agonalen ›Arbeit an der Differenz‹ (Heiner Müller) heraus definiert Lessing die Tragödie der Aufklärung, die sich in fortwährender Re-Lektüre und Fortschreibung der antiken Archetexte positionieren konnte, ohne darüber den Anspruch auf kreative Eigenständigkeit aufzugeben.

›Theater-Philologie‹

Mit *Miß Sara Sampson* liegt ein Text vor, der in seiner Komplexität daher nur vor dem Hintergrund der theoretischen Diskussionen der Zeit analysiert, der ohne die in ihn eingelagerten

Texte und Kontexte (Seneca-Abhandlung, Briefwechsel über das Trauerspiel, Komödientheorie, frühe Aristoteles-Rezeption, Tugend-Diskurs, Anthropologie im 18. Jahrhundert) kaum angemessen verstanden werden kann. Der Aufschlüsselung dieser Intertexte und Kontexte dienen die folgenden Überlegungen.

Entstehung und Kontext

Im Frühjahr 1755 zog sich Gotthold Ephraim Lessing in die Einsamkeit eines Gartenhauses bei Potsdam zurück, um nach langer Unterbrechung wieder ein Drama zu beenden. Das Ergebnis dieser intensiven Arbeit, das druckfertige Manuskript von *Miß Sara Sampson*, wurde bereits einen Monat nach Lessings Rückkehr zusammen mit dem Lustspiel *Der Misogyne* im sechsten Teil der *Schrifften* veröffentlicht und am 5.5.1755 in einer anonymen Selbstrezension den Lesern der *Berlinischen Privilegierten Zeitung* angezeigt. Wie lange Lessing exakt an seinem Stück gearbeitet hat, ist genauso wenig zu ermitteln wie die Antwort auf die Frage, ob er möglicherweise mit Vorarbeiten nach Potsdam fuhr. Darüber hinaus hat er sich bei seinen Berliner Bekannten weder ab- noch zurückgemeldet und während des Aufenthalts in Potsdam jegliche Kontakte zu befreundeten Schriftstellerkollegen vermieden. So vermerkt Ewald Christian von Kleist (1715–1759) in seinem Brief an Johann Wilhelm Ludwig Gleim (1719–1803) vom 2.4.1755 lediglich, dass Lessing »7 Wochen in Potsdam gewesen [sei]; allein weder Herr Ewald noch ich haben ihn gesehen. Er soll hier verschlossen eine Komödie gemacht haben« (zit. n. Daunicht 1971, S. 82 f.).

Für die Annahme, Lessing sei »wohl incognito« in Potsdam gewesen, wie Gleim in einem Brief an Karl Wilhelm Ramler (1725–1798) vom 28.3.1755 (vgl. ebd., S. 83) berichtet, spricht v. a. die Tatsache, dass auch in Lessings einzigem überliefertem Brief von dort (18.2.1775 an Moses Mendelssohn; vgl. B 11/1, S. 62 f.) die Arbeit an seinem Drama mit keinem Wort erwähnt wird. Dennoch scheint Mendelssohn – neben Lessings Verleger Christian Friedrich Voß (1722–1795) – der einzige Eingeweihte gewesen zu sein, was dem Brief zu entnehmen ist, den Mendelssohn selbst am Tag zuvor nach Potsdam schickte: »Wenn Ihnen diese Schrift zu ungelegener Zeit kömmt, so bedenken Sie, daß ich in 3 Wochen nicht auf Ihrer Stube war; daß ich unmöglich Ihren Umgang so lange entbehren kann, als Sie sich vorgenommen haben, abwesend zu bleiben« (B 11/1, S. 62). Dieser Brief korrespondiert mit einer von Friedrich Wilhelm Basilius von

Ramdohr (1757–1822) überlieferten Anekdote aus dem Jahr
1792:

>»Leßing war mit Mendelsohn bey der vorstellung eines der
französischen weinerlichen dramen zugegen. Der letzte zer-
floß in thränen. Am ende des stücks fragte er seinen freund,
was er dazu sagte? Das es keine Kunst ist, alte weiber zum
heulen zu bringen, versetzte Leßing. Das ist leicht gesagt, aber
nicht so leicht gethan, antwortete Mendelsohn. Was gilt die
wette, sagte Leßing, in sechs wochen bringe ich ihnen ein
solches stück. Sie giengen die wette ein, und am folgenden
morgen war Leßing aus Berlin verschwunden. Er war nach
Potsdam gereiset, hatte sich in eine dachstube eingemiethet,
und kam nicht davon herunter. Nach verlauf von sechs Wochen erschien er wieder bei seinem freunde, und Miß Sara
Sampson war vollendet« (zit. n. Daunicht 1971, S. 82).

Nimmt man diese Briefzeugnisse zusammen, so lassen sich mit
einiger Sicherheit die Eckdaten und die Dauer des Potsdamer
Aufenthaltes bestimmen. Rechnet man von Mendelssohns Briefdatum (17.2.) die drei Wochen zurück, die er nun schon ohne
den Freund habe auskommen müssen, erhält man den 27.1. als
möglichen Abreisetermin. Entnimmt man Ramlers Meldung an
Gleim vom 20.3.1755, »[j]etzt ist Herr Leßing wieder hier und
läßt sie grüßen« (zit. n. ebd., S. 83), das Briefdatum als terminus
ante quem für die Rückkehr und Kleists Mitteilung, Lessing
habe sich sieben Wochen in Potsdam aufgehalten, als Hinweis
auf die Dauer des Lessingschen Arbeitsurlaubs, dann wäre Lessings Trauerspiel zwischen dem 27.1. und dem 17.(–20.)3.1755
entstanden (vgl. auch Wiedemann 2003, S. 1205).

Ramdohrs Wett-Anekdote verdeutlicht aber v.a. den intellektuellen Kontext des Trauerspiels, wird *Miß Sara Sampson* doch
vor den Hintergrund der »rührenden Komödie« gerückt, jenes
neuen Dramentyps, in dem die bürgerliche Sphäre auf empfindsame Weise zur Darstellung gelangt. Lessing selbst hatte anlässlich seiner Übersetzungen der Lustspieltraktate von Pierre-
Mathieu Martin de Chassiron (1704–1767; *Réflexions sur le
Comique-larmoyant* [1749]) und Christian Fürchtegott Gellert
(1715–1769; *Pro comoedia commovente* [1751]) im ersten
Stück der *Theatralischen Bibliothek* (1754) geplant, seiner »Be-

urteilung« des rührenden Lustspiels an einem anderen Ort eine ebensolche des »bürgerlichen Trauerspiels« folgen zu lassen (vgl. B 3, S. 265). Zunächst jedoch thematisiert Lessing die »Neuerungen«, »welche zu unsern Zeiten in der Dramatischen Dichtkunst sind gemacht worden«:

> »Weder das Lustspiel, noch das Trauerspiel, ist davon verschont geblieben. Das erstere hat man um einige Staffeln erhöhet, und das andre um einige herabgesetzt. Dort glaubte man, daß die Welt lange genug in dem Lustspiele gelacht und abgeschmackte Laster ausgezischt habe; man kam also auf den Einfall, die Welt endlich einmal auch darinne weinen und an stillen Tugenden ein edles Vergnügen finden zu lassen. Hier hielt man es für unbillig, daß nur Regenten und hohe Standespersonen in uns Schrecken und Mitleiden erwecken sollten; man suchte sich also aus dem Mittelstande Helden, und schnallte ihnen den tragischen Stiefel an, in dem man sie sonst, nur ihn lächerlich zu machen, gesehen hatte. Die erste Veränderung brachte dasjenige hervor, was seine Anhänger das *rührende Lustspiel*, und seine Widersacher das *weinerliche* nennen. Aus der zweiten Veränderung entstand das *bürgerliche Trauerspiel*. Jene ist von den *Franzosen*, und diese von den *Engländern* gemacht worden. Ich wollte fast sagen, daß sie beide aus dem besondern Naturelle dieser Völker entsprungen zu sein scheinen. Der Franzose ist ein Geschöpf, das immer größer scheinen will, als es ist. Der Engländer ist ein anders, welches alles große zu sich hernieder ziehen will. Dem einen ward es verdrüßlich, sich immer auf der lächerlichen Seite vorgestellt zu sehen; ein heimlicher Ehrgeiz trieb ihn, seines gleichen aus einem edeln Gesichtspunkte zu zeigen. Dem andern war es ärgerlich, gekrönten Häuptern viel voraus zu lassen; er glaubte bei sich zu fühlen, daß gewaltsame Leidenschaften und erhabne Gedanken nicht mehr für sie, als für einen aus seinen Mitteln wären« (B 3, S. 264 f.).

Ähnlich wie beim bürgerlichen Trauerspiel handelt es sich Lessing zufolge bei der comédie larmoyante um das Eindringen einer neuen Dramenform in den etablierten Kanon der Gattungen, indem die traditionellen Gattungsgrenzen der Komödie erweitert werden. In der comédie larmoyante wurden nicht mehr nur,

Bürgerliches Trauerspiel u. rührende Komödie

comédie larmoyante

wie in der älteren Typenkomödie, Normabweichungen verspottet, sondern Werte positiv vertreten, was die Figuren im Ansatz auch zur Tragik befähigte.

Engl. u. franz. Theater-Welten Zuerst prägt sich der Typus der ›ernsten Komödie‹ in England und Frankreich aus. Lessing nahm nicht nur die mentale Differenz zwischen den beiden europäischen Theater-Welten wahr, sondern auch die grundsätzlichere zwischen geschlossenen und offenen Systemen. Französische Regelfixierung und englische Regellosigkeit erschienen ihm als Grenzwerte, zwischen denen sich sein Bemühen um die Emanzipation des eigenen Theaters bewegte. Bereits 1749 gelangte er bezüglich seiner frühen, von Montesquieu (1689–1755) und Voltaire (1694–1778) bestimmten Einsichten zu folgendem Resümee:

> »Wir glauben [...], daß aus keiner Sache das Naturell eines Volkes besser zu bestimmen sei, als aus seiner dramatischen Poesie. [...] Das ist gewiß, wollte der Deutsche in der dramatischen Poesie seinem eigenen Naturell folgen, so würde unsere Schaubühne mehr der englischen als französischen gleichen« (B 1, S. 729).

Wirkungsziele bürgerlicher Dramen-produktion Nach Lessing dient die Komödie nicht mehr dazu, menschliche Schwächen der Lächerlichkeit preiszugeben, sondern tugendhafte Personen, die durch ernsthafte Konflikte gefährdet sind, jenseits ihres gesellschaftlichen Standes auftreten zu lassen. Mit dem Hinweis auf das ›weinerliche Lustspiel‹ ist die allgemeine Tendenz der bürgerlichen Dramenproduktion markiert: Die Rührung zu Tränen aufgrund von Empathie ist das primäre Wirkungsziel. Die wahre Komödie vereinige, so Lessing, das Ernsthafte und das Lächerliche, darin werde sie erst zum Abbild des Lebens. Nach Monika Fick hat Lessing mit dieser Definition »die Enge der Tradition überwunden, deren Vertreter, wie Chassiron (und Gottsched), nur das Lächerliche in der Komödie gelten lassen wollen. [...] Lessings Kommentar wird zum Plädoyer für die ›wahre‹ Komödie, der gegenüber die rührende Komödie als eine Sackgasse markiert wird«. Im Hinblick auf *Miß Sara Sampson* und das bürgerliche Trauerspiel lasse sich Lessings Parteinahme als Distanzierung von den bei Gellert (etwa in seiner Komödie *Die zärtlichen Schwestern*, 1747) zu beobachtenden Auswüchsen der Empfindsamkeit deuten (Fick 2000, S. 99).

Doch setzt Lessing einen dezidiert neuen Aspekt. Wiedemann hat vermutet, das bei Ramdohr überlieferte gemeinsame Theatererlebnis mit Mendelssohn habe den Ausschlag dafür gegeben, dass Lessing sein ursprüngliches Vorhaben, der kritischen Sichtung und Wertung des rührenden Lustspiels eine ebensolche des bürgerlichen Trauerspiels folgen zu lassen, »spontan durch das theatralische Experiment ersetzte« (Wiedemann 2003, S. 1205). In einer in der *Berlinischen Privilegierten Zeitung* anonym erschienenen Selbstanzeige vom 3. 5. 1755 lenkt Lessing die Aufmerksamkeit mit Nachdruck auf die Gattungsbezeichnung, indem er gleichzeitig Johann Christoph Gottsched (1700–1766) und dessen Versuch, die Dichtung mit Hilfe formulierter Regeln für die Abfassung poetischer Texte einem normativen Klassizismus des Heroischen unterzuordnen, zu widerlegen sucht:

J. C. Gottsched

> »Ein bürgerliches Trauerspiel! Mein Gott! Findet man in Gottscheds critischer Dichtkunst ein Wort von so einem Dinge? Dieser berühmte Lehrer hat nun länger als zwanzig Jahr seinem lieben Deutschland die drei Einheiten vorgepredigt, und dennoch wagt man es auch hier, die Einheit des Orts recht mit Willen zu übertreten. Was soll daraus werden?« (B 3, S. 389)

Alt hat darauf hingewiesen, dass bis zur Mitte des 18. Jahrhunderts, »[e]he sich eine Theorie des bürgerlichen Trauerspiels herausbildet, die die neue Gattung in verbindlicher Weise zu beschreiben und auf ihre praktische Umsetzung unmittelbar Einfluß zu nehmen vermag«, eine große Unklarheit darüber herrsche, was den Umgang mit der Gattungsbezeichnung ›bürgerliches Trauerspiel‹ betrifft (Alt 1994, S. 153). Offenbar scheute man sich, den Begriff mit der Tragödie in Verbindung zu bringen bzw. das ›bürgerliche Trauerspiel‹ gar als Form der Tragödie zu betrachten. Vielmehr wird die Verwandtschaft mit der ›ernsthaften Komödie‹ in Erwägung gezogen. Lessing dagegen zieht die Linien anders:

> »Ein ›bürgerliches Trauerspiel‹ ist für Lessing, anders als für Gottsched und Schlegel, keine Fortentwicklung der Komödie, sondern eine modifizierte Variante der alten Tragödie. Seinen Ursprung markiert das tragische Genre, nicht das komische; die Annäherung der klassischen Gattungen führt zur

Herausbildung zweier neuer Formen, die deutlich voneinander abgegrenzt bleiben, ohne daß es zu synthetischen Verknüpfungen im Sinne der Tragikomödie kommt« (ebd., S. 156 f.).

Darüber hinaus hält Lessing die untragische Rührung, wie sie in der comédie larmoyante zu erzielen versucht wird, für untheatralisch. So betrachtet, liegt das Neuartige des Plans in Lessings Absicht, ein ›bürgerliches‹ Sujet endlich zu einer Tragödie zu verarbeiten. Mit *Miß Sara Sampson* gelingt es ihm erstmals, die Affektpsychologie der comédie larmoyante auf die Gattung des Trauerspiels zu übertragen, was in erster Linie die Originalität seines Dramas ausmacht. Gleichwohl sollte nicht übersehen werden, dass das bürgerliche Trauerspiel und die – im Sinne Gottscheds – ›regelmäßige‹ Tragödie als Theater der Leidenschaften für Lessing keinen Antagonismus bilden: Nahezu alle projektierten Tragödien Lessings, die fragmentarisch überliefert sind (vgl. hierzu die informative Übersicht bei Fick 2000, S. 273–278), stellen keine bürgerlichen Trauerspiele im engeren Sinne dar, sondern Experimente mit seit der Antike überlieferten Stoffen der europäischen Theatertradition.

Innerhalb der Typologie des bürgerlichen Trauerspiels ist *Miß Sara Sampson* – wie spätestens seit der Untersuchung von Cornelia Mönch bekannt ist – eher ein Sonderfall, weil die meisten Gattungsbeispiele zwischen 1730 und 1800 einer Abschreckungs-Dramaturgie folgen, die über den im Sinne des Tugend-Diskurses eindeutig lasterhaft gewordenen Bürger die gerechte Strafe verhängt (irdische Gerichtsbarkeit, Wahnsinn, Ermordung durch einen anderen Lasterhaften oder Suizid): »Das bürgerliche Trauerspiel ist weniger die Ausdrucksform des Bürgertums als vielmehr der Appell an das Bürgertum – artikuliert von Bürgern, ein Instrument, mit dem sich nicht Bürger gegen Adelige behaupten, sondern Bürger Bürger erziehen wollten« (Mönch 1993, S. 350). Nach Karl Eibl sind Lessings Dramen *Miß Sara Sampson* und *Emilia Galotti* (1772) – neben Schillers *Kabale und Liebe* (1784) und Hebbels *Maria Magdalena* (1844) – »untypische Einzelstücke, ästhetisch gelungene Verfremdungen eines früh automatisierten trivialen Musters, das selbst kaum mehr zur Kenntnis genommen wird«. V. a. Lessing

Neuartiger Plan

C. Mönch

K. Eibl

suche das Tugend-Laster-Schema zu überwinden, indem er mit dem ›Mitleiden‹ auf »die Einübung einer Meta-Tugend« abziele. »Nur über die Motivation – warum wird jemand lasterhaft? – und über die Leiden der Tugendhaften, die nicht immer belohnt werden können, kommen die Kosten der sozialen Disziplinierung, die innere Spannung von Tugend-Rigorismus und Fallibilität ins Spiel« (Eibl 1997, S. 286).

In Lessings Mitleids-Dramaturgie geht es in erster Linie um mitmenschliche Sensibilität. *Miß Sara Sampson* hält

C. Wiedemann

> »über seine scheiternden Protagonisten nicht Gericht, sondern läßt sie im Angesicht des plötzlichen Verhängnisses zu Einsicht, Solidarität und menschlicher Würde finden. Über dem Schlußtableau aus Toten und Zurückbleibenden liegt dementsprechend auch keine (gesühnte) Schuld, sondern eher eine christlich gewendete Hamartia als bußfertige Einsicht in die eigene Unzulänglichkeit« (Wiedemann 2003, S. 1215).

Somit lässt sich nicht erst an der Wende vom 18. zum 19. Jahrhundert die Theorie der Tragödie mit den Formulierungen einer weltlichen Theologie (etwa in Hölderlins *Grund zum Empedokles*, 1799) verknüpfen. Bereits Lessing hatte dem Tragödiendichter zuerkannt, einen »Schattenriß von dem Ganzen des ewigen Schöpfers« (B 6, S. 577) zu entwerfen. Auch wenn es zweifelsohne als ein Gewinn zu betrachten ist, die Konstruktion tragischer Handlungen von den Konventionen der Ständeklausel, des historischen Stoffs und des gereimten Verses befreit zu haben, fehlte nun jedoch die tragische Größe der dramatis personae, denn das rührende Unglück hätte sich mit Hilfe des normalen Vorrats an Vernunft und Weitsicht vermeiden lassen. Daher sind Sara, Emilia und die bei Lessing entworfenen Dramenfiguren keine Tragödienhelden comme il faut, sondern

> »Unglückliche, die das Publikum an die Notwendigkeit wahrer, d. h. unbedingter und spontaner Nächstenliebe gemahnen. Falls der Tragikbegriff auf *Miß Sara Sampson* überhaupt anwendbar ist, resultiert er aus der Selbsttäuschung des zivilisierten (oder christlichen) Menschen über seine Soziabilität, sein Mitleidsvermögen – was freilich voraussetzt, daß der wesenhaft gebrechliche Mensch auf mitmenschliche Nachsicht hin angelegt ist« (Wiedemann 2003, S. 1215).

Von besonderer Bedeutung für die thematische und wirkungspoetische Anlage des bürgerlichen Trauerspiels wurde zudem
der englische Sensualismus: Er bezeichnet eine erkenntnistheo-
retische bzw. psychologische Richtung, in der alle Erkenntnis
aus der sinnlichen Wahrnehmung und die seelischen Befindlich-
keiten eines Menschen aus dessen sinnlichen (inneren und äußeren) Empfindungen abgeleitet werden. Ausgangspunkt des
Sensualismus im 18. Jahrhundert ist die Re-Formulierung eines
Aristotelischen Lehrsatzes durch John Locke (1632–1704):
»Nihil est in intellectu, quod non prius fuerit in sensu« (»Im
Verstand ist nichts, was nicht vorher in den Sinnen war«). Monika Fick hat diesbezüglich unterstrichen, dass es unter der
Oberfläche der Vernunftorientierung in der mittleren Phase der
Aufklärung gäre: »Das Zusammenwirken von Erkennen und
Wollen wird von der ›sinnlichen Natur‹ des Menschen her in
Frage gestellt. Die Körperempfindungen, Triebe, unwillkürli-
chen Bedürfnisse, Neigungen und Leidenschaften scheinen oft-
mals auf unüberwindliche Weise die vernünftige Einsicht zu
durchkreuzen: für solche Widersprüche erwacht immer stärker
das Interesse.« Das manifestiere sich primär in jenen Konzepti-
onen, »die Möglichkeiten der Versöhnung andeuten, Modelle,
in denen der Widerspruch zwischen Sinnlichkeit und Vernunft,
›Kopf‹ und ›Herz‹, wie die zeitgenössische Formel auch lautet,
aufgehoben erscheint« (Fick 2000, S. 43).

Für Lessings Trauerspiele sind v. a. die Überlegungen der Moral-
sense-Philosophie des Earl of Shaftesbury (1671–1713), Francis
Hutchesons (1694–1746) und Adam Fergusons (1723–1816)
wichtig, nach der die Disposition zum moralischen Handeln in
hohem Maße mit dem Empfindungsvermögen verknüpft ist.
Nicht die Vernunft, sondern das Gefühl wird als Basis der Tugend entdeckt. Das Mit-Leiden, die Sym-Pathie, die sich in
spontanen Empfindung von fremdem Leid äußert, erhält moralische Dignität. Die in der Moral-sense-Philosophie formulier-
te Synthese aus sinnlichem und intellektuellem Erkenntnisver-
mögen, die Parallelisierung von Emotionalität und Moralität,
die für das 18. Jahrhundert charakteristisch ist, führte nicht nur
zur Aufwertung der Affektpsychologie, sondern vermehrte auch
das Wissen über die Wirkungen der Leidenschaften selbst.

Engl. Sensua-
lismus

Moral-sense-
Philosophie

Mit seiner Konzeption einer erzieherischen Wirkung der Tragödie, deren »Zweck« die »Erregung von Mitleid« sei, versucht Lessing zu zeigen, dass die Demonstration bzw. Ausübung von ›Tugend‹ nicht auf Kosten der Artikulation von Gefühlen zu geschehen habe. Archetext für dieses Tragödien-Modell ist die aristotelische Dichtungstheorie, aus der alle späteren Autoren, »alle Horaze, alle Boileaus, alle Hedelins, alle Bodmers, bis so gar auf die Gottsche, ihre Fluren bewässert haben«, wie Lessing bemerkt (B 2, S. 532). Die aristotelische Bestimmung lautet in Kurzform: Die Tragödie ziele auf eine starke emotionale ›Erregung‹ (›ekplexis‹), die der Zuschauer beim Anblick des auf der Bühne dargestellten unglücklichen Geschehens erfahre und die in das Begriffspaar ›Furcht‹ (›phobos‹) und ›Mitleid‹ (›eleos‹) aufgespalten sei, was schließlich zu einer ›Reinigung‹ (›katharsis‹) dieser Leidenschaften führe (vgl. Alt 1994, Dreßler 1996, Kim 2002). Die theoretische Fundierung des bürgerlichen Trauerspiels steht daher in engem Zusammenhang nicht nur zur Affektpsychologie des 18. Jahrhunderts, sondern auch zur Umschreibung des aristotelischen Tragödiensatzes.

Lessing hat seine im Anschluss an und in kritischer Auseinandersetzung mit Aristoteles konzipierte Dramentheorie an zwei Stellen publiziert: in dem erstmalig 1886 komplett veröffentlichten *Briefwechsel über das Trauerspiel* und in der *Hamburgischen Dramaturgie*, die 1767 begonnen, ein Jahr später beendet wurde und in den unmittelbaren Kontext der *Emilia Galotti* (1772; vgl. SBB 44) gehört. Die Unterschiede sind evident: Während Lessing im *Briefwechsel* den »Versuch, das Tragische mit dem Mitleidsvollen zu identifizieren, über eine rein psychologische Untersuchung der tragischen Emotionen bewerkstelligte, wiederholte er [in der *Hamburgischen Dramaturgie*] diesen Versuch auf der Basis einer philologischen Untersuchung des aristotelischen Textes« (Martino 1972, S. 228). Und während im *Briefwechsel* die Neuartigkeit der in Lessings Poetik des Mitleids dem Theater zugewiesenen Funktion betont wird, zeichnet sich die *Hamburgische Dramaturgie* durch die Geschlossenheit einer komplett ausgearbeiteten Tragödientheorie aus (vgl. Alt 1994, Dreßler 1996). Für die Analyse von *Miß Sara Sampson* kommt vorrangig dem *Briefwechsel* Bedeutung zu, dessen trialogische Struktur im Folgenden nachgezeichnet werden soll.

In den Jahren 1756 und 1757 führen Lessing, Nicolai und Mendelssohn eine private Korrespondenz, in deren Mittelpunkt »eine Menge unordentlicher Gedanken über das bürgerliche Trauerspiel« stehen (B 11/1, S. 98) und die rasch den Charakter eines heftigen (literaturtheoretischen) Disputs annimmt. So unterschiedlich die einzelnen Positionen auch ausfallen, in einem (wesentlichen) Punkt stimmen die Disputanten doch überein: Die Wirkungslehre des Trauerspiels müsse auf eine differenzierte Kenntnis der menschlichen Affekte und Empfindungen gestützt sein. Nicht Moralphilosophie ex cathedra sei für die Tragödie angezeigt, sondern das genaue Wissen über die Psychologie der Leidenschaften. Der *Briefwechsel über das Trauerspiel* ist ein einzigartiges Dokument für die Diskursivierung der Gefühle und Leidenschaften und deren ästhetische Funktion im 18. Jahrhundert.

Briefwechsel über das Trauerspiel

Im Mittelpunkt der Diskussionen steht Lessings These, die Erweckung von Mitleid müsse das vorrangige Ziel des Trauerspiels bleiben, hinter das der Schrecken als untergeordneter Effekt an die zweite Stelle zu treten habe. Mendelssohn und Nicolai fühlen sich »durch Lessings eigenwillige Theorie des tragischen Mitleids provoziert und setzen dagegen einen Pluralismus der Wirkungsbegriffe, der auch das Prinzip der Bewunderung und damit die heroische Tragödie zu ihrem Recht kommen läßt« (Alt 1994, S. 175).

Lessings Poetik des Mitleids

Den Initiationspunkt des Disputs bildet Nicolais im Spätsommer 1756 abgeschlossene und Lessing übersandte *Abhandlung vom Trauerspiel*, die – bedingt durch die von Nicolai vorgenommene Trennung zwischen Kunst und Moral – in der Forschung als ein wichtiger Schritt auf dem Weg zur Autonomie-Ästhetik, als Durchbruch der Auffassung von der Eigengesetzlichkeit der Kunst verstanden wurde. Nicolai zufolge ist der Hauptzweck der Tragödie nicht die Verbesserung, sondern ausschließlich die Erregung der Leidenschaften, da der Mensch die tiefste emotionale Erschütterung im Schrecken und im Mitleiden erfahre; die ›Reinigung‹ der Leidenschaften hingegen liege nicht in der Absicht der Tragödie (vgl. B 11/1, S. 103–108). Hier widerspricht Lessing, der die Verknüpfung von ästhetischer, emotionaler und moralischer Wirkung berücksichtigt wissen möchte. Gegen-

F. Nicolai

stand des Streits wird fortan das ›Mitleid‹, dem Lessing die Priorität gegenüber ›Schrecken‹ und ›Bewunderung‹ einräumt und in dem er den Begriff gefunden zu haben glaubt, der »die eingebürgerte Trennung zwischen tragischen Leidenschaften und sittlicher Besserung aufhebt«, indem er »eine besondere moralische Disposition des Zuschauers« bezeichnet, »der durch seine Anteilnahme Sensibilität und Einfühlungsvermögen verrät« (Alt 1994, S. 179 f.). So schreibt Lessing an Nicolai im November 1756:

> »Wenn es also wahr ist, daß die ganze Kunst des tragischen Dichters auf die sichere Erregung und Dauer des einzigen Mitleidens geht, so sage ich nunmehr, die Bestimmung der Tragödie ist diese: sie soll *unsre Fähigkeit, Mitleid zu fühlen*, erweitern. Sie soll uns nicht bloß lehren, gegen diesen oder jenen Unglücklichen Mitleid zu fühlen, sondern sie soll uns so weit fühlbar machen, daß uns der Unglückliche zu allen Zeiten, und unter allen Gestalten, rühren und für sich einnehmen muß. Und nun berufe ich mich auf einen Satz, den ihnen Herr Moses [Moses Mendelssohn] vorläufig demonstrieren mag, wenn Sie, Ihrem eigenen Gefühl zum trotz, daran zweifeln wollen. *Der mitleidigste Mensch ist der beste Mensch*, zu allen gesellschaftlichen Tugenden, zu allen Arten der Großmut der aufgelegteste. Wer uns also mitleidig macht, macht uns besser und tugendhafter, und das Trauerspiel, das jenes tut, tut auch dieses, oder – es tut jenes, um dieses tun zu können« (B 11/1, S. 120).

Lessings Deutung des Mitleids als ›moralisches Gefühl‹ ruft den Widerspruch Moses Mendelssohns hervor, obwohl sich Lessing ausdrücklich auf dessen 1755 publizierte Schrift *Über die Empfindungen* bezieht, die mit ihrer darin entwickelten Theorie der »vermischten Empfindungen« den geistesgeschichtlichen Kontext des Trauerspiel-Briefwechsels bestimmt. Im Gegensatz zu Lessing gelangen »Gefühl und Vernunft [...] bei Mendelssohn (und Nicolai) in der Sphäre der Kunst nicht zur Deckung, dem Ästhetischen wird keine Erkenntnisleistung zugestanden. Die Bestimmung der Eigenart der Kunst impliziert ihre Abwertung« (Fick 2000, S. 141 f.).

Die von Lessing später in der *Hamburgischen Dramaturgie* vor-

M. Mendelssohns Theorie der ›vermischten Empfindungen‹

›Katharsis‹ genommene wegweisende Deutung der aristotelischen ›katharsis‹ als »Verwandlung« der beiden »Leidenschaften« Furcht und
Mitleid in »tugendhafte Fertigkeiten« (B 6, S. 570–575) ist in
Ansätzen schon im *Briefwechsel* erkennbar. Bereits hier sieht
Lessing richtig, dass die stoische ›Abhärtungstheorie‹, wonach
die Tragödie darauf abziele, die Menschen zum Erdulden unglücklicher Zufälle anzuhalten, zu einseitig in Richtung ›Apa-
thie‹ tendiert und die aristotelische Auffassung der ›katharsis‹
demgegenüber auf die Erziehung bzw. ›Kultivierung‹ der Affekte
zielt, und zwar nicht im Sinne einer einseitigen moralphiloso-
phischen Belehrung, sondern durch die heftige Erregung von
Furcht und Mitleid (vgl. Schmitt 1997).

Lessings im Trauerspiel-Briefwechsel und v. a. in *Miß Sara
Sampson* gestalteter Mitleidsbegriff unterscheidet sich also wesentlich von der Affektregie des zeitgenössischen bürgerlichen
Trauerspiels, die Liebe zur Tugend und Abscheu vor dem Laster
hervorrufen sollen:

Vision vom
›ganzen
Menschen‹
»Am Horizont erscheint die Vision vom ›ganzen Menschen‹,
wie sie Schillers Bürger-Rezension [NA XXII, S. 245] beschwören wird: eine optimistische Erwartung, die der Kunst
zutraut, nicht nur den Verstand, sondern auch die Leidenschaften des modernen Individuums so zu entwickeln, daß es
Denken und Fühlen harmonisieren lernt. Nie zuvor hat man
der Tragödie eine derart umfassende Aufgabe zugewiesen, nie
zuvor hat man ihre Möglichkeiten in vergleichbarer Weise
angespannt« (Alt 1994, S. 190).

Quellen

Als Jakob Friedrich Freiherr von Bielefeld (1717–1770) 1767 bemerkte, der Stoff des Trauerspiels scheine »aus englischen Romanen genommen oder nachgeahmt zu sein«, entwarf Lessing für die *Hamburgische Dramaturgie* eine harsche Entgegnung, in der er diese Behauptung als unzutreffend zurückwies. Anlässlich der Aufführung der *Miß Sara Sampson* in Hamburg notiert er: »Was soll dies eigentlich sagen? Der Stoff scheint aus englischen Romanen genommen zu sein? Einem die Erfindung von etwas abzustreiten, ist dazu ein ›es scheint‹ genug?« (B 6, S. 697). Fraglos stellen die empfindsamen Romane Samuel Richardsons (*Pamela*, 1740–1741, und *Clarissa*, 1747–1748) ein Parallelphänomen zu Lessings Drama in dem Sinne dar, dass der Vergleichspunkt die Inszenierung bürgerlicher Tugend bei gleichzeitiger Psychologisierung ist (vgl. Albrecht 1890/91; Kies 1926/27); dennoch darf man in den genannten Texten weniger unmittelbare Quellen erblicken als vielmehr exemplarische Muster, die zunächst in der Komödie aus England und Frankreich nach Deutschland kamen. J. F. v. Bielefeld

Das gilt in noch höherem Maße für die englischen Prototypen der Gattung des bürgerlichen Trauerspiels: George Lillos *The London Merchant* (1731) und Edward Moores *The Gamester* (1753), die sich beide in der Mitte des 18. Jahrhunderts auch auf deutschen Bühnen durchsetzten. V. a. *The London Merchant* wird immer wieder als unmittelbare Quelle für Lessings ›bürgerliches Trauerspiel‹ genannt, obwohl Lessing selbst auf dieses Drama erst 1756, in der Vorrede zu einer Ausgabe von Thomsons Trauerspielen, verweist (B 3, S. 757). Auch hier gibt es nur wenige Stoff- und Motivparallelen: Engl. Prototypen

> »Das englische Stück ist ein Gerichtsdrama, die Hauptperson unterwirft sich dem Urteilsspruch, nicht durch Mitleid, sondern durch Abschreckung soll das didaktische Ziel erreicht werden. Man schob deshalb bei der Suche nach Abhängigkeiten und literaturgeschichtlichen Zusammenhängen Lillos Stück auch wieder beiseite« (Fick 2000, S. 123).

Kies, dem Gerd Hillen folgt (G 2, S. 692), macht als wichtigen

T. Shadwell Archetext Thomas Shadwells Komödie *The Squire of Alsatia*
(1688) ausfindig, in der er das Handlungsgerüst von Lessings
Trauerspiel präfiguriert erkennt, die zudem alle wichtigen Motive und Charaktertypen von *Miß Sara Sampson* bereithält,
wenn auch in Form eines komplizierten Doppel-Plots und ohne
tragischen Schluss, und zieht, diesen Befund komplettierend,
noch zwei weitere englische Trauerspiele heran, die neben dem
Hauptmotiv (Verführung, Flucht und Vergebung) zusätzliche
motivische Übereinstimmungen mit *Miß Sara Sampson* aufwei-
C. Johnson sen: *Caelia: or, The Perjur'd Lover* (1733) von Charles Johnson,
nach dem die drei Eingangsszenen und die Brief-Episode gestal-
S. Centlivre tet sind, und *The Perjur'd Husband* (1700) von Susannah Centlivre, in dem Lessing die Motive der inkognito auftretenden
rachsüchtigen Mätresse und der sich selbst überlassenen Riva-
linnen fand (Kies 1926/27; vgl. hierzu im Einzelnen Richel 1985,
S. 20–22, und den detaillierten Überblick über die Parallelstellen
bei Wiedemann 2003, S. 1261 ff.).

Lessing hat an späterer Stelle seine Eingriffe, die v. a. auf die
Vereinheitlichung der Handlung und den Gattungswechsel ziel-
ten, zu rechtfertigen versucht:

> »[W]ir lieben einen einfältigen Plan, der sich auf einmal über-
> sehen läßt. So wie die Engländer die französischen Stücke mit
> Episoden erst voll pfropfen müssen, wenn sie auf ihrer Bühne
> gefallen sollen; so müßten wir die englischen Stücke von ihren
> Episoden erst entladen, wenn wir unsere Bühne glücklich da-
> mit bereichern wollten« (B 6, S. 244 f.).

In ähnliche Richtung verweist auch eine von Karl Lessing überlieferte Äußerung: »Mein Bruder behauptete, man könne aus
allem eine Komödie oder Tragödie machen, indem es mehr auf
die Bearbeitung des Stoffs als auf den Stoff selbst ankäme« (Lessing 1784–86, S. XV). Das belegen auch zwei Lemmata, die
Collectaneen- Lessing in seinen *Collectaneen*-Band (B 10, S. 461–659) aufge-
Band nommen hat: Die Eintragungen unter dem Titel »Komische Süjets« bzw. »Tragische Süjets« geben ein gutes Beispiel dafür, dass
Lessing sein Leben lang (tragische) Projekte für das Theater
machte (vgl. Schmitt 2001, S. 1125–1147).

Das Um- und Weiter-Schreiben an vorliegenden Stoffen bringt
Lessings ›bürgerliches Trauerspiel‹ aber v. a. in die Nähe der

Medea-Dramen der antiken Tragiker Euripides (485/84–406 v.
Chr.) und Seneca (um 4 v. Chr.–65 n. Chr.), die durch die Worte
der Intrigantin Marwood (»Sieh in mir eine neue Medea!«) her-
aufbeschworen wird. Archetext der antiken Dramen ist die Verbindung der Figur der Medea mit dem Argonautenmythos. Medea, die zauberkundige Tochter des Königs Aietes in Kolchis,
hilft dem Argonautenführer Iason dafür, dass er ihr die Ehe verspricht, bei den für die Herausgabe des Goldenen Vlieses von
Aietes gestellten Aufgaben und flieht mit ihm und den Argonau-
ten zunächst nach Iolkos, dann nach Korinth. Als Iason Medea
verstößt, um sich mit der Königstochter Kreusa zu vermählen,
tötet Medea die Nebenbuhlerin sowie ihre eigenen Kinder und
flieht auf dem von Schlangen gezogenen Wagen ihres Großvaters
Helios nach Athen, wo sie die Frau des Aigeus und Mutter des
Medos wird. Nach missglücktem Mordanschlag auf Aigeus'
Sohn Theseus kehrt Medea mit Medos in die Heimat zurück, wo
sie nach Tötung des Perses Aietes wieder in die Herrschaft ein-
setzt und die Meder nach sich benennt. Den Kindermord hat v. a.
Euripides auf die Bühne des attischen Theaters gebracht, von wo
er untrennbar mit Medeas Namen in die römische Literatur (vgl.
Seneca, *Medea*, v. 969 ff.; aber auch Ovid, *Metamorphosen* 7,1–
424) und später dann auch in die Weltliteratur einging.
Ob es sich bei Lessings Drama nun, wie Karl Eibl vermutet hat,
lediglich um die Zitierung eines strukturellen Archetyps handelt – zitiert werde »das gemeinsame Grundmuster des Mannes
zwischen zwei Frauen, deren eine das kolchisch-barbarische/
unbürgerliche Element verkörpert« – (Eibl 1971, S. 126), oder
ob Lessing eine tiefer greifende Bearbeitung des Medea-Stoffes
erwogen hat (vgl. Barner 1973, S. 35–52), ist von nicht geringer
Bedeutung für die Deutung der *Miß Sara Sampson*. Zunächst
darf festgestellt werden, dass weder der Iason des Euripides noch
der des Seneca »ein Mann zwischen zwei Frauen« ist. In Euripides' Drama verlässt Iason Medea nicht Kreusas oder der ›bar-
barischen‹ Züge Medeas wegen, sondern um der Chance zum
sozialen Aufstieg willen, die mit der Einheirat ins Königshaus
verbunden ist. Auch bei Seneca kann man diesbezüglich nicht
fündig werden: Hier steht Iason vor der Wahl, entweder Medea
zu verlassen oder die Kinder zu verlieren; auch ihm geht es weder

um eine andere Frau noch um eine ethische Alternative. Eibl stilisiert also gerade das als »strukturellen Archetyp«, was Lessings eigene dramatische Erfindung ist. Für Barner ist Marwoods Hinweis auf die ›neue Medea‹ »die Benennung eines heroischen Modells, das der junge Lessing sich am Beispiel Senecas erarbeitet hat, das er selbst zu überwinden und zu ersetzen sucht und das gerade zu diesem Zweck, als von der Marwood angenommene und gespielte ›Rolle‹, in seinem ersten bürgerlichen Trauerspiel gegenwärtig bleiben soll« (Barner 1973, S. 37). Demnach ist die Figur der Marwood als Ganzes ein Zitat, die »Zitation des klassischen Modells« der senecanisch-heroischen Tragödie. Durch die Wahl der Medea habe Lessing sich die Möglichkeit geschaffen, »einerseits die heroische Tradition zitierbar zu machen, andererseits genügend bürgerlich-affektives Interesse zu wecken« (ebd., S. 47). Fraglos ist die Positionierung der Marwood zwischen Frauenrechtlerin und Megäre eine der schillerndsten wie auch gewagtesten Charakterstudien, die das Theater des 18. Jahrhunderts zu bieten hatte.

Ein wenig beachteter Umstand ist, dass Lessing Marwood mit einem Temperament ausstattete, das er sich selbst – unter dem Namen einer »(geliebten) Irrascibilität« – des Öfteren zugewiesen und für seine ›gelehrten Federkriege‹ gegen den Horaz-Übersetzer Samuel Gottlob Lange (1711–1781), den Hallenser Professor Christian Adolf Klotz (1738–1771) und den Hamburger Hauptpastor Johann Melchior Goeze (1717–1786) unmittelbar verantwortlich gemacht hat.

Damit bleibt aber als zentrale Frage, ob nur die Figur der Marwood eine zitierte Medea-Figur in einem fremden Kontext oder *Miß Sara Sampson* insgesamt eine modernisierte *Medea* ist, wie Gisbert Ter-Nedden behauptet hat. Ter-Nedden hat zu zeigen versucht, dass Lessing an Seneca der »denkende Nachahmer des Euripides interessiert, an dem er das Lernen zu lernen versucht, daß aber das nachzuahmende Muster Euripides ist«. Gleichwohl sei Lessing nicht unempfindlich für die rhetorische Kraft, mit der Seneca die Raserei der Rache, die Wollust der Grausamkeit vergegenwärtigt.

> »Aber der Vorzug der attischen Tragödie gegenüber der heroischen Tragödie, auf den Lessing immer wieder zurück-

Marwood als ›neue Medea‹ (margin note)

G. Ter-Nedden (margin note)

kommen wird, liegt in der Fähigkeit der attischen Tragiker, Leiderfahrung zu artikulieren. An die Stelle des Leids und der Leiderfahrung – bei Euripides wird proportional zur Länge des Dramas genauso oft geweint wie bei Lessing – tritt bei Seneca und Corneille die Rhetorik des Schreckens, die effektbewußte Steigerung der grausamen, phantastischen, sensationellen und märchenhaften Züge des Mythos, also alles dessen, was die attische Tragödie ausscheiden mußte, um zum Medium verbindlicher Selbstverständigung der aufgeklärten Polis-Gemeinschaft werden zu können« (Ter-Nedden 1986, S. 23 f.).

Lessings Modernisierungs-Prinzip besteht Ter-Nedden zufolge darin, den kategorialen Rahmen der traditionellen Muster zum »Spiel-Thema« zu machen, womit Lessing einfach das damit vorgegebene Muster, »den Sieg des Rache-Dursts über die denkbar stärksten äußeren und – vor allem – inneren Widerstände« variiere. »Spiel-Thema«

»Die Logik von Rache und Vergeltung ist ihm nicht [...] der selbstverständliche Rahmen, in dessen möglichst sensationeller Ausfüllung sich die Kunst des Autors bewährt, sondern selbst das Thema. Die Vater-Tochter-Handlung dient dazu, die Medea-Geschichte umzukehren und die Gegen-Geschichte einer Elternliebe zu erzählen, die den Rückweg einschlägt, die also mit den aus enttäuschter Liebe geborenen Gefühlen des ›Abscheus‹ und der ›Rache‹ (I/1) beginnt und mit Liebe und Vergebung endet« (ebd., S. 25).

Ter-Nedden kommt zu dem Ergebnis, Lessing habe die *Medea* des Euripides als »Tragödie der moralischen Blindheit« gelesen und nachgeahmt. »Anders als für Seneca und Corneille [in dessen tragischem Erstlingswerk *Médée* (1635)] fällt für Lessing die Schlüsselrolle in diesem Spiel nicht Medea und ihrer Leidenschaft zu, sondern Jason und seiner selbstgerechten Arroganz. Es ist der ›falsche Ton‹ seiner sophistischen Rechtfertigung, an dem sich Lessing schult« (ebd., S. 88). Lessing habe »am Ursprung der abendländischen Trauerspiel-Geschichte« ein Trauerspiel-Modell gefunden, das »ein wahrhaft aufgeklärtes Konzept des Bösen einschloß« (ebd., S. 92). Aufgeklärtes Konzept des Bösen

Nach Meinung Dietrich Harths zitiert Lessing die antiken Mythen, um sie zu zerstören. Nur richte sich sein Angriff nicht gegen die attische Aufklärung, sondern genau gegen »jene Monumente des Klassizismus, die von derselben Tradition Gebrauch machten, um den soziopolitischen Werten der Adelsgesellschaft – Selbstbeherrschung und Honnêteté – zu akklamieren. Lessing verwirft die politischen Tragödien des Pierre Corneille [...] nicht aus politischen, sondern aus psychologischen und moralischen Gründen« (Harth 1993, S. 82).

Was die in einem Brief an Mendelssohn vom 28.11.1756 erwähnte ›Schule der Alten‹ (B 11/1, S. 131) für die Tragödie der Aufklärung bedeutet, hat Lessing in einer Lobrede auf Euripides verpackt:

> »[D]en Menschen, und uns selbst kennen; auf unsere Empfindung aufmerksam sein; in allen die ebensten und kürzesten Wege der Natur ausforschen und lieben; jedes Ding nach seiner Absicht beurteilen: das ist es, was wir in seinem [des Euripides] Umgange lernen; das ist es, was Euripides von dem Sokrates lernte, und was ihn zum Ersten in seiner Kunst machte« (B 6, S. 426).

Lessing geht es um nichts Geringeres als eine philosophisch orientierte Dichtung, deren Wirkung sich in der Interdependenz von Anschauung und sinnlicher Erkenntnis auf dem Theater zu manifestieren habe. Es ist daher kein Zufall, dass ihn die Figur der Medea als weibliche Variante eines bis zum Äußersten gesteigerten Heroismus und die dramatische Arbeit an ihrem Mythos bei Seneca (stoisches Abschreckungstheater, auf dessen Bühne die Rhetorik der Grausamkeit triumphiert) und Euripides (Lehrstück, das den Konflikt zwischen Liebe und Rache, zwischen Vernunft und Affekt in spannenden Rededuellen abzubilden versucht) besonders interessiert hat.

Gleichwohl sollte bei der Suche nach Lessings Rezeptionsmodell, das Barner treffend als »[a]ufklärendes, rettendes Erschließen, produktives Aneignen und agonales Modernisieren« (Barner 1973, S. 93) beschrieben hat, nicht die für ihn entscheidende Frage nach der möglichen Durchdringung von Sinnlichkeit und Vernunft, Gefühl und Reflexion, aus den Augen verloren werden. Es ist daher von erheblicher Bedeutung und sicherlich keinesfalls zufällig, dass in unmittelbarer Nachbarschaft zu *Miß*

Sinnliche Erkenntnis

Produktive Rezeption

Sara Sampson Lessings Seneca-Abhandlung (*Von den lateinischen Trauerspielen welche unter dem Namen des Seneca bekannt sind*, 1755; vgl. B 3, S. 530–613) entsteht. Zur gleichen Zeit also, zu der Lessing sein erstes ›bürgerliches Trauerspiel‹ schreibt, setzt er sich dezidiert mit Senecas heroischen Tragödien auseinander, die nicht verworfen, sondern für das zeitgenössische Theater ›modernisiert‹ werden sollen. Lessing stellt hier Überlegungen an, nach denen die psychologische Motivierung des Handelns an die Stelle von außen kommender göttlicher Ursachen gesetzt und den Affekten jene ›Sprache der Natur‹ verliehen wird, die allein die Empfindungen der Zuschauer bis zum Mit-Leiden zu steigern vermag. Was also veranlasste ihn dazu, den verhassten Stoizismus der Franzosen mit dem stoischen Konzept Senecas und deren Theater der Dezenz mit dessen Theater der Grausamkeit zu vergleichen, das nun wahrlich kein Gegenstand aufklärerischen Interesses war? Nichts an den Tragödien Senecas entsprach dem Geist des 18. Jahrhunderts, weder ihr gelehrtes Pathos noch ihr illusionsloses Welt- und Menschenbild. Was konnte den jungen Lessing bei der Konzeption seines ›bürgerlichen Trauerspiels‹ an einer theatralischen Hinterlassenschaft wie der Senecas überhaupt interessieren?

Folgt man Wilfried Barners Deutung, so sind dies v. a. der Verzicht auf explizite Moraldidaxe, die Pointierung der ›hamartia‹ und der Unzulänglichkeit des tragischen Helden. Den alles entscheidenden Grund für die beim Zuschauer Mitleid erweckenden ›Fehler‹ der Figuren verlegt Lessing – in Fortschreibung der Konzepte Senecas und im Gegensatz zu Euripides – in deren Charakter, damit der Zuschauer »sie einer von den handelnden Personen selbst zu danken haben konnte« (B 6, S. 425). Es geht ihm darum, im Reden und Handeln der dramatis personae jenen gravierenden Mangel an Selbsterkenntnis zu zeigen, der ihnen die Einsicht in das dialektische Zusammenspiel von Intellekt und Empfindung verwehrt. Zu den folgenreichsten Irrtümern der Dramenfiguren gehört daher die Zäsur von Sinnlichkeit und Vernunft, was ihnen suggeriert, ihre Handlungen auf eine äußere Ursache zurückzuführen. »Wie schlau weiß sich der Mensch zu trennen«, bemerkt über ihren Selbstbetrug die nun klar sehende Sara, »und aus seinen Leidenschaften ein von sich unterschiedenes Wesen zu machen, dem er alles zu Last legen könne, was er bei kaltem Blute selbst nicht billiget« (V, 5).

Neben die psychologische Kausalität tritt in der Seneca-Abhandlung die Darstellung großer und erschütternder Leidenschaften: »Das Zornige, das Klagende, das Stolze, das Erfreute, das Rasende, das Zärtliche, das Gesetzte, das Freundschaftliche« (B 3, S. 560). Nach Wiedemann hat Lessing – »[v]orbereitet durch Mendelssohns Philosophie der Empfindungen und einschlägige Diskussionen im Berliner Freundeskreis« – die Tragödien »als Schule der theatralischen Leidenschaften gelesen« (Wiedemann 2003, S. 1304). Interessant ist zudem, dass Lessing bei der Aufzählung der Affektmodelle bei Seneca zum einen das Mitleid – zentraler Diskursgegenstand des *Briefwechsels* – kommentarlos übergeht, zum anderen aber das Phänomen der Raserei, jenen Umschlags- und Grenzaffekt, den Seneca die Protagonisten seiner Tragödien erleiden lässt, mit umso größerem Nachdruck betont. Die Demonstration bzw. Ausübung von ›Tugend‹ geschieht nicht auf Kosten der Artikulation von Gefühlen, die heroische Handlung verbindet sich mit der Darstellung kreatürlichen Leidens und gewinnt so überhaupt erst ihre Überzeugungskraft. Die tragische Koinzidenz von Selbstverlust und Humanität ist somit einer der zentralen Aspekte der Dramen Lessings, der später auch an so unterschiedlichen Figuren wie der Gräfin Orsina (aus *Emilia Galotti*), an Philotas und Major Tellheim (aus *Minna von Barnhelm*) als conditio humana durchgespielt wird.

Obwohl die Nachahmung antiker Mythologeme für ein neues, bürgerliches Trauerspiel, das seinen Fokus auf den Intimraum häuslicher Interaktionen und familialer Konflikte richtete, nicht opportun war, hielt Lessing das antike Tragödienmodell für maßgebend:

> »Der von den Autoren der griechischen Polis, von Sophokles und Euripides, in konsequenter Weise *literarisierte* Mythos wird von Lessing wiederentdeckt und gegen den römischen Stoizismus der höfischen Tragödie und damit gegen die Hegemonie der französischen Kultur auf dem deutschen Theater gewendet. Der literarisierte Mythos kehrt dort andeutungsweise in einer psychologisierten Variante wieder, wo sich Les-

Darstellung von Leidenschaften

Koinzidenz von Selbstverlust u. Humanität

sings tragische Figuren die Masken, Worte und Gesten ihrer antiken Vorgänger ausleihen. Sie verfallen in diesen Augenblicken in eine Art selbstmythisierende Ekstase, in der sie die angeborene Gebrechlichkeit zum Heroismus umfälschen. Wenn sie dadurch in den Augen der anderen schuldig werden, so winkt ihnen freilich nicht, wie manchem antiken Helden, Entsühnung durch einen *deus ex machina*, durch eine sich herablassende Göttergestalt. Lessing vertraut vielmehr auf ein christliches Versöhnungsmodell, das am tiefsten Punkt der Verzweiflung die größte Hoffnung, nämlich Exkulpation, verspricht« (Harth 1993, S. 86 f.).

Dokumente zur zeitgenössischen Wirkung

Miß Sara Sampson hat das Publikum, egal ob bei der Lektüre oder bei einer der zahlreichen Theateraufführungen, seit seinem Erscheinen im Frühjahr 1755 zunächst tief ergriffen und zu Tränen gerührt. Nach der Selbstrezension Lessings in der *Berlinischen Privilegierten Zeitung* vom 3. 5. 1755 findet sich eine erste Rezension in den *Göttingischen Anzeigen von Gelehrten Sachen* vom 2. 6. 1755, vermutlich aus der Feder des Göttinger Theologen Johann David Michaelis (1717–1791), die das Stück in einen religiösen Kontext rückt und in ihm die Dramatisierung einer »philosophische[n] Sittenlehre« sieht:

> »Wir haben nicht leicht so etwas rührendes gelesen, als dieses Trauer-Spiel, so uns mit Schauder und Vergnügen erfüllet hat. Die Sittenlehre, daß der, so selbst Ursache hat Vergebung zu wünschen, vergeben soll, ist unvermerckt eingebracht, und in einem sehr starcken Licht, da, wo man sie nicht erwartete, vorgestellet« (zit. n. Braun 1, S. 59 f.).

Bereits am 10. 7. 1755 wird Lessings Drama mit beträchtlichem Erfolg in Frankfurt an der Oder durch die Ackermannsche Theatertruppe uraufgeführt. Die Wirkung ist überwältigend, wie sich dem Inszenierungsbericht Karl Wilhelm Ramlers entnehmen lässt. In seinem Brief vom 25. 7. 1755 an Johann Wilhelm Ludwig Gleim heißt es: »Herr Leßing hat seine Tragödie in Franckfurt spielen sehen und die Zuschauer haben drey und eine halbe Stunde zugehört, stille gesessen wie Statüen, und geweint« (zit. n. Daunicht 1971, S. 88). Der Dramatiker und Schauspieler August Wilhelm Iffland (1759–1814) erinnert sich an eine Theateraufführung, die er als Neunjähriger am 23. 2. 1769 in Hannover gesehen und die auf ihn einen unvergesslichen Eindruck gemacht hatte:

> »Einst kam mein ehrwürdiger Vater aus einer Vorstellung der ›Miß Sara Sampson‹ nach Hause. Er war ganz erweicht von den Leiden der Sara, er sprach viel von der Reue des Mellefont und von dem Grame des alten Vaters Sampson. Es ist lehrreich anzusehen, sprach er, wie die Tochter in das Unglück gerät, und Kinder können da einsehen, was ein armer

(Marginalien:) Erste Rezension · Uraufführung · K. W. Ramler · A. W. Iffland

Vater durch ihren Leichtsinn leidet. [...] *Miß Sara Sampson!*
Ich bin in Tränen zerflossen während dieser Vorstellung. Das
Gute, das Edle wurde so warm und herzlich gegeben – die
Tugend erschien so ehrwürdig! [...] von einer solchen Lei-
densgeschichte, von einer solchen Sprache hatte ich keinen
Begriff. [...] Solch eine wahre, hinreißende Schilderung, diese
Allmacht des Gefühls, welche jedes Gefühl erregte und führ-
te, wohin es wollte – das reizte, erhob und überwältigte meine
Seele. Ich war ganz aufgelöst – der Vorhang sank herab – ich
konnte nicht aufstehen, ich weinte laut, wollte nicht von der
Stelle, sprach zu Hause davon mit fremden Zungen und war
niemand unangenehm, den mein Feuer umfasste« (zit. n. Richel 1985, S. 51 f.).

Weitere Aufführungen in Leipzig (April 1756), Berlin und Hamburg (beide ab Oktober 1756) folgen. Innerhalb der nächsten
Jahre besetzt Lessings Trauerspiel eine Spitzenstellung unter den [Spitzenstellung]
neuen deutschen Dramenproduktionen; die prominentesten
Schauspieltruppen der Zeit, die Theatergesellschaften von Franz
Schuch (1716–1763/64), Johann Friedrich Schönemann (1704–
1782) und Heinrich Gottfried Koch (1703–1775), inszenieren
Miß Sara Sampson. Die allerorten nachzulesenden glorifizieren-
den Gemütserschütterungen prägten sich nicht nur als kollektive
Rezeption eines enthusiasmierten Theaterzirkels aus, sondern
entsprangen auch der Lektüre und optischen Wahrnehmung kritischer Geister (vgl. Barner 1983). Friedrich Nicolai, seit 1754 [F. Nicolai]
mit Lessing in enger Freundschaft verbunden, liefert dafür den
Beweis. Von der Berliner Aufführung weiß er in einem Brief an
Lessing vom 3.11.1756 Folgendes zu berichten:

»Ehe ich Ihnen genauer [...] Nachricht gebe, muß ich Ihnen
sagen, daß ich ungemein gerührt worden bin, daß ich bis an
den Anfang des fünften Aufzugs öfters geweint habe, daß ich
aber am Ende desselben, und bei der ganzen Scene mit der
Sarah, vor starker Rührung nicht habe weinen können [...]«
(B 11/1, S. 111).

Als »Beklemmung« bezeichnet Lessings Antwortbrief vom
29.11.1756 diesen affektiven Erregungszustand, als höchste
Steigerung der Mitleidsempfindung, die »Rührung« und »Tränen« nach dem Prinzip einer kunstvollen Abstufung in letzter

Graduierung ablöst (ebd., S. 135). Viele zeitgenössische Beobachter und Leser wissen einhellig von der gerührten Anteilnahme zu berichten, die die Lektüre bzw. die Aufführungen der *Miß Sara Sampson* auszulösen vermochten. Noch nie zuvor hatte ein

Sturm der Emotionen

Drama in Deutschland einen derartigen Sturm der Emotionen entfacht, noch nie zuvor waren aber auch menschliche Leidenschaften derart nuanciert artikuliert und mit den Aspekten der Tugend und Sittlichkeit diskursiv verschränkt worden. Es besteht eine deutliche Interdependenz zwischen den Reflexionen der Dramenfiguren um die »Problematik der Empfindungen« (Michelsen 1990, S. 163–221), um »ihre eigenen Affektzustände und Gemütsverfassungen« (Alt 1994, S. 192), und den Gefühlen, die die Zuschauer angesichts des Bühnengeschehens ausleben sollen. Lessings Trauerspiel ist »nicht nur Spiel vor Mitleidigen und Gerührten, wie es das Gebot der Wirkungspoetik verlangt, es zeigt seinerseits auch mitleidsfähige und gerührte Figuren« (ebd., S. 193).

Gleichwohl regt sich auch schon früh Kritik an der Rhetorik der Dramenfiguren, dem ständigen Bereden und Zur-Schau-Stellen

M. Mendelssohn

ihrer Gefühle, was für Moses Mendelssohn beispielsweise ein Indiz dafür ist, dass manche Stellen »indeklamabel« sind. In seinem Brief an Lessing vom 11. 8. 1757 führt er hierzu aus:

> »Welches aber sind die Stellen, welche indeklamabel sein sollen? Es sind die, in welchen ich Sie als Weltweisen am meisten bewundere; solche, die mir für die Schaubühne allzuphilosophisch scheinen. Wenn die Philosophie sich in ihrer ganzen Stärke zeigt; so will sie mit einer gewissen Monotonie ausgesprochen werden, die sich auf dem Theater nicht gut ausnehmen kann. Ja, die vortrefflichsten Gedanken entwischen dem Zuhörer unvermerkt, die den Leser am meisten vergnügt haben« (B 11/1, S. 233 f.).

Auch Nicolais die Vermittlung zwischen den Positionen Mendelssohns und Lessings anstrebender Zwischenruf in einem Brief vom 23. 8. 1757 an Lessing verdeutlicht die wahrgenommene

Diskrepanz zwischen ›Lektüre‹ u. ›Deklamation‹

Diskrepanz zwischen ›Lektüre‹ und ›Deklamation‹ des Trauerspiels:

> »Entschuldigen Sie sich mit dem *Lesen* der Trauerspiele, so ist unser Streit aus; denn wir reden von *Declamation.* Ich weiß

aber nicht, liebster Lessing, ob es vorteilhaft sei, Trauerspiele anders, als zur Declamation bequem zu machen, wenn man den Vorsatz hat, dem Theater aufzuhelfen. Treibt man dieses weiter, so kommen endlich Schauspiele, welche gar nicht gemacht sind, um gespielt zu werden [...]« (ebd., S. 243).

Lessings Antwort an Mendelssohn vom 14.9.1757 liefert ein anschauliches Beispiel für sein Konzept der ›eloquentia corporis‹, nach dem Körperausdruck und Sprache, Gebärde und Stimme die zusammenwirkenden wie sich wechselseitig korrigierenden Kräfte in diesem Trauerspiel sind. Ähnlich wie in *Emilia Galotti* wird die Körpersprache in *Miß Sara Sampson* gezielt zur aufklärerischen Strategie der Erzeugung ›sinnlicher Bilder‹ eingesetzt. Lessing schreibt:

›eloquentia corporis‹

> »Der Grundsatz ist richtig: der dramatische Dichter muß dem Schauspieler Gelegenheit geben, seine Kunst zu zeigen. Allein das philosophische Erhabne ist, meines Erachtens, am wenigsten dazu geschickt; denn eben so wenig Aufwand, als der Dichter, es auszudrücken, an Worten gemacht hat, muß der Schauspieler, es vorzustellen, an Geberden und Tönen machen. [...] Wenn ich von einer Schauspielerin hier [gemeint ist die Rede der Marwood in II, 7] nichts mehr verlangte, als daß sie mit der Stimme so lange stiege, als es möglich, so würde ich vielleicht mit den Worten: *verstellen, verzerren und verschwinden*, schon aufgehört haben. Aber da ich in ihrem Gesichte gern gewisse feine Züge der Wut erwecken möchte, die in ihrem freien Willen nicht stehen, so gehe ich weiter, und suche ihre Einbildungskraft durch mehr sinnliche Bilder zu erhitzen, als freilich zu dem bloßen Ausdrucke meiner Gedanken nicht nötig wären. Sie sehen also, wenn diese Stelle tadelhaft ist, daß sie es vielmehr dadurch geworden, weil ich zu viel, als weil ich zu wenig für die Schauspieler gearbeitet. Und das würde ich bei mehrern Stellen vielleicht antworten können« (ebd., S. 249 f.).

Quasi eine Nach-Schrift dieses Disputs über die ›eloquentia corporis‹ findet sich in einem Tagebucheintrag Johann Caspar Lavaters (1741–1801) vom 7.4.1763 über seinen Besuch bei Mendelssohn in Berlin. Dort heißt es: »Wir redeten von [...] Lessings Gabe zum Komischen und Tragischen. Seine ›Miss Sara‹ sei eine

J. C. Lavater

tragische Farce: er habe nicht genugsame Kenntnisse des Theaters, und welche Sprache den Ausdruck der Leidenschaften auf demselbigen behalte« (zit. n. Richel 1985, S. 46).

Einstimmig verbindet man in der ersten Rezeptionsphase eine starke Gefühlserschütterung mit Lessings Trauerspiel, die unterschiedlich gedeutet wird. Zeitgenössische Analysen thematisieren v. a. Charakterzeichnung, Motivation, Handlungsführung und Diktion. Kaum muss die neue Gattung mit ihrer ›Regelwidrigkeit‹ verteidigt werden, die Emanzipation von Gottscheds Gattungstheorie, nach der das Trauerspiel als Lehrstück zu gestalten sei (vgl. Alt 1994, S. 66–84), scheint überhaupt keine Rolle mehr zu spielen.

Rezeption in Frankreich

D. Diderot

Auch in Frankreich wird man auf Lessings Drama aufmerksam und diskutiert über die Theorie des bürgerlichen Trauerspiels. Denis Diderot (1713–1784) interessiert sich so stark für *Miß Sara Sampson*, dass er eine Übersetzung plant. 1761 erscheint unter dem Titel *Miß Sara Sampson, tragédie bourgeoise de M. Lessing* eine anonyme, von Lessing später Diderot zugeschriebene (B 6, S. 252) Rezension des Dramas, die mit einem Plädoyer für die neue Gattung verbunden ist (abgedruckt bei Eibl 1971, S. 245–248). Programmatisch heißt es:

»Das Bürgerliche Trauerspiel gehört also zum wahrhaft pathetischen Schauspiel: was es über uns hinaushebt, entfernt es und schwächt es dadurch. Die Griechen, die in der Tragödie nur ein politisches Schauspiel sahen, ließen nur berühmte Personen und öffentliche Vorfälle zu. Die Neueren haben ein moralisches Schauspiel daraus gemacht, und nichts schickt sich zu dem Zweck, den sie sich vorgesetzt haben, besser, als vertraute Charaktere und häusliche Begebenheiten. [...] Im übrigen kann man Herrn Lessing das wahre Genie zur dramatischen Poesie nicht abstreiten, die Gabe nämlich, in die innersten Empfindungen der Menschennatur einzudringen und sie mit viel Feuer, Wahrheit und Kraft auszudrücken. Wir wünschen in seinem Stück nur mehr Genauigkeit und rascheres Fortschreiten im Dialog, weniger lange und deshalb lebendigere Szenen, mit einem Wort: Ein gerafftes Gefüge von Intrige und Handlung, vor allem aber weniger Nachlässigkeit in der Art, die Ereignisse vorzubereiten und einzuführen« (zit. n. ebd., S. 246 f.).

Ganz ähnlich argumentiert auch Jean-François Marmontel (1719–1799) in der *Poétique française* (1763; II 10), ohne jedoch *Miß Sara Sampson* explizit zu benennen. Lessing greift auf diese beiden Besprechungen seines Dramas im 14. Stück der *Hamburgischen Dramaturgie* zurück, um die Frage zu thematisieren, warum das bürgerliche Trauerspiel in Frankreich keinen Erfolg haben kann. Immer geht es dabei um die poetische Nichtigkeitserklärung des gesellschaftlichen Ranges angesichts der Empfindungen des ›Menschen‹:

> »Das bürgerliche Trauerspiel hat an dem französischen Kunstrichter, welcher die Sara seiner Nation bekannt gemacht hat, einen sehr gründlichen Verteidiger gefunden. Die Franzosen billigen sonst selten etwas, wovon sie kein Muster unter sich selbst haben. Die Namen von Fürsten und Helden können einem Stücke Pomp und Majestät geben; aber zur Rührung tragen sie nichts bei. Das Unglück derjenigen, deren Umstände den unsrigen am nächsten kommen, muß natürlicher Weise am tiefsten in unsere Seele dringen; und wenn wir mit Königen Mitleiden haben, so haben wir es mit ihnen als mit Menschen, und nicht als mit Königen. Macht ihr Stand schon öfters ihre Unfälle wichtiger, so macht er sie darum nicht interessanter. Immerhin mögen ganze Völker darein verwickelt werden; unsere Sympathie erfodert einen einzeln Gegenstand, und ein Staat ist ein viel zu abstrakter Begriff für unsere Empfindungen. [...] Man lasse aber diese Betrachtungen den Franzosen, von ihren Diderots und Marmontels, noch so eingeschärft werden: es scheint doch nicht, daß das bürgerliche Trauerspiel darum bei ihnen besonders in Schwang kommen werde. Die Nation ist zu eitel, ist in Titel und andere äußerliche Vorzüge zu verliebt; bis auf den gemeinsten Mann, will alles mit Vornehmern umgehen; und Gesellschaft mit seines gleichen, ist so viel als schlechte Gesellschaft« (B 6, S. 250–252).

Etwa zwei Jahrzehnte währt der Erfolg von *Miß Sara Sampson*, dann verstärken sich die kritischen Stimmen. Es ist interessant zu beobachten, dass sich der Ruhm des Dramas der ungeschmälerten, möglichst in- wie extensiven Hingabe genau an jene Tränenseligkeit verdankte, die dann in der zweiten Rezeptionsphase der Verpönung anheim fiel. Christian Heinrich Schmid (1746–1800) bringt die Ursache für den »Weinerfolg« (vgl. Barner 1983) in seiner *Theorie der Poesie nach den neuesten Grundsätzen und Nachricht von den besten Dichtern* (1767) auf den Punkt, wenn er unter der Überschrift »Leßing« vermerkt:

> »Eben lege ich die *Sara* weg. Aber ich hätte sie jetzt nicht noch einmal lesen sollen, um sie desto feuriger loben zu können. Stumme Thränen sind der edelste Beifall, den sich der Poet vom Parterre wünschen kann. Aber wie soll eine Feder Empfindung ausdrücken, die kaum die trockene Wahrheit zeichnen kann? [...] Das ist die gröste Kunst des Trauerspiels Dichters, wenn er durch Hülfe der grösten Kunst den Zuschauer dahin reißt, daß er die Kunst vergißt, daß er von seinem Stücke nicht anders, als mit Leidenschaften reden kann« (zit. n. B 3, S. 1248 f.).

Noch 1775 sieht Schmid in seiner *Chronologie des deutschen Theaters* den Effekt des Dramas darin, dass Lessing bewiesen habe, »wie mächtig er sey, durch Situationen und Sprache die Zuschauer und Leser zu rühren«, um hinzuzufügen: »Alle unsere großen und kleinen Truppen spielen ›Miß Sara‹, und sie hört nicht auf zu gefallen« (zit. n. Richel 1985, S. 49). Das Jahr 1775 verzeichnet aber auch schon deutlich distanzierende Stimmen, denen zufolge Lessings Trauerspiel nicht mehr recht durch die Bedeutsamkeit seines Sujets überzeugen kann. Die dramatische Handlung erscheint wie ein arg konstruiertes, wortreiches, aber weltfremdes Geschehen, das sich den Betrachtern als moralisches Lehrstück innerhalb des empfindsamen Diskurses präsentiert. Exemplarisch geht diese Einschätzung aus einem Brief hervor, in dem Johann Martin Miller (1750–1814) am 20. 2. 1775 über eine Leipziger Inszenierung an Johann Heinrich Voß (1751–1826) berichtet: »Heute wurde Sara, das an sich schon mittelmässige und langweilige Stück gar langweilig und schlecht aufgeführt. Ich hätte würklich die Sara noch für besser gehalten, aber auf dem Theater ennuyirt und beleidigt sie erschreklich« (zit. n. Daunicht 1971, S. 338). Von dieser strikten, ebenso einhelligen wie nachhaltigen Ablehnung der *Miß Sara Sampson* scheint Lessing auch selbst nicht verschont worden zu sein.

Schenkt man einigen zeitgenössischen Berichten Glauben, dann konnte er in späteren Jahren selbst sein Trauerspiel nicht mehr sehen (ebd., S. 339 f.).

Eine deutliche Zäsur der zeitgenössischen Rezeptionsgeschichte markieren die Stellungnahmen Johann Wolfgang Goethes (1749–1832), Friedrich Schillers (1759–1805) und der Romantiker, in deren Augen sich das bürgerliche Trauerspiel überlebt hat. Mit Schillers Theorie der Tragödie im Zeichen des Pathetisch-Erhabenen findet die Tradition der wirkungsästhetisch fundierten Dramenpoetik im 19. Jahrhundert schließlich ihr vorläufiges Ende. Zu den zentralen Denkmotiven der Tragödientheorie nach 1800 gehört die romantische Kritik am bürgerlichen Trauerspiel und die damit verbundene Aufwertung der tragédie classique Pierre Corneilles (1606–1684) und Jean Baptiste Racines (1639–1699). So attackiert Schiller in einem Xenion von 1797 die Gattung und bemängelt, das rührende Drama sei »populär, häuslich und bürgerlich« und pflege damit partikular bleibende Privatkonflikte ohne echte tragische Dimension darzustellen (NA I, S. 358 f.).

In den ersten Jahrzehnten des 19. Jahrhunderts begegnet man einer deutlich formulierten Kritik an der Gattung, die dem bürgerlichen Trauerspiel das Fehlen einer tragischen Tiefe, die Banalität der konventionellen Problemkonstellationen, die unerträgliche Rührseligkeit, den melodramatischen Charakter der Handlungsführung und den nicht begründbaren Verzicht auf die Darstellung substantieller ideeller Konflikte attestiert. Sichtbar wird eine von der jungen Dichtergeneration bewusst vorgenommene Absatzbewegung von *dem* dramatischen Genre der Zeit, das zwar auf den maßgeblichen deutschen Bühnen zwischen Hamburg und Mannheim große Erfolge feiert, gleichzeitig aber deutlich hinter den Möglichkeiten der klassischen Tragödie zurückbleibt. Beredten Ausdruck findet diese Wertung in August Wilhelm Schlegels (1767–1845) Kritik an *Miß Sara Sampson* im Rahmen seiner *Vorlesungen über dramatische Kunst und Literatur* (1809):

> »*Lessing* hat zwar durch seine früheren dramatischen Arbeiten der Zeit ebenfalls den schuldigen Tribut abgetragen. Seine jugendlichen Lustspiele sind ziemlich unbedeutend; sie ver-

künden noch nicht den ausgezeichneten Kopf, der in so vielen Fächern Epoche machen sollte. Er hat verschiedene Trauerspiele nach den französischen Regeln entworfen, auch einzelne Szenen in Alexandrinern ausgeführt, aber keines zustande gebracht: es scheint, er hatte keine Leichtigkeit für eine so gebundene Versifikation. Noch seine ›Miß Sara Sampson‹ ist ein weinerliches, schleppendes Trauerspiel, wobei er unverkennbar besonders den ›Kaufmann von London‹ als Muster vor Augen gehabt hat. [...] Er sprach zuerst mit Nachdruck von Shakespeare und bereitete dessen Erscheinung vor. Allein sein Glaube an den Aristoteles neben dem Einflusse, den Diderots Schriften auf ihn gehabt, brachte eine seltsame Mischung in seiner Theorie der dramatischen Kunst hervor. Er verkannte die Rechte der poetischen Nachahmung und wollte im Dialog wie in allem eine bare Kopie der Natur, als ob diese in der schönen Kunst zulässig oder auch nur möglich wäre. Gegen den Alexandriner hatte er recht, aber er wollte alle Versifikation abgestellt wissen, es gelang ihm nur allzu gut damit, und er ist schuld daran, daß unsre Schauspieler in der Erlernung und im Vortrage der Verse so unglaublich zurückgekommen sind und sich noch immer nicht daran gewöhnen können. Er ist dadurch mittelbar auch schuld an den platten Natürlichkeiten unsrer dramatischen Schriftsteller, welche der allgemeine Gebrauch der Versifikation etwas mehr würde im Zaum gehalten haben« (Schlegel 1967, S. 272 f.).

Aspekte der Interpretation

Bereits die Dokumente zur zeitgenössischen Wirkung lassen erahnen, dass es v. a. die Eigenwilligkeit von *Miß Sara Sampson* ist, die dem Trauerspiel in der Folge eine merkwürdige Rezeptionsgeschichte bescherte. Conrad Wiedemann konstatiert einen direkten Zusammenhang zwischen der etwa zwanzig Jahre nach Erscheinen des Dramas einsetzenden Kritik an der Überpointierung des emotionalen Ausdrucks und dessen gleichzeitiger Aufwertung in der Lessing-Forschung, so »daß inzwischen nicht mehr Klopstocks *Messias* als der Basistext für die empfindsame Wende der deutschen Aufklärung gilt, sondern Lessings ›englisches‹ Trauerspiel« (Wiedemann 2003, S. 1214). C. Wiedemann

Es gilt im Folgenden zu präzisieren, was genau die Attraktivität von Lessings tragischem Erstling für die Philologie ausmacht. Nicht selten wurde aus der philosophischen Kompetenz, mit der die Figuren ihre Gefühle diskursiv entfalten, gefolgert, *Miß Sara Sampson* sei als autoreflexiver Text lediglich der Prolog zu dem mit Mendelssohn und Nicolai geführten *Briefwechsel über das Trauerspiel*. Das zeitgenössische Publikum hingegen erkannte, wie die einschlägigen Zeugnisse im vorigen Kapitel verdeutlichen, weniger ein neues Theaterkonzept als vielmehr eine »neue Anthropologie«. Neue Anthropologie

> »Dem mitfühlenden Menschen mochte es schon anderswo begegnet sein, etwa bei Gellert, nicht aber dem, der seine Moral, seine Empfindungen, die Unbotmäßigkeiten seines Herzens so selbstbestimmt und virtuos in Worte zu fassen vermochte. Es spricht einiges dafür, daß die spontane Wirkung, die von dieser Schule der Gefühlsemanzipation ausging, auch den schnellen Geltungsverlust des Stückes beförderte. Mit Sicherheit hat sie seine subversiven Aspekte verdeckt, die heute erst entdeckt werden« (ebd., S. 1218).

Ob es sich für Lessing bei der Integration des Gefühlsdiskurses in den Text lediglich um Bausteine einer später erst zu fixierenden Theorie des bürgerlichen Trauerspiels oder um Aspekte einer sich neu konstituierenden literarischen Anthropologie handelt, ist eine der in der Forschung ausgiebig erörterten Fragen, die im Folgenden nachgezeichnet werden sollen.

Die bisherigen Ausführungen sollten verdeutlicht haben, dass Lessings Kunstgriff in *Miß Sara Sampson* v. a. darin liegt, die Abkehr von der französischen tragédie classique zu einem bürgerlichen Trauerspiel mit den Mitteln der zeitgenössischen Empfindungspsychologie vollzogen zu haben. An die Stelle des überpersönlichen Schicksalsdiskurses der antiken Tragödie tritt nun die Diskursivierung der Gefühle und Empfindungen des Menschen als Konstituenten des bürgerlichen Trauerspiels. *Miß Sara Sampson* ist ein Lehrstück über die Handlungsohnmacht der mitleidigen Seele par excellence.

Bedeutung der zeitgenössischen Empfindungspsychologie

Die Überlegung, Lessings erstes bürgerliches Trauerspiel sei als »Ideendrama« zu bezeichnen, als Lehrstück des Altruismus und der natürlichen Moralität, weil »es die Vorstellung einer neuen menschlichen Gemeinschaft unter dem Signum der Empfindsamkeit und einer empfindsamen Gefühlskultur entwickelt« (Jung 2001, S. 68), lässt den Umstand unberücksichtigt, dass der Akzent Lessings stärker auf emotionalen Verwirrungen und tragischen Fehlhandlungen liegt, die in der charakterlichen Disposition der Figuren ihren Grund haben. Demgemäß unternehmen es v. a. jüngere Interpretationen, die Kausalität des tragischen Geschehens in *Miß Sara Sampson* von der (affekt)psychologischen Thematik her zu verstehen. Nach Peter-André Alt handelt es sich bei Lessings Drama um eine »Tragödie der verfehlten Individuation im Zeichen eines unerhörten moralischen Selbstbestimmungsanspruchs«:

›Ideendrama‹

(Affekt-)Psychologischer Ansatz

P.-A. Alt

> »Gerade die Emanzipation der theatralischen Leidenschaftsdarstellung von einem unmittelbaren poetischen Kalkül macht die besondere Originalität des Lessingschen Trauerspiels aus. Die in ihm reflexiv werdenden Affekte decken sich bisweilen mit den tragischen Wirkungsbegriffen, ohne daß sie vollends in dichtungstheoretischen Kategorien aufgehen. Die Darstellung der emotionalen Zustände, in die die Bühnenfiguren geraten, ist nicht nur plastisches Mittel zum erzieherischen Zweck; in ihr bekundet sich zunächst, unabhängig von wirkungspoetischer Raison, jenes vielschichtige Interesse am Menschen, das die Theoretiker der Gattung als Movens eines wahrhaft fesselnden Trauerspiels immer wieder beschwören« (Alt 1994, S. 194).

Das Changieren zwischen »Tränenfluß und Tugendterror« (von der Lühe 2003, S. 211) lässt Lessings Trauerspiel als Experimentierfeld für Gefühls- und Moralentwürfe erscheinen, das dem tradierten gesellschaftlichen und politischen Normengefüge durch die »Ambivalenz der Empfindungen« entgegen zu treten sucht. In diesem Zusammenhang gelingt es Alt eindringlich zu zeigen, wie die dramatis personae das Opfer ihrer emotionalen Verwirrung werden, in der sie sich befinden: Sara finde aus dem Zwiespalt zwischen Liebe und Tugend keinen Ausweg, Mellefont sei ein Spielball unverstandener Impulse des Gefühls, Marwood greife einerseits mit extremer Verstandeskälte zu den verschiedensten (intertextuell markierten) Maskierungen und schütze Emotionalität nur vor, sei aber andererseits selbst das Opfer ihrer Affekte; insgesamt sei sie keine Personifikation des Lasters, keine allegorische Figur innerhalb eines festen Schemas der Affekte, sondern eine empfindungsfähige Gestalt, die erst allmählich in den Zustand der Raserei gerate (vgl. Alt 1994, S. 191–210). Als Korrelat zur emotionalen Psychologisierung der Personen fungiert in Alts Analyse die sittliche Selbstverantwortung, die die Dramenfiguren am Schluss für ihr Tun übernähmen, so dass Lessings Trauerspiel zu einem Dokument des Säkularisierungsprozesses werde. Psychologie als Leitdisziplin für die Erkundung des ›ganzen Menschen‹ trete im 18. Jahrhundert an die Stelle der Metaphysik, wobei die autonome Selbstbeherrschung des Menschen zwar im Vordergrund stehe, gleichwohl aber von einem untergründigen Strom der Empfindungen stets bedroht werde. Indem Alt die Affektpsychologie der *Miß Sara Sampson* mit Mendelssohns *Briefe[n] über die Empfindungen* als miteinander verknüpft betrachtet, gelangt er zu der Frage, wie sich das Wesen der menschlichen Emotionen in angemessener Weise erfassen lasse:

> »Ein Abglanz dieser Problematik fällt noch auf Lessings Trauerspiel, dessen Figuren immer wieder bemüht sind, ihre Empfindungen möglichst prägnant auszudrücken, und dabei die Grenzen der Sprache zur Kenntnis nehmen müssen. [...] Es ist jedoch bezeichnend, daß in den entscheidenden Momenten bei allen dramatis personae das Bedürfnis nach sprachlicher Artikulation die Möglichkeiten der direkten emotionalen Äußerung verdrängt« (ebd., S. 200).

Opfer emotionaler Verwirrung

Sittliche Selbstverantwortung

Auch Peter Michelsen hat in der Dichotomie zwischen der Un-
mittelbarkeit der Gefühle einerseits und der Vermitteltheit durch
deren Diskursivierung andererseits die Problematik der *Miß
Sara Sampson* erkannt (Michelsen 1990, S. 163–221). Er sieht
darin den Versuch begründet, sich qua Sprache dem Unaus-
sprechlichen anzunähern und verweist auf Lessings Brief an
Mendelssohn vom 14. 9. 1757, in dem dieser sein Verfahren der
Affektbeschreibung im Blick auf die ›eloquentia corporis‹ näher
begründet. Es handelt sich hier für Lessing um einen intellektuellen Prozess, der den Akteur in eine »Verfassung des Geistes«
führt,

> »auf welche diese oder jene Veränderung des Körpers von
> selbst, ohne sein Zutun, erfolgt. Wer ihm also diese Verfas-
> sung am meisten erleichtert, der befördert ihm sein Spiel am
> meisten. Und wodurch wird diese erleichtert? Wenn man den
> ganzen Affekt, in welchen der Akteur erscheinen soll, in we-
> nig Worte faßt? Gewiß nicht! Sondern je mehr sie ihn zerglie-
> dern, je verschiedener die Seiten sind, auf welchen sie ihn
> zeigen, desto unmerklicher gerät der Schauspieler selbst dar-
> ein« (B 11/1, S. 250).

Nach Michelsen werde dem Körper, der stummen Gebärde, an
den Stellen, an denen die Sprache, das Werkzeug des Verstandes,
versage, der Ausdruck der Empfindungen anvertraut. Besonders
die zahlreich vergossenen Tränen markierten die Ebene des Un-
aussprechlichen und übernähmen semiotische Funktion. Die
Tränen seien »der ganz unmetaphorische ›Aus-Fluß‹ des Inneren
in das Äußere: sichtbares Zeichen dafür, daß aus dem Ich heraus
sich etwas bemerkbar zu machen sucht, das in Worten nicht zu
fassen ist« (Michelsen 1990, S. 191).

Sprachliche
Zergliederung
der Gefühle
Anders argumentiert Alt: Die sprachliche ›Zergliederung‹ der
Gefühle bedeute nach Lessing eine Hilfe für den Schauspieler,
weil sie die verschiedenen Empfindungen genauestens trenne
und es auf diese Weise ermögliche, die Übergänge zwischen ihnen zu erkennen. Nach Alt bleibt die Affektdarstellung der *Miß
Sara Sampson* auch »aus theaterpraktischen Gründen eine
höchst analytische, bisweilen sophistische Angelegenheit. Die
logisch gegliederte Diktion des Dramas soll dem Schauspieler
den Zugang zu jener innerseelischen Sphäre der Figuren erleich-

tern, die im Mittelpunkt der tragischen Ereignisse steht« (Alt 1994, S. 203). Grundsätzlich werde die Ordnung des sprachlichen Logos durch die zum Ausdruck drängenden Empfindungen nicht zerstört, sondern bleibe stets konsequent erhalten. Als Effekt stelle sich eine gewisse Kasuistik und Sophistik ein, die zunächst in eigentümlichem Gegensatz zu den immer wieder betonten leidenschaftlichen Verwirrungen der Figuren stehe. Alt verweist auf eine direkte proportionale Beziehung zwischen emotionaler Verwirrung und Sehnsucht nach geordneter Sprache: »Je größer die emotionale Desorientierung ausfällt, desto stärker scheint das Bedürfnis der Personen, sich und anderen Klarheit über den eigenen Zustand zu verschaffen« (ebd., S. 201). Gleichwohl unterlägen die Figuren auch hier ihrer grundsätzlichen Ambivalenz, denn indem sie über ihre Empfindungen räsonierten, versäumten sie genau jene emotionsgesteuerten Handlungen, durch die die Katastrophe hätte vermieden werden können (vgl. auch Golawski-Braungart 1995 und Košenina 1995).

Auch Gisbert Ter-Nedden geht in seiner Analyse des Dramas von der tragischen Sogkraft der Empfindungen aus, sieht jedoch in der Hingabe, mit der die Figuren den Gefühlsdiskurs über die eigene Handlungsbereitschaft stellen, ein aufklärerisches Interesse (Ter-Nedden 1986, S. 13–113). Dementsprechend steht für ihn nicht der Begriff der ›Empfindung‹ (›pathos‹), sondern der der ›Erkenntnis‹ (›nous‹) im Zentrum des Textes. Lessing habe nicht die Tragödie der Leidenschaften, sondern die Tragödie des Irrtums (›hamartia‹) und der verpassten Erkenntnischancen geschrieben und sich damit auf Umwegen der attischen Tragödie angenähert. Doch Lessing zeigt zugleich die Ambivalenz auch dieser Konstruktion auf, wenn er den Endlos-Diskurs über die rationale Beherrschung der Gefühle immer wieder mit den Tränenströmen konfrontiert. Die Kernzone des Tragischen bei Lessing ist nach Alt und Ter-Nedden eine Um-Schrift der aristotelischen ›hamartia‹, die nicht nur wirkungspoetische Implikationen besitze, sondern auch das neue Menschenbild der Aufklärung berühre. »Kein Schicksal und keine christliche Heilsgeschichte entlasten den Helden des bürgerlichen Trauerspiels vom Druck seines Selbstbestimmungsanspruchs, der die volle Ver-

G. Ter-Nedden

antwortlichkeit für das eigene Unglück einschließt« (Alt 1994, S. 209).

M. Fick

Eine Erweiterung dieses (affekt-)psychologischen Deutungsansatzes bietet Monika Fick, die *Miß Sara Sampson* als Drama versteht, in dem zwar primär Empfindungen ausgelotet werden,

Anthropologie und Theologie

in dem aber auch nach dem Zusammenhang von Empfindung und göttlicher Ordnung, von Anthropologie und Theologie gefragt werde (Fick 2000, S. 127–132): »Das Stück hat sein thematisches Zentrum in dem Ineinandergreifen beider Sphären. Das göttliche Gesetz wird von der Empfindung, und die Empfindung wird vom göttlichen Gebot her gedeutet« (ebd., S. 127). An jedem Punkt der dramatischen Entwicklung lenkten die Figuren (mit der bezeichnenden Ausnahme der Marwood) den Blick nicht allein nach innen, sondern auch nach oben. Entsprechend der im Stück gestalteten Diskursivierung der Empfindungen enthalte es auch eine Auseinandersetzung mit wechselnden Gottesvorstellungen und Interpretationsanweisungen, die es »hart an orthodoxe Auffassungen von der Strafgerichtsbarkeit Gottes heranführen« (ebd., S. 130).

H. Bornkamm

Dieser Deutungsansatz geht auf Heinrich Bornkamm zurück, der in Lessings Trauerspiel die Dramatisierung der Vergebungsbitte aus dem Vaterunser erblickt, wobei er sich der Analogie zur lutherischen Sündentheologie bedient, in der Gott die ›unordentlichen Begierden‹ der Menschen zum Anlass nimmt, sein Strafgericht über sie hereinbrechen zu lassen. Nach Bornkamm bilden die Anerkennung des göttlichen Gerichts und die Erfahrung der Gnade eine dialektische Einheit, die das Drama strukturiere, wenn Sara sich zuerst der Vergebung Sir Williams für unwürdig erachte, um sie dann aber doch noch anzunehmen. Im letzten Akt schließlich vollende sich ihre Entwicklung, indem sie nunmehr bereit sei, ebenfalls zu verzeihen (vgl. Bornkamm

R. C. Zimmermann

1957). Rolf Christian Zimmermann, der Bornkamms Thesen aufgegriffen hat, erkennt im Gegensatz zu dessen Deutung jedoch eine Differenz zwischen irdischer und himmlischer Sphäre. Sara stelle sich in dem Moment der Gerichtsbarkeit Gottes anheim, nachdem die Versöhnung mit ihrem Vater vollzogen sei, und gelange erst am Ende zu dem geläuterten Verständnis, dass in der Vorsehung Gottes (›providentia dei‹) sich eine höhere

Weisheit offenbare, als Menschen von sich aus einzusehen vermögen (vgl. Zimmermann 1986).

Nach Fick nun benutzt Lessing den theologischen Vorstellungskomplex, um ihn mit einem neuen Inhalt zu füllen: An die Stelle der Ordnung Gottes, der die Sünde bestraft, trete die Ordnung der Natur, die sich auf ›Gott‹ hin entwickelt. Dies werde v. a. an der Sterbeszene deutlich, in der Sara die Liebe zu Mellefont, die ganz dem irdischen Wünschen und Begehren entspringe, mit ins ›Jenseits‹ nehmen dürfe und sie nicht der höheren Liebe zu Gott unterordnen müsse. Nirgends finde sich in diesem Punkt eine ›metanoia‹, eine Buße und Umkehr; der sinnliche Trieb, der Sara in die tragische Katastrophe geführt habe, werde nicht aufgeopfert und ihre natürliche Neigung zu keiner Zeit als ›böse‹ verurteilt. Das Wirken Gottes in der Sterbeszene werde analog zu den Möglichkeiten der menschlichen Ordnung gedeutet. Für Fick ist hier allerdings der Kontrast zur lutherischen Glaubenslehre evident:

»Sara wird ›heilig‹ nicht durch die Einwirkung der Gnade, die die sündige Natur, den menschlichen Eigenwillen, überwindet. Das Gegenteil ist der Fall. Ihre Vergebungsbereitschaft hat ihre Wurzeln in der Liebe zu Mellefont, die sie mit der Liebe zum Vater verbinden durfte. Auf gewagte Weise stellt sie sogar einen Zusammenhang zwischen ihrer Sanftmut und ihrer körperlichen Konstitution her: ›Ach, Mellefont, warum sind wir zu gewissen Tugenden bei einem gesunden und seine Kräfte fühlenden Körper weniger, als bei einem siechen und abgematteten aufgelegt?‹ [V, 5]« (Fick 2000, S. 130 f.).

Fick zufolge tritt die Ordnung der Natur an die Stelle der Strafgerichtsbarkeit Gottes und unterhöhlt das traditionelle Sünde-Gnade-Schema: »Kausalität und Determination (›Fügung‹; ›Vorsehung‹) des Geschehens sind keinesfalls in einem fatalistischen (und ›naturalistischen‹) Sinn zu verstehen. Vielmehr handelt das Stück, in dem es um Fehler, Vergebung und Wiedergutmachung geht, ja nachdrücklich von einer Besserung, einer Höherentwicklung«. Als treibende Kraft der Vervollkommnung wirke dabei die Liebe, die die Figuren füreinander haben – »die noch zu schwache Liebe Mellefonts zu Sara, die Liebe des Vaters zur Tochter« –, wobei den Höhepunkt dieser Entwicklung Saras

Ordnung der Natur

Liebes-Begriff im Drama

Erkenntnis markiere, nicht die Rache, sondern die Liebe Gottes
determiniere eigentlich das Spiel. Liebe bedeute für Sara eher
›amor dei‹ als sinnliches Begehren. Damit strebe Lessing eine
Einsicht an, die, insofern sie alle Figuren von Beginn an besessen
hätten, die Tragödie notwendigerweise abgewendet hätte. Diese
Einsicht solle im Zuschauer ähnlich wirksam werden wie das
Mitleid, das ihn dazu motivieren könne, zukünftig Tragödien zu
verhindern (ebd., S. 132). Auch Wiedemann sieht hier den
Fluchtpunkt des Dramas: »Tatsächlich muß die Heldin das ihr
Verweigerte durch moraltheologische Selbstüberforderung
kompensieren und ihren Gewissenskonflikt wie für ein protes-
tantisches Konsistorium aufbereiten« (Wiedemann 2003,
S. 1213).

Angesichts dieser seit kurzem zu beobachtenden Verankerung
der *Miß Sara Sampson* im Schnittfeld der Rehabilitation der
sinnlichen Natur des Menschen, der Psychologie und Physiologie, der Ästhetik und Schauspielkunst des 18. Jahrhunderts sind
die anfangs weit verbreiteten literatursoziologischen Deutungsansätze, die die in Lessings Drama propagierte Menschlichkeit
mit dem soziologischen Begriff des Bürgerlichen in Verbindung
zu bringen suchten, heute nur noch von untergeordneter Bedeutung. Gegen das in der heroischen Tragödie vorherrschende stoische Ideal der Affektüberwindung setzte man den »Bürger als
Held« (vgl. Schlaffer 1973), der Gefühle zulässt und pflegt (vgl.
Mauser 1975, Seeba 1973). V. a. auf die Verknüpfung der beiden
Begriffe ›Bürgerlichkeit‹ und ›Empfindsamkeit‹ ist in der Forschung wiederholt aufmerksam gemacht worden. Spätestens seit
der Untersuchung Lothar Pikuliks, die die Problematik einer de-
zidierten Klassen- bzw. Standeszugehörigkeit der Figuren offen
gelegt hat, müssen die Kategorien Bürgerlichkeit, Empfindsamkeit und Aufklärung deutlich differenzierter und modifizierter
betrachtet werden (Pikulik 1966). Unter Berufung auf *Miß Sara
Sampson* thematisiert Pikulik die subversive Kraft des neuen
Gefühlskults; die Subjektivität der Empfindsamkeit sei dafür
verantwortlich, dass die bürgerlichen Ordnungsvorstellungen
gesprengt werden. Dabei ist allerdings nicht zu verkennen, wie
stark der Begriff des Bürgerlichen im 18. Jahrhundert bei Pikulik
auf Ordnungsdenken, Erwerbsstreben, Fleiß, Gehorsam dem

›amor dei‹

Literatursozio-
logischer
Ansatz

Bürgerlichkeit
u. Empfind-
samkeit

L. Pikulik

väterlichen Familienoberhaupt gegenüber, die unangetastete Geltung moralischer Normen und die Affektkontrolle, die Repression der Gefühle, die Vorrangstellung der ehelichen Zweckgemeinschaft vor individuellem Liebesempfinden, die Diffamierung der Leidenschaften als sexuelle Verirrungen eingeengt wird.

Deutlich kritischer hat Friedrich A. Kittler im Zusammenhang mit Lessings Dramen davon gesprochen, dass sie »weder Widerspiegelung sozialer Verhältnisse noch Ausdruck geistesgeschichtlicher Ideen, sondern – einfacher und wirksamer – eine Semiotechnik [sind], die eine epochale Lebensform einzurichten mitwirkt« (Kittler 1977, S. 111). Nach diesem Verständnis könnte man das familiäre Tableau am Ende der *Miß Sara Sampson* dahin gehend verstehen, dass die Empfindsamkeit nicht nur als Tugend gelebt, sondern im Prozess der Erziehung von Arabella mutmaßlich auch als letztes Fundament begriffen wird. Nach Kittler fungiert die bürgerliche Familie als

> »Produktionsstätte nicht von Waren oder Gütern, sondern, viel elementarer, von Angehörigen. Sie bringt ›Menschen‹ hervor, denen dieser fundamentale Titel der bürgerlichen Theorie im strengen Sinne zukommt, und tut das auf eine Weise, die nicht zufällig im 18. Jahrhundert den Rang einer Notwendigkeit und einer Wissenschaft erlangt: durch Erziehung« (ebd., 121).

Dabei insistiert Kittler darauf, dass gerade diese rigiden Erziehungsstrukturen und der bürgerliche Tugend-Diskurs dazu beigetragen hätten, die empfindsamen Ideale überhaupt erst zu erzeugen. Dieter Borchmeyer verweist in diesem Kontext auf die empfindsame Verklärung der bürgerlichen Familie. Die Verdrängung des strikten Gehorsams durch Zärtlichkeit und Liebe sei insofern ambivalent, als auch sie eine konfirmierende Funktion in den Texten ausübe und indirekt auch die patriarchalischen Herrschaftsstrukturen befestige (Borchmeyer [3]1992; so auch Sørensen 1984).

Neben diese Auslegungen, denen zufolge die Interdependenz von ›Herrschaft‹ und ›Zärtlichkeit‹ das Drama des 18. Jahrhunderts wesentlich bestimme, treten Deutungsansätze, die die tragische Katastrophe als Folge von Identitätsproblemen begreifen, denen die dramatis personae in dem Moment ausgesetzt sind, in dem sich Rollenzuschreibungen und Wertsysteme, Fremdzwang und Selbstzwang, verschieben. So liegt für Günter Saße das Konfliktpotential in der Tabuisierung des sexuellen Begehrens im permanent geführten Diskurs über die empfindsame Liebe. Auf Lessings Trauerspiel bezogen, führt Saße aus, dass ihre leidenschaftliche Liebe zu Mellefont Sara außerhalb der empfindsamen Selbstdefinition der bürgerlichen Familie stelle. Noch habe die Gesellschaft keine adäquate Integrationsform für die auf Sexualität beruhende Liebeserfahrung entwickelt: die latente Spannung zwischen der erotischen Konstellation der Figuren und einer auf christlicher Grundlage errichteten, bürgerlich-empfindsamen und somit asexuellen Ehe führe in die tragische Katastrophe (Saße 1988).

Auch wenn Lessings Trauerspiel mittlerweile weit entfernt ist von der Bedeutung, die es in der Mitte des 18. Jahrhunderts genoss, als es zu einem der herausragenden Dokumente der Empfindsamkeit wurde, auch wenn der Konflikt Saras, die Erfahrung des vorehelichen Sexualverkehrs als ›Sünde‹, obsolet, die Rhetorik der Figuren »schwer erträglich« (Fick 2000, S. 122) und heutigen Lesern fremd geworden ist, so liegt mit *Miß Sara Sampson* doch ein Text vor, ohne dessen Kenntnis sich weder die weiteren Dramen Lessings noch der Wandel des Dramas im 19. und 20. Jahrhundert angemessen analysieren lassen. Als Knotenpunkt des Übergangs vom klassizistisch-heroischen Drama zum bürgerlichen Trauerspiel ist Lessings tragischer Erstling von 1755 auch heute noch von erheblicher Bedeutung.

Bibliografie

Ausgaben

G. E. *Lessings Schrifften*, Theil 6: Miß Sara Sampson. Der Misogyne. Berlin: Voß, 1755 (Erstdruck der *Miß Sara Sampson*)

Miß Sara Sampson. Ein bürgerliches Trauerspiel in fünf Aufzügen. Berlin: Voß, 1757 (anonym erschienener Separatdruck)

Trauerspiele von Gotthold Ephraim Lessing. Miß Sara Sampson. Philotas. Emilia Galotti. Berlin: Voß, 1772

Gotthold Ephraim Lessing: *Theatralischer Nachlaß*, hg. v. Karl Gotthelf Lessing. 2 Theile. Berlin 1784–1786

–: *Werke*, in Zusammenarbeit mit Karl Eibl u. a. hg. von Herbert G. Göpfert. 8 Bde. München: Hanser, 1970–1979 (zit: G [mit Band- u. Seitenangaben])

–: *Werke und Briefe in zwölf Bänden*, hg. v. Wilfried Barner u. a. Frankfurt/M.: Deutscher Klassiker Verlag, 1985–2003 (hier: Bd. 3: *Werke 1754–1758*, hg. v. Conrad Wiedemann, S. 431–526; die Wiedergabe des Erstdrucks unter Einarbeitung aller nachweislichen Korrekturen Lessings in dieser Ausgabe bildete die Textgrundlage für den vorliegenden Band; zit: B [mit Band- u. Seitenangaben])

Gotthold Ephraim Lessing/Moses Mendelssohn/Friedrich Nicolai: *Briefwechsel über das Trauerspiel*, hg. u. kommentiert v. Jochen Schulte-Sasse. München 1972 (zit.: Schulte-Sasse 1972)

Quellen

Materialien und Dokumentationen

Braun, Julius W. (Hg.): *Lessing im Urtheile seiner Zeitgenossen. Zeitungskritiken, Berichte und Notizen, Lessing und seine Werke betreffend, aus den Jahren 1747–1781*. 3 Bde. Berlin 1884–1897. Nachdr. Hildesheim 1969 (zit.: Braun [mit Band- u. Seitenangaben])

Daunicht, Richard: *Lessing im Gespräch. Berichte und Urteile von Freunden und Zeitgenossen*. München 1971

Richel, Veronika: *Gotthold Ephraim Lessing: Miß Sara Sampson. Erläuterungen und Dokumente*. Stuttgart 1985

Steinmetz, Horst (Hg.): *Lessing – ein unpoetischer Dichter. Dokumente aus drei Jahrhunderten zur Wirkungsgeschichte Lessings in Deutschland*. Frankfurt/M./Bonn 1969

Einzelwerke

Aristoteles: *Poetik*. Griech./Deutsch, übersetzt u. hg. v. Manfred Fuhr-
mann. Stuttgart 1982
Gottsched, Johann Christoph: *Ausgewählte Werke*, hg. v. Joachim u. Bri-
gitte Birke, fortgeführt v. P. M. Mitchell. Berlin/New York 1968 ff.
(zit.: BA [mit Band- u. Seitenangaben])
Schiller, Friedrich: *Werke. Nationalausgabe*, im Auftrag des Goethe- und
Schiller-Archivs, des Schiller-Nationalmuseums und der Deutschen
Akademie begründet von Julius Petersen, fortgeführt v. Lieselotte
Blumenthal u. a., im Auftrag der Stiftung Weimarer Klassik und des
Schiller-Nationalmuseums Marbach hg. v. Norbert Oellers. Weimar
1943 ff. (zit.: NA [mit Band- u. Seitenangaben])
Schlegel, August Wilhelm: *Vorlesungen über dramatische Kunst und Li-
teratur*, Bd. 2, hg. v. Edgar Lohner. Stuttgart 1967

Hilfsmittel

Adelung, Johann Christoph: *Deutsche Sprachlehre*. Berlin 1781
Grimm, Jacob und Wilhelm: *Deutsches Wörterbuch*. 16 Bde. Leipzig
1854–1960
Schneiders, Werner (Hg.): *Lexikon der Aufklärung. Deutschland und Eu-
ropa*. München 1995

Interpretationen

Albrecht, Paul: *Leszing's Plagiate*. 6 Bde. Hamburg/Leipzig 1890/91
Alt, Peter-André: *Tragödie der Aufklärung. Eine Einführung*. Tübingen/
Basel 1994
Barner, Wilfried: *Produktive Rezeption. Lessing und die Tragödien Senecas*. München 1973
–: »Lessing und die griechische Tragödie«, in: *Tragödie. Idee und Transformation*, hg. v. Hellmut Flashar. Stuttgart/Leipzig 1997, S. 161–
198
–: »›Zu viel Thränen – nur Keime von Thränen‹. Über *Miß Sara Sampson*
und *Emilia Galotti* beim zeitgenössischen Publikum«, in: *Das weinende Saeculum*, hg. v. d. Arbeitsstelle 18. Jahrhundert (Wuppertal). Hei-
delberg 1983, S. 89–105
– (Hg.): *Tradition, Norm, Innovation. Soziales und literarisches Traditi-
onsverhalten in der Frühzeit der deutschen Aufklärung*. München
1989
– u. a. (Hg.): *Lessing. Epoche, Werk, Wirkung*. München 1975 (5., neu
bearb. Aufl. 1987, ⁶1998)
Borchmeyer, Dieter: »Lessing und sein Umkreis«, in: *Geschichte der deutschen Literatur vom 18. Jahrhundert bis zur Gegenwart*, hg. v. Viktor
Žmegač. Bd. I/1. Frankfurt/M. ³1992, S. 105–149

Bornkamm, Heinrich: »Die innere Handlung in Lessings *Miss Sara Sampson*«, in: *Euphorion* 51 (1957), S. 385–396

Dreßler, Thomas: *Dramaturgie der Menschheit – Lessing*. Stuttgart/Weimar 1996

Eibl, Karl: *Gotthold Ephraim Lessing: Miss Sara Sampson. Ein bürgerliches Trauerspiel*. Frankfurt/M. 1971

–: »Identitätskrise und Diskurs. Zur thematischen Kontinuität von Lessings Dramatik«, in: *Jahrbuch der Deutschen Schillergesellschaft* 21 (1977), S. 138–191

–: [Art.:] *Bürgerliches Trauerspiel*, in: *Reallexikon der deutschen Literaturwissenschaft*, hg. v. Klaus Weimar u. a. Bd. 1. Berlin/New York 1997, S. 285–287

Fick, Monika: *Lessing-Handbuch. Leben – Werk – Wirkung*. Stuttgart/Weimar 2000

Foucault, Michel: *Les mots et les choses*. Paris 1966 (dt. : *Die Ordnung der Dinge. Eine Archäologie der Humanwissenschaften*, aus d. Franz. übersetzt v. Ulrich Köppen. Frankfurt/M. 1971)

Fricke, Gerhard: »Bemerkungen zu Lessings *Freigeist* und *Miss Sara Sampson*«, in: *Festschrift für Josef Quint anläßlich seines 65. Geburtstages*, hg. v. Hugo Moser/Rudolf Schützeichel/Karl Stackmann. Bonn 1964, S. 83–120

Golawski-Braungart, Jutta: »Lessing und Riccoboni. Schauspielkunst und Rollenkonzeption im Trauerspiel *Miß Sara Sampson*«, in: *Sprache und Literatur* 75/76 (1995), S. 181–204

Guthke, Karl S.: *Das deutsche bürgerliche Trauerspiel*. Stuttgart ⁴1984

Harth, Dietrich: *Gotthold Ephraim Lessing. Oder die Paradoxien der Selbsterkenntnis*. München 1993

Jung, Werner: *Lessing zur Einführung*. Hamburg 2001

Kies, Paul P.: »The Sources and basic model of Lessing's *Miss Sara Sampson*«, in: *Modern Philology* 24 (1926/27), S. 65–90

Kim, Eun-Ae: *Lessings Tragödientheorie im Licht der neueren Aristotelesforschung*. Würzburg 2002

Kittler, Friedrich A.: »›Erziehung ist Offenbarung‹. Zur Struktur der Familie in Lessings Dramen«, in: *Jahrbuch der Deutschen Schillergesellschaft* 21 (1977), S. 111–137

Kondylis, Panajotis: *Die Aufklärung im Rahmen des neuzeitlichen Rationalismus*. Stuttgart 1981

Košenina, Alexander: *Anthropologie und Schauspielkunst. Studien zur ›eloquentia corporis‹ im 18. Jahrhundert*. Tübingen 1995

Kuttenkeuler, Wolfgang: »*Miß Sara Sampson* ... nichts als ›Fermenta cognitionis‹«, in: *Lessings Dramen. Interpretationen*. Stuttgart 1987, S. 7–44

von der Lühe, Irmela: »Das bürgerliche Trauerspiel«, in: *Die Tragödie. Eine Leitgattung der europäischen Literatur*, hg. v. Werner Frick. Göttingen 2003, S. 202–217

Martino, Alberto: *Geschichte der dramatischen Theorien in Deutschland*. Bd. 1: Die Dramaturgie der Aufklärung (1730–1780). Aus d. Italienischen von Wolfgang Proß. Tübingen 1972

Mauser, Wolfram: »Lessings *Miss Sara Sampson*. Bürgerliches Trauerspiel als Ausdruck innerbürgerlichen Konflikts«, in: *Lessing Yearbook* 7 (1975), S. 7–27

Michelsen, Peter: *Der unruhige Bürger. Studien zu Lessing und zur Literatur des 18. Jahrhunderts*. Würzburg 1990

Mönch, Cornelia: *Abschrecken oder Mitleiden. Das deutsche bürgerliche Trauerspiel im 18. Jahrhundert. Versuch einer Typologie*. Tübingen 1993

Pikulik, Lothar: *»Bürgerliches Trauerspiel« und Empfindsamkeit*. Köln/Graz 1966

Saße, Günter: *Die aufgeklärte Familie. Untersuchungen zu Genese, Funktion und Realitätsbezogenheit des familialen Wertsystems im Drama der Aufklärung*. Tübingen 1988

Schings, Hans-Jürgen: *Der mitleidigste Mensch ist der beste Mensch. Poetik des Mitleids von Lessing bis Büchner*. München 1980

– (Hg.): *Der ganze Mensch. Anthropologie und Literatur im 18. Jahrhundert*. Stuttgart/Weimar 1994

Schlaffer, Heinz: *Der Bürger als Held. Sozialgeschichtliche Auflösungen literarischer Widersprüche*. Frankfurt/M. 1973

Schmitt, Arbogast: »Aristoteles und die Moral der Tragödie«, in: *Orchestra. Drama, Mythos, Bühne*, hg. v. Anton Bierl u. Peter von Möllendorff. Stuttgart 1994, S. 331–343

–:»Wesenszüge der griechischen Tragödie«, in: *Tragödie. Idee und Transformation*, hg. v. Hellmut Flashar. Stuttgart 1997, S. 5–49

Schmitt, Axel: [Kommentar zu:] Gotthold Ephraim Lessing: *Werke 1778–1781*. Frankfurt/M. 2001 (*Werke und Briefe in zwölf Bänden*, hg. v. Wilfried Barner u. a. Frankfurt/M. 1985–2003, Bd. 10, S. 1125–1291)

–: »Der Perlentaucher und die ›fermenta cognitionis‹. Unterwegs zu einem ›neuen‹ Lessing«, in: *literaturkritik.de* 8 (2002), S. 8–23

Seeba, Hinrich C.: *Die Liebe zur Sache. Öffentliches und privates Interesse in Lessings Dramen*. Tübingen 1973

Sørensen, Bengt-Algot: *Herrschaft und Zärtlichkeit. Der Patriarchalismus und das Drama im 18. Jahrhundert*. München 1984

Szondi, Peter: *Die Theorie des bürgerlichen Trauerspiels im 18. Jahrhundert. Der Kaufmann, der Hausvater und der Hofmeister*, hg. v. Gert Mattenklott. Frankfurt/M. 1973

Ter-Nedden, Gisbert: *Lessings Trauerspiele. Der Ursprung des modernen Dramas aus dem Geist der Kritik*. Stuttgart 1986

Wiedemann, Conrad: [Kommentar zu:] Gotthold Ephraim Lessing: *Werke 1754–1757*. Frankfurt/M. 2003 (*Werke und Briefe in zwölf Bänden*, hg. v. Wilfried Barner u. a. Frankfurt/M. 1985–2003, Bd. 3, S. 847–1536)

Zeuch, Ulrike: »Der Affekt – Tyrann des Ichs oder Befreier zum wahren Selbst? Zur Affektenlehre im Drama und in der Dramentheorie nach 1750«, in: *Theater im Kulturwandel des 18. Jahrhunderts. Inszenierung und Wahrnehmung von Körper – Musik – Sprache*, hg. v. Erika Fischer-Lichte u. Jörg Schönert. Göttingen 1999, S. 69–89

Zimmermann, Rolf Christian: »Über eine bildungsgeschichtlich bedingte Sichtbehinderung bei der Interpretation von Lessings *Miß Sara Sampson*«, in: *Verlorene Klassik? Ein Symposium*, hg. v. Wolfgang Wittkowski. Tübingen 1986, S. 255–285

Wort- und Sacherläuterungen

7.2 *Ein bürgerliches Trauerspiel*: In der 1755 erschienenen Erstfassung trägt das Drama noch den Untertitel »Ein bürgerliches Trauerspiel in fünf Aufzügen« und verwendet damit als erstes Drama in Deutschland diese Gattungsbezeichnung. Für die zweite Ausgabe von 1772 streicht Lessing das Attribut ›bürgerlich‹.

8.1 *Personen*: Sämtl. Personennamen des Trauerspiels entlehnt Lessing aus engl. Dramen und Romanen, ohne allerdings die damit verbundenen Charaktere zu übernehmen. **Sir Sampson:** Der Name stammt aus William Congreves Komödie *Love for Love* (1695), in der er – anders als bei Lessing – als Vorname (Sir Sampson Legend) erscheint. Da nach dem engl. Adelstitel normalerweise stets der Vorname folgt, ändert Lessing, dem dies 1755 noch unbekannt schien, in der überarbeiteten Fassung von 1772 den Namen in Sir William. **Miß Sara:** Das engl. Wort ›Miss‹, verkürzt aus ›Mistress‹, fungierte im 18. Jh. als Benennung unverheirateter Töchter des Adels und wurde – ähnlich wie der Adelstitel ›Sir‹ – meist in Verbindung mit dem Vornamen gebraucht. Lessing hat ihn vermutlich aus Samuel Richardsons Roman *Pamela* (1740) oder Congreves Komödie *The Mourning Bride* (1697) übernommen, wo er zumeist für tugendhafte Frauen verwendet wird. **Mellefont:** Dieser Name entstammt Congreves Komödie *The Double-Dealer* (1693) und hat sprechende Funktion: das engl. ›fond of mel‹ bedeutet ›Honigfreund‹. Einen Vergleich zwischen untreuem Liebhaber und Biene, die von Blüte zu Blüte fliegt, konnte Lessing in Richardsons *Clarissa* von 1747/48 (III, 57) finden. **Marwood:** Diesen Namen entlehnt Lessing aus Congreves *The Way of World* (1700). Er setzt sich aus zwei Bestandteilen zusammen (to mar, ›schädigen‹ und would) und beschreibt die Eigenschaften seiner Trägerin überdeutlich: Marwood ist ›die Schadenbringende‹. Inhaltliches Vorbild dieser Figur ist Mrs. Termagant aus Thomas Shadwells *The Squire of Alsatia* (1688). **Waitwell:** Entstammt Congreves *The Way of World*; sprechender Name: ›guter, zuverlässiger‹ (engl. well) ›Diener‹ (engl. waiter). **Arabella, Norton, Betty, Hannah:** Diese vier Figuren sind Richardsons Roman *Clarissa* entlehnt.

Saal im Gasthofe: Typ. Bühnenbild des zeitgenössischen Lust- 9.3
spiels; fungiert als öffentlicher Durchgangsort, um wechselnde
Personenkonstellationen ohne gleichzeitigen Wechsel des Büh-
nenbildes zu ermöglichen; auch deshalb geeignet, weil sich auf
neutralem Terrain die Personen je nach Bedarf der Handlung
zwanglos und ohne sonderliche Argumentationszwänge zusam-
menführen lassen. Lessing stellt ihn als befristete Behausung dar,
der das Wohltuende der Geborgenheit üblicherweise fehlt; stattdessen wird das Spelunkenartige hervorgehoben, an dem sich
der soziale und moral. Reputationsverlust gerade Saras ablesen
lässt. Der Gasthof ist der Inbegriff des Transitorischen, von dem
aus es gilt, zu einer neuen, sittlich vertretbaren Lebensordnung
voranzuschreiten.

elenden Wirtshause: Topos des ›armen Theaters‹; über die Arm- 9.5–6
seligkeit des hier dargestellten Landgasthauses beklagen sich Sir
Sampson und Sara wiederholt (9,8–11; 17,8–13).

Sie weinen: Erste Referenzstelle für die Dominanz der Figuren- 9.13
rhetorik, das ständige Bereden und Zur-Schau-Stellen ihrer Gefühle und das lustvolle Demonstrieren der Tränenfähigkeit, an
der fast alle Figuren in unterschiedlicher Intensität beteiligt sind
(vgl. Barner 1983). Von der Taktik, die Theaterbühne zur Diskursivierung der Gefühle zu benutzen und die dramat. Handlung in einen Tränenstrom zu verwandeln, ist Lessing bereits
kurze Zeit später wieder abgerückt. Im *Briefwechsel über das
Trauerspiel* wird die Gefühlsattitüde des Trauerspiels dahin gehend abgeschwächt, dass es jetzt nur noch um die Rührung des
Publikums geht.

Morgenröte eines Verstandes: Der Verstand (lat. intellectus) ge- 9.26–27
hört neben der Vernunft (lat. ratio) seit der antiken Philosophie
zu den Leitbegriffen der Selbstreflexion des menschl. Denkens.
Im Zeitalter der Aufklärung erhalten beide einen neuen Stellen-
wert, indem sie sogar zur Charakterisierung der Epoche selbst
dienen: Einerseits begriff sich die Aufklärung als »Aufklärung
des Verstandes«, d. h. »als Entwicklung des gesamten geistigen
Vermögens, andererseits orientierte sie sich immer mehr am normativen Begriff der richtigen Vernunft und hoffte zugleich auf
Fortschritte durch allgemeines Raisonieren« (Schneiders 1995,
S. 429). Waitwells Charakterisierung Saras verdeutlicht, dass die

europ. Aufklärung auch die Frauen auf dem Weg zur Mündigkeit ein erhebliches Stück voran brachte, obwohl nicht alle Frauen am Emanzipationsprozess teilhatten, der sich vorrangig auf die Rolle der Frau in ihrer Privatsphäre bezog, weniger auf eine Funktion in der gesellschaftlichen oder kulturellen Öffentlichkeit: Das Zeitalter der Aufklärung war insgesamt androzentrisch und patriarchalisch geprägt.

10.2 **Zärtlichkeit**: Modewort der frühen Empfindsamkeit, das auf die sensible Liebe zweier Menschen verweist.

10.5–6 **tugendhaft**: Der Tugendbegriff der Aufklärung unterscheidet sich in vielfacher Hinsicht von dem lat. Terminus ›virtus‹, der seit der Antike im Sinn von ›Tüchtigkeit‹, ›Tauglichkeit‹ gebraucht wurde und in dem neben den ethischen auch die verstandesmäßigen Tugenden (z. B. Weisheit, Klugheit) verknüpft werden. Die meisten Aufklärer (Mendelssohn, Rousseau, Kant u. a.) erklären stattdessen, Tugend bestehe darin, »das eigene Wohl dem allgemeinen unterzuordnen, gegenüber dem Nächsten wohltätig zu sein, der Menschheit zu nützen und Menschenliebe zu üben und somit auch im eigenen Interesse das Glück aller zu befördern« (Schneiders 1995, S. 416).

10.15 **ihren**: Die Kleinschreibung der formalen Anrede in der EA von 1755 ist in der Ausgabe von 1772 durchgängig in Großschreibung geändert worden.

11.22 **Besorget nichts**: Habt keine Sorge. Die in diesem Imperativ enthaltene Anredeform (›Ihr‹) war für den in der sozialen Hierarchie tiefer Platzierten gebräuchlich (vgl. Adelung, S. 238).

11.30 **Frauenzimmer**: In urspr. Bedeutung: Aufenthaltsraum für Frauen, v. a. für die weibl. Dienerschaft; in späterer Verwendung: Kollektivbegriff, der zunächst für die in den Räumen wohnenden Frauen, schließlich auf Frauen im Allgemeinen übertragen wurde. In der ersten Hälfte des 18. Jh.s begegnet der Terminus als Bezeichnung für eine gebildete oder vornehme Frau, in der zweiten Hälfte auch für eine bürgerliche. Die heutige pejorative Konnotation lag im damaligen Sprachbewusstsein noch nicht vor.

12.16 ***Der mittlere Vorhang***: Trennt die Bühne des Sprechtheaters seit den barocken Wandertruppen in eine Vorder- und Hinterbühne, um ohne zusätzlichen Aufwand oder Veränderung der Kulissen einen Szenenwechsel auf offener Bühne zu ermöglichen.

Mellefonts Zimmer: Der von Lessing hier eingeführte Wechsel 12.17
der Szene und einer Figurenkonstellation innerhalb des ersten
Akts verstößt gegen eine Regel der klassizistischen Tragödie, wie
sie in Gottscheds *Versuch einer Critischen Dichtkunst* formu-
liert wurde: »Schlüßlich muß ich erinnern, daß die Auftritte der
Scenen in einer Handlung [Akt] allezeit mit einander verbunden
seyn müssen: damit die Bühne nicht eher ganz ledig werde, bis
ein ganzer Aufzug aus ist. Es muß also aus der vorigen Scene
immer eine Person da bleiben, wenn eine neue kömmt, oder eine
abgeht: damit der ganze Aufzug einen Zusammenhang habe«
(BA 6/2, S. 629).

Mitleiden: Erste Erwähnung des Zentralbegriffs des bürgerl. 13.3
Trauerspiels, dessen Aufstieg im 18. Jh. v. a. im Zeichen des
wirkungsästhet. Diskurses erfolgt, in dessen Mitte die Frage
nach dem Mitleid steht. Bezeichnend für das empfindsame Zeitalter ist die hier zu beobachtende Substantivierung des Verbs;
der Terminus ist im buchstäblichen Sinn als Mit-Leiden zu verstehen. Lessing bemerkt in einem Brief vom 18. 12. 1756 an
Mendelssohn: »[I]ch hasse die französischen Trauerspiele, welche mir nicht eher, als am Ende des fünften Aufzugs, einige
Tränen auspressen. Der wahre Dichter verteilt das Mitleiden
durch sein ganzes Trauerspiel; er bringt überall Stellen an, wo er
die Vollkommenheiten und Unglücksfälle seines Helden in einer
rührenden Verbindung zeigt, das ist, Tränen erweckt« (B 11/1,
S. 146). Der Umstand, dass an dieser Stelle der ungebildete Diener Norton als moral. Richter über echtes und unechtes Mitleid
auftritt, macht deutlich, dass »Mitleid eine angeborene, also
bildungsunabhängige, ja durch Bildung eher gefährdete Empfindung ist« (Wiedemann 2003, S. 1267). Vgl. hierzu Lessings
Brief an Mendelssohn vom 28. 11. 1756: »Das Mitleiden hingegen bessert unmittelbar; bessert, ohne daß wir dazu etwas
beitragen dürfen; bessert den Mann von Verstande sowohl als
den Dummkopf« (B 11/1, S. 133).

Hitze ihrer Leidenschaften: Lessing greift hier auf die Konzep- 13.22
tion der ›dunklen Empfindungen‹ zurück, die er der zeitgenössischen Psychologie gemäß gestaltet. Was die Figuren empfinden, ist der Nährboden für ihr Verhalten und ihr Handeln. V. a.
Mellefonts Empfindungen sind ambivalent gezeichnet; er hat

zwar tugendhafte Gesinnungen, die durch die Liebe zu Sara und durch das Mitleid mit ihr befördert werden, aber noch hegt er im »Herzen« ein großes Verlangen nach der alten zügellosen Freiheit (vgl. auch IV, 2). Mellefont selbst bezeichnet sich in genauer Selbstbeobachtung als »Nichtswürdigen [...], der auf keine Weise mehr sein eigen war« (14,11–12).

14.2 **kömmt**: Bis zum Ende des 18. Jh.s als Alternativform neben ›kommt‹ gebräuchlich.

14.5 **ward**: wurde. In der 1. und 3. Pers. Sg. Präteritum war die ältere Form ›ward‹ »in der edlern Schreibart üblicher«, ›wurde‹ dagegen »im gemeinen Leben« (Adelung, S. 279).

15.11–12 **Wessen Gefühl [...] rege machen?**: Die hier und auch an anderen Stellen zu beobachtende Diskursivierung der Gefühle, in der die immanente Logik des dramat. Dialogs verlassen und die Mitleidstheorie im *Briefwechsel über das Trauerspiel* vorweggenommen wird, sind typisch für Lessings Trauerspiel.

15.12–13 **die erste [...] Kindheit geweinet**: Vgl. Erl. zu 9,13. Wenn Mellefont Tränen vergießt und Mitleid mit Sara hat, bekundet sich darin ebenfalls sein Vermögen, eine Bindung einzugehen, die nicht egoistisch, sondern altruistisch ist.

15.18 **alte Standhaftigkeit**: Der Terminus verweist auf das neustoizistische Tugendideal der ›constantia‹ in der höf. Gesellschaft des europ. Absolutismus und die ihm adäquate Tragödienform. Als rhetor. Figur ist ›constantia‹ die Beteuerung der unveränderlichen Meinung und ihrer Unerschütterbarkeit selbst durch höchste Schwierigkeiten, Folter und Tod (polit. Heroismus). Sie hat den Charakter eines Versprechens und daher immer auch einen dramatisierenden Effekt, den Lessing u. a. im *Briefwechsel über das Trauerspiel* programmatisch bekämpft hat (vgl. B 3, S. 680).

15.19–20 **Gabe der Verstellung**: Begriff aus der Rhetorik des Neustoizismus, der als polit. Kunst der ›simulatio‹ (Verstellung) und ›dissimulatio‹ (Verheimlichung) Anwendung findet.

15.29–30 **die jetzt ohne [...] werden kann**: Evtl. spielt Mellefont auf das ominöse Testament seines Vetters an; eher denkbar scheint allerdings ein Hinweis auf die drohende Gefahr, bei der anstehenden Trauung als Entführer entlarvt zu werden.

17.1–2 **mir es**: Im 18. Jh. war es üblich, das Pronomen im Dativ vor dem Pronomen im Akkusativ zu platzieren.

Kommentar

sinnreich genug, [...] inneres Gefühl: Ihr »Herz«, ihr »inneres 17.24–26
Gefühl«, sagt Sara, dass ihre Liebe ohne das Sakrament der Ehe
eine »unheilige Leidenschaft« (IV, 8) bleibe. Das Herz, in dem
das objektive Gebot verankert wird, steht gegen die Argumente
der Vernunft, mit denen Mellefont sie freisprechen will. Gerade
in ihrer Ausrichtung auf das göttl. Gebot handelt Sara ganz nach
emotionalen Maximen. Einbildungen und Träume (vgl. Erl. zu
17,32) lassen sie die göttl. Strafe für ihre Übertretungen empfinden. Ihre psych. Qualen sind emotional begründet und werden
von ihr eben deshalb als Folge der göttl. Einrichtung begriffen
(vgl. 18,4–18).

Träume: Die dramat. Funktion der Träume hat Lessing in seiner 17.32
Seneca-Abhandlung beleuchtet. Träume hätten im modernen
Theater die Stelle einzunehmen, die in der antiken Tragödie der
eingreifenden Gottheit zugedacht war: »Unsere neuere tragische
Bühne will die Gottheiten nicht mehr leiden. Man hat sie in die
allegorischen Stücke verwiesen, und das mit Recht. Was also
tun? Ich wollte raten die persönlichen Erscheinungen der Juno
[in Senecas Stück *Hercules furens*] in einen göttlichen Traum zu
verwandeln. Er müßte selbst kommen, und es dem Herkulischen
Hause erzählen, was er in seiner Entzückung gesehen, und welche schreckliche Drohungen er gehöret. Diese Drohungen aber
müßten in allgemeinen Ausdrücken abgefaßt sein; sie müßten
etwas orakelmäßiges haben, damit sie den Ausgang so wenig, als
möglich verrieten« (B 3, S. 560). Lessing hat großen Wert darauf
gelegt, die Handlung als ein ›Ganzes‹ kenntlich zu machen, das
einer Notwendigkeit folgt und somit eine ›Ordnung‹ repräsen-
tiert. Das zentrale Mittel, um diese Einheit zu stiften, ist im Drama Saras Traum, der das trag. Ende vorwegnimmt. Auch ihre
Todesahnungen (IV, 1) verweisen, vom Ausgang des Trauerspiels her betrachtet, auf eine verborgene Logik der Vorfälle. Die
Ordnung des Geschehens umgreift somit innere und äußere Ent-
wicklungen, die beide ineinander wirken; Innen/Außen, Psyche/
Schicksal entsprechen einander.

die Schrecken [...] Nacht: Rekurs Lessings auf Gedanken aus 18.19
der Seneca-Abhandlung; vgl. Erl. zu 17,32.

grausamer Trost: Von Lessing häufig verwendetes Oxymoron 18.35
(rhetor. Figur: Verbindung zweier sich widersprechender Begriffe in einem).

19.15 **ohne dem Ende**: ›Ohne‹ wird im 18. Jh. mit Genitiv, Dativ oder Akkusativ konstruiert (vgl. Grimm, Bd. 13, Sp. 1214).

19.23–25 **vor den Augen [...] strafen gedrohet hat**: Vgl. 2. Mose 23,20 f.: »Siehe, ich sende einen Engel vor dir her [...] hüte dich vor seinem Angesicht und gehorche seiner Stimme und erbittere ihn nicht; denn er wird euer Übertreten nicht vergeben, und mein Name ist in ihm.«

20.22–25 **Sie wollen vorher [...] darüber verscherzen lassen.**: Vgl. 2. Kor. 4,18: »Denn was sichtbar ist, das ist zeitlich; was aber unsichtbar ist, das ist ewig.«

20.30 **schrecklicher Donner**: Vgl. Hiob 37,2: »Hört, hört das Toben seiner Stimme und das Grollen, das aus seinem Mund hervorgeht!«

20.31–21.4 **Muß der, welcher [...] Zweck unsers Daseins**: Vgl. Erl. zu 10,5–6. Ausgerechnet Mellefont, dem »Flattergeist« (32,2), fällt es zu, einer Tugendhaftigkeit das Wort zu reden, die nicht in eitler Erhabenheit die Hinfälligkeit des Menschen ignoriert, sondern sich gerade um dieser Hinfälligkeit willen zur Geltung bringt. Mellefont bringt als Frage auf den Begriff, unter welchen Vorzeichen jenes neue soziale Ethos herbeizuführen wäre, das, anders als Saras fragwürdige ›reine‹ Tugend, die bürgerl. Gesellschaft zu einer klärenden Selbstreflexion bewegen könnte. Mellefonts indirekt an die Adresse des Publikums gesprochenes Räsonnement gegen die Tugend als »Gespenst« gehört zu den zentralen Aspekten des Dramas. Es rekurriert auf Axiome der zeitgenössischen Psychologie, denen zufolge der Mensch mit seinem vernünftigen Willen (Tugend) machtlos ist gegen seine Begierden, sofern er sie in sich wachsen lässt. Sinnl. Neigungen können durch Vernunftgründe nicht überwunden werden. Nirgends im Drama wird das Aufopfern des sinnl. Triebes oder die Verurteilung der natürl. Neigung als ›böse‹ gestaltet. Dabei wird im gesamten Dramenverlauf immer wieder darauf verwiesen, wie vollständig die Liebe zu Mellefont Saras Herz ausfüllt. Niemals misst sie ihn mit moral. Maßstäben; sie sieht ihn ausschließlich »mit den Augen der Liebe« (21,11). Sara liebt ihn nicht aufgrund seiner ›Tugend‹ und erkennt, welch dominierende Rolle der Reiz des Sinnlichen in ihrer eigenen Liebe spielt. Der Tugendbegriff ist somit im Wesentlichen christl. konnotiert.

»Tugend bedeutet primär: Liebe zum Menschen, die sich aus der Liebe zu Gott speist. Die Konkretisierung im praktischen Verhalten führt dabei zu einer Verknüpfung mit konventionellen Moralauffassungen«, der zufolge sich die Rebellion gegen die göttl. Ordnung am deutlichsten im vorehelichen Geschlechtsverkehr zeigt. »In ihm regiert die ›sündige Begierde‹ den Menschen, der, um die sinnliche Lust zu befriedigen, die Gebote Gottes mißachtet. Obgleich Lessing in dem Stück zwischen äußerlicher Normerfüllung und wahrer Sittlichkeit unterscheidet, so löst er sich doch nie so weit von den herrschenden Moralauffassungen, daß die Bindung von Liebe und Ehe in Frage gestellt würde« (Fick 2000, S. 127 f.).

Und als eine [...] zu sein, dünken.: Hörbar werden hier Anklänge an Jona 1, wo von der Flucht des Propheten vor dem Auftrag Gottes und seinem Schicksal im Seesturm berichtet wird. 22.19–29

Furie: Die Furien (griech. Erinnyen) waren Rachegötter in der antiken Mythologie, die 458 v. Chr. an prominenter Stelle in Aischylos' *Orestie* auch die Bühne des griech. Theaters betraten. 25.2–3

Daß er aus [...] vertilgt werde!: Vgl. Ps 69,29: »Tilge sie aus dem Buch der Lebendigen, daß sie mit den Gerechten nicht angeschrieben werden.« 25.15–16

Zweiter Aufzug: Der zweite Akt entspricht in wesentlichen Teilen Euripides' *Medea* (und zwar II, 1–2 den dortigen Versen 760–807 und II, 3–8 den Versen 842–955). Er ist nicht nur deshalb der ›Medea-Akt‹, weil sich Marwood in seinem Verlauf als eine ›neue Medea‹ zu erkennen gibt, sondern weil in dem Streitgespräch zwischen dem treulosen Mann und der verlassenen Frau die dramat. Substanz des euripideischen Dramas steckt. Im Unterschied dazu variieren die folgenden drei Akte das Medea-Motiv auf eigenständige Weise und schreiben es fort. 27.1

andern Gasthofe: Der Wechsel des Gasthofs signalisiert einen weiteren Bruch mit der klassizistischen Doktrin von der Einheit des Ortes. Offensichtlich ignoriert Lessing mit seinem absichtlichen Verstoß die These Gottscheds, nach der jeder Ortswechsel im Drama gegen das Wahrscheinlichkeitsempfinden des Zuschauers verstoße, weil dieser ja auch während des kompletten 27.4

Stücks »auf einer Stelle sitze« (BA 6/2, S. 615). Unabhängig von den kritischen Einwänden der Rezensenten hat Lessing in seiner Selbstrezension der *Miß Sara Sampson* auf diesen ›Regelbruch‹ nachdrücklich hingewiesen (vgl. B 3, S. 389).

27.5 **Neglischee**: Franz. negligé, ›leichter, bequemer Morgenrock‹.

27.14–15 **Nachsicht, Liebe, Bitten**: Vgl. Euripides, *Medea*, v. 773–775: »Eine Dienerin bringt mir den Gatten herbei, / Ich will ihn beschwören mit schmeichelndem Wort, / Als wär ich nun ganz eines Bessern belehrt« (Euripides: *Alkestis, Medeia, Hippolytos*, übersetzt v. Ernst Buschor, hg. v. Gustav Adolf Seeck. München 1972, S. 139).

27.16 **wo ich anders**: Wenn ich. Im 18. Jh. wurden konditionale Konnektoren (›wenn‹, ›falls‹) oft durch ein nachgestelltes ›anders‹ verstärkt.

27.20 **rasen**: Inwiefern die Empfindungen das Handeln der dramatis personae bestimmen, zeigt in gesteigertem Maße die Figur der Marwood, die sich ganz von ihrer Eifer- und Rachesucht treiben lässt. Sie hat ihre Vernunft ausschließlich in den Dienst ihrer Leidenschaft gestellt. Wenn sie Sara tötet, handelt sie aus der inneren Konsequenz ihrer leidenschaftlichen Natur heraus, begeht sie die Tat doch buchstäblich in blinder Raserei, worin jedoch auch ein Stück Entlastung liegt. Marwood plant ihre Rache nicht. Die hier ansichtig werdende unterste Stufe der Moral ist die hinreißende, selbstbezogene Leidenschaft, aber kein bewusster Wille zum Bösen.

30.19 **Kinder der süßesten Wollust**: Vgl. Erl. zu 9,13.

30.21–26 **Marwood, die Zeit [...] Keine.**: Vgl. Euripides, *Medea*, v. 866–873: »Jason: Mich rief die Feindin, ich komme als Freund / Und nie rufst du vergeblich; so sag dein Begehr! – Medea: Ach Jason, verzeih, was die Wütende sprach / Und denk an viel Liebes, das zwischen uns war! / Ich hielt mit mir Rat und schalt mich dann selbst: / Warum rast nur mein Herz gegen den gütigen Freund.«

32.2 **noch sagen**: In der Ausgabe von 1772 korr. zu: nachsagen.

32.16 **gegen**: Bezeichnete im 18. Jh. allg. die Ausrichtung einer positiven (Liebe) wie negativen (Hass) Neigung.

32.24–25 **Marwood, Sie reden [...] ihren Charakter gemäß**: Es lag für die Interpreten nahe, aufgrund dieser Unterscheidung in Sara und Marwood den aus der zeitgenössischen Trivialdramatik hinreichend bekannten Gegensatz zwischen asexueller Tugend und tugendloser Sexualität herauszulesen. Diese damit konstatierte Dissoziierung der dramatis personae in die Figuren mit den niedrigsten Motiven (sexuelle Gier, Machtgier) und die mit den edelsten Motiven einer von allem Egoismus freien Tugend- und Menschenliebe verkennt aber die Vielschichtigkeit der Dramenfiguren bei Lessing. Zudem wird angenommen, Lessing habe nicht den Gegensatz zwischen ›bürgerl. Tugend‹ und ›antibürgerl. Lasterhaftigkeit‹, sondern die innere Problematik der bürgerl.-empfindsamen Tugend selbst dargestellt (vgl. Szondi 1973). Auch hier bleibt jedoch unberücksichtigt, wie sehr Lessing auf die psychologischen Konzepte der Zeit zurückgreift, denen zufolge in jedem Bewusstseinszustand zahlreiche ambivalente Empfindungen wirken, die nicht separat wahrgenommen werden, also eher ›unbewusst‹ sind. Die immer wieder behauptete Aufspaltung zwischen Ratio und Emotionalität im Drama des 18. Jh.s auf verschiedene Figuren (vgl. Zeuch 1999) ist dahin gehend zu korrigieren, dass Lessing diese ›tragische Schizophrenie‹ in den einzelnen Personen selbst lokalisiert. Liest man die Leidenschaften als »dunkle Perzeptionen« (Fick 2000), denen die Orientierung auf das »Gute« stets immanent ist, scheint die Annahme gerechtfertigt, dass Lessing bereits in seinem ersten Trauerspiel (und nicht erst mit der *Emilia Galotti*) das Synthese-Denken der Spätaufklärung antizipiert.

sieben Weise: Die ›Sieben Weisen‹ umfassen im griech. Kultur- 32.35
denken eine Gruppe hist. Persönlichkeiten (Staatsmänner, Gesetzgeber und Philosophen) der vorklass. Zeit (7. u. 6. Jh. v. Chr.), denen eine Reihe gnomisch formulierter Lebensweisheiten zugeschrieben wird. Im 4. Jh. v. Chr. kam es nach einer Zeit der Variation des Personenkreises zur Festlegung auf folgende Namen: Kleobulos von Lindos, Solon von Athen, Chilon von Sparta, Bias von Priene, Thales von Milet, Pittakos von Mytilene und Periander von Korinth.

Paroxysmo: Lat. Ablativform von griech. paroxysmos, ›hefti- 33.8
ger, fieberhafter Anfall‹. Der Umstand, dass die Marwood hier den richtigen Kasus gebraucht, lässt vermuten, Lessing weise ihr humanistische Bildung zu.

Witz: Hier: Intelligenz, Verstand, Einfallsreichtum; im 18. Jh. 33.25
sogar als Ausdruck für das poet. Ingenium gebräuchlich.

34.5 **Quäcker**: Von engl. quaker, ›Zitterer‹, abgeleitet; Angehöriger einer Sekte, die im 17. Jh. in England von George Fox gegründet wurde und aus der puritan. Bewegung hervorging; urspr. als Spottname (friends, ›Gesellschaft der Freunde‹) gebräuchlich, der die ekstatischen Zustände der Gläubigen bezeichnen sollte. Marwood spielt hiermit auf ihre Neigung zu ekstatischen gestammelten Eingebungen an.

34.14 **Ich will nichts davon behalten.**: Vgl. Euripides, *Medea*, v. 616–618: »Medea: Deine Freunde können nicht meine sein / Und spare dein Gold: Nie empfängt meine Hand / Die Gabe des Feinds, die der Fluch verfolgt.«

34.33–35 **»Marwood ich hielt […] nicht sein wollt.«**: Den Ton der Beleidigung unterstreichend, verfällt Marwood hier auf das herabsetzende ›Euch‹ und ›Ihr‹.

35.9–25 **Ich will ihnen […] Entzückungen erholten.**: Erot. Vergegenwärtigungen in atemloser, parataktischer Aufzählung finden sich in mehreren engl. Referenztexten (vgl. Wiedemann 2003, S. 1274).

36.17 *Arabella*: In der Charakterisierung der Arabella, deren Mitleid heischender Auftritt Referenzen in der empfindsamen Literatur hat (etwa in Richardsons *Pamela* [II, 42]), ist Lessing offenkundig seinem eigenen Vorschlag einer modernen Bearbeitung von Senecas *Hercules furens* gefolgt: »Wenn der neuere Dichter übrigens eine Vermehrung der Personen vorzunehmen für nötig fände, so würde er, vielleicht nicht ohne Glück, eines von den Kindern des Herkules, welche seine beiden Vorgänger nur stumm aufführen, mündig machen können. Er müßte den Charakter desselben aus Zärtlichkeit und Unschuld zusammensetzen« (B 3, S. 561).

37.15–16 **Geh, mein Kind […] auf ewig verlassen.**: Vgl. Euripides, *Medea*, v. 894–899: »Medea: Heraus, ihr Kinder, heraus und begrüßt / Und herzt euren Vater und bittet mit mir, / Daß der Mutter Grollen er schleunigst vergißt! / Der Bund ist besiegelt, der Zorn verraucht! / Laßt die Hand nicht los!«

38.2–3 **Redlichkeit ihres Herzens […] Eigensinn ihrer Begierden**: Vgl. Erl. zu 20,31–21,4.

38.4–5 **Ich bin es […] mich haben wollen**: In der Ausgabe von 1772 heißt es syntaktisch korrekter: Ich bin schon, was sie aus mir machen wollen.

eine eiserne Stirn haben: Hartnäckig sein. Vgl. Jes 48,4: »Denn ich weiß, daß du hart bist, und dein Nacken ist eine eiserne Ader, und deine Stirn ist ehern [...].« 39.10

ohne so gelehrte Anspielungen: Diese »gelehrte Anspielung«, wie Marwood spöttisch kommentiert, dürfte, da sie ihre eigene Medea-Reminiszenz vorbereitet (vgl. Erl. zu 44,24), kaum ganz ohne Absicht hier auftauchen. In den *Argonautica* des Apollonios (IV, v. 700–710) werden Iason und Medea für den gemeinschaftlich begangenen Mord an Medeas Bruder von der Zauberin Kirke durch das Blut eines geopferten Ferkels entsühnt. 43.4–5

eine wollüstige, [...] schändliche Buhlerin: Meist haben die Interpreten die Charakterisierung der Marwood als »wollüstige, eigennützige, schändliche Buhlerin« übernommen. Demgegenüber sollte beachtet werden, dass Lessing hier eine Frau gestaltet, die mit allen Mitteln und nicht zuletzt aus einer naturhaft empfundenen echten Liebe heraus um Mellefont kämpft. Was sie auszeichnet und die Faszination, die sie ausübt, am ehesten begründen kann, ist gerade diese leidenschaftliche Liebe, die auch in ihrer unkontrollierbaren Rachsucht und Aggressivität erkennbar bleibt. 43.9–10

Ist der Teufel [...] hernach selbst anklagt?: Der Topos vom Teufel, der Sünden anklagt, zu denen er selbst verführt hat, ist im engl. Empfindsamkeitsdiskurs offensichtlich weit verbreitet (vgl. Albrecht 1890–91, S. 2137). 43.19–22

in die Schanze geschlagen: Abgeleitet von franz. chance (›Glück‹), mittellat. cadentia (›Fallen der Würfel‹); in der Bedeutung: aufs Spiel gesetzt. 43.25–26

eine neue Medea: Lessing rekurriert hier sowohl auf die 431 v. Chr. aufgeführte Tragödie des Euripides als auch auf Senecas nur in wenigen Punkten davon abweichende Neubearbeitung Mitte des 1. Jh.s. Marwoods Ausruf variiert das bei Seneca in ähnlicher Situation gesprochene »Medea nunc sum« (Nun bin ich wieder ich selbst, Medea), das sich zum einen als Selbstvergewisserung der nach Rache dürstenden betrogenen Frau, zum anderen aber auch als intertextuelle Verschränkung mit dem Euripides-Text lesen lässt. Ähnlich bei Lessing, der mit seinem Zitat einmal mehr demonstriert, wie sehr die Marwood einerseits mit extremer Verstandeskälte zu den verschiedensten Maskierungen 44.24

greift und Emotionen nur vorschützt, andererseits aber selbst das Opfer ihrer Affekte ist. Die eigentümliche Mischung aus hemmungsloser Leidenschaft und kühl kalkulierender Vernunft prädestiniert sie, in den Spuren der Medea Senecas, auf deren mytholog. Vor-Bild sie sich hier beruft, zu gehen. Zur ›neuen Medea‹ wird Marwood aus der Not ihrer Gefühle. Sie ist keine Personifikation des Lasters, keine allegorische Figur innerhalb eines festen Schemas der Affekte, sondern eine empfindungsfähige Gestalt, die allmählich in den Zustand der Raserei gerät.

44.26–27 **Oder wenn du […] gedoppelt in mir!**: In einem Brief an Mendelssohn vom 14.9.1757 bezieht sich Lessing auf diese Stelle, um zu demonstrieren, welche Art von Hilfe der Autor dem Schauspieler bieten kann (vgl. B 3, S. 250).

44.30–31 **Ich will es […] sterben sehen!**: Vgl. Seneca, *Thyestes* (*Sämtliche Tragödien*. Lat. u. dt. Übersetzt u. erläutert von Theodor Thomann, Bd. 2. Zürich 1969, S. 166), v. 907: »Atreus: miserum videre nolo, sed dum fit miser.« Lessing übersetzt diese Passage sehr wörtlich: »Ich mag ihn nicht sowohl elend sehn als elend werden sehen« (B 3, S. 586).

46.4–5 **Wisse, daß ich […] fordern werde.**: Bibl. Redeweise; vgl. 1. Mose 43,9: »Von meinen Händen sollst du ihn [den Knaben] fordern.«

46.13 **Heftigkeit meines Schmerzes**: Lessing gestaltet hier die Rehabilitation der Sinnlichkeit, die Aufwertung der leiblichen Sphäre und phys. Natur des Menschen im Kontrast zu einem reinen an der Vernunft orientierten Denken. In den Blick geriet neben der Vernunft auch ihr bislang ausgegrenztes Anderes: die Körperlichkeit und Triebnatur, die Phantasie und die Schmerzempfindlichkeit des Menschen – Aspekte, die gerade in Lessings Texten auf besonders vielfältige, differenzierte Weise zur Sprache kommen. Besonders im *Laokoon* (1766, B 5/2, S. 9–321) verdeutlicht er den Zusammenhang zwischen Vernunftideal und körperlichem Schmerz, indem er das Ausgegrenzte und scheinbar Überwundene als Organon ästhet. Texte erkennt. Die Empfindung von Schmerzen verweist auf den dem Schönheitsideal der Epoche diametral entgegenstehenden beschädigten Körper, auf die Einführung der Wunden in die Welt der schönen Körper und die Zertrümmerung der sprachlichen Vernunft und damit der

Grundlage des sozialen Austauschs überhaupt. V. a. in seinen Dramen erkundet Lessing mit besonderer Radikalität die Möglichkeiten einer Hermeneutik des versehrten Körpers.

Lassen Sie mich [...] einmal sehen.: Auch bei Euripides bittet Medea in vergleichbarer Lage um einen Tag Aufschub: »Laß im Land mich verweilen den einzigen Tag« (v. 340). `46.28–29`

ich will Ihnen, [...] ihres Vaters befreien: In der Ausgabe von 1772 korrigiert Lessing den falschen Dativgebrauch zu: ich will Sie [...] befreien. `47.18–20`

im erstern Gasthofe: Gemeint ist der zu Beginn des Stücks (I, 1) dargestellte Gasthof. Wieder nimmt Lessing bewusst einen Bruch mit der Regel von der Einheit des Ortes im Drama vor (vgl. Erl. zu 12,17 u. 27,4). `48.3`

zärtlichen Vaters: Nachdem Sir Sampson sich alle ihm zu Gebote stehenden strafend-erzieherischen Machtmittel versagt hat, erscheint er, souverän und in kluger, mitempfindender Erwägung, als »zärtlicher Vater«, der um die »Heimkehr« seiner Tochter wirbt. In diese von Reue diktierten, liebevoll schützenden Bemühungen mischen sich aber auch unterschwellig Eigennutz und Selbstmitleid. Sørensen hat in diesem Zusammenhang darauf verwiesen, dass die familialen Rollen und Beziehungen in den fiktiven und nicht-fiktiven Texten des 18. Jh.s immer auch Ausdruck von Wertvorstellungen und Werthaltungen sind, die zwischen »Herrschaft und Zärtlichkeit« changieren (Sørensen 1984). `48.6`

etwas sehr hartes: Mit Bezug auf Mellefont urteilt Sir Sampson nach dem alten Tugend-Laster-Modell, das er im Hinblick auf seine Tochter Sara eigentlich schon aufgegeben hat. `48.22–23`

Lady Solmes: ›Lady‹ ist der engl. Titel für adlige Frauen; der Name Solmes stammt aus Richardsons *Clarissa* (I, 15). `51.11`

Es ist, Miß, [...] wieder gut machten.: Die hochtrabende, mitunter eher arrogant tönende als selbstlos tätige Tugendhaftigkeit Saras verleitet diese dazu, alle gesellschaftlichen Bindungen auszuhöhlen und alle rettenden Zuwendungen zunichte zu machen. Dass sich Sara auf eine Wirklichkeit bezieht, deren moral. und soziale Dimension sie naiv eifernd zu einem Trugbild qua Einbildung deformiert, bringt der insgeheim lebenskluge und zugleich uneigennützige Waitwell recht genau zur Sprache, `57.30–35` wenn er die unentwegt mit ihrem Schicksal Hadernde davon abzubringen versucht, »sich mit so falschen Vorstellungen zu plagen« (III, 3). Saras reueträchtige Selbstbezichtigungen erweisen sich als ebenso unverbindlich wie folgenlos, weil sie primär als Selbstquälereien angelegt sind, was sich deutlich in dem von permanenten Störungen begleiteten Bemühen Waitwells zeigt, Sir Sampsons Brief an seine Tochter zu übergeben. Die Aushändigung, Abwägung und höchst kapriziöse Auslegung des Briefes markieren gleichsam den Höhepunkt wie auch die totale Stagnation der dramat. Handlung, in dessen Verlauf der um Vertrauen werbende Sampson in den Augen Saras bald als rachsüchtiger Tyrann und bald als verdammender Sterbender erscheint, orchestriert von Saras auch durch Tränenergießungen nicht zu beschönigenden Sophistik.

58.5–6 **Was für Schwerter [...] in mein Herz!:** Vgl. Offb. 9,15: »Und aus seinem Munde ging ein scharfes Schwert [...].«

58.16 **mich deucht:** Es kommt mir vor. Der zu ›deucht‹ gehörige Infinitiv ›dünken‹ wird im 18. Jh. als unregelmäßiges Verb mit wechselnden Flexionsformen (dünkt/deucht) und Wechsel zwischen Dativ- (mir) und Akkusativergänzung (mich) gebraucht.

59.3 **ungerner:** Im Gegensatz zu ›gern‹ konnte die negierte Form ›ungern‹ gesteigert werden (vgl. Grimm, Bd. 24, Sp. 821).

61.21–25 **Das schämen kann [...] Züge anwende.:** Die schwer verständliche Argumentation Saras ist vmtl. nicht mit der Annahme einer Textverderbnis zu erklären, da Lessing diesen Passus 1772 unverändert übernommen hat. Wiedemann deutet die Stelle, vor dem Hintergrund der Seneca-Abhandlung, als verdecktes Plädoyer gegen die klassizistische Wohlanständigkeit und paraphrasiert wie folgt: »Beim Eingeständnis von Fehlern (Beichte) darf es keine Kompromisse geben. Die Dinge müssen so drastisch benannt werden wie sie sind bzw. wie sie empfunden werden. Ästhetische Dezenz (Scham, Angst vor Übertreibung) ist dabei nicht am Platze« (Wiedemann 2003, S. 1280).

63.22–24 **Geschwind reißen Sie [...] den wir flohen?:** Am Beispiel dieser Textpassage verteidigt Lessing in einem Brief vom 14.9.1757 gegenüber Mendelssohn die Vorteile einer ›eloquentia corporis‹ im Drama: Zwar hätte es genügt, Mellefont stumm nach dem Brief greifen zu lassen. Theatralisch wirkungsvoller sei es jedoch, wenn er durch eine Reihe unwillkürlich hervorgestoßener Fragen gezwungen würde, seinen inneren Zustand auszudrücken (B 11/1, S. 251).

hätte ich Ihnen gefolgt: Für die Konstruktion des Perfekts und des Konjunktivs II der Vergangenheit trat das Hilfsverb ›haben‹ noch so lange an die Stelle von ›sein‹, bis dieses für die Verben der Bewegung gebräuchlich wurde. 63.27

was ist göttlicher als vergeben: Lessing bringt hier Mellefonts Echo auf die christl.-empfindsame Moral der Sampsons zum Ausdruck. 64.21

Balsam: Linderung, Wohltat; urspr. ein natürl. Gemisch von Harzen und äther. Ölen. 67.15

Die Wallungen des [...] Propheten machen.: Unmittelbar nachdem Sara die menschliche Physiologie noch als Indikator der Psyche und sogar der Providenz ausgelegt hat, deutet Mellefont sie nun wesentlich radikaler als Mechanismus (»mechanische Drückungen«). 70.7–14

so alt und Lebenssatt sterben: Vgl. Hiob 42,17: »Und Hiob starb alt und lebenssatt.« 71.4

Warum wünsche ich [...] immer die besten.: Sara argumentiert hier, ganz ähnlich wie ihr Vater, innerhalb der Vorstellungen der Theodizee, um nur kurze Zeit später ihren Hang zur Skepsis einzugestehen. 71.14–16

Wollte seine schon [...] wegen verschonen: Anspielung auf 1. Mose 18, 26–33 (»Der Herr sprach: Finde ich fünfzig Gerechte zu Sodom in der Stadt, so will ich um ihrer willen dem ganzen Ort vergeben«), wo Abraham im Gespräch mit Gott die Zahl der geforderten Gerechten auf zehn herunterhandelt. 74.9–11

Nur der Pöbel [...] Glück einmal anlächelt.: Einmal mehr beruft sich Mellefont hier auf das Ideal der neustoischen Affektenkontrolle. 75.2–3

verderbt: Das 18. Jh. unterscheidet zwischen dem transitiven und schwach gebeugten (verderben, verderbte, verderbt = untauglich machen) und dem intransitiven und stark gebeugten (verderben, verdarb, verdorben = untauglich werden) Gebrauch des Verbs. 75.6

wenn es anders: Vgl. Erl. zu 27,16. 78.11–12

Schwärmerin: Hier von Lessing in der Bedeutung ›Verrückte‹ 95.3

verwendet; vom Schwärmen ›verworrene Vorstellungen haben‹,
›verrückt sein‹.

96.2 **mit kaltem Blute**: Vgl. die sprichwörtliche Wendung ›kaltes Blut
haben‹ mit der Bedeutung: ruhig bleiben, überlegt handeln.

99.1–2 **sich der Betrieger […] der Seite geschlichen**: Im 18. Jh. war es
üblich, ›sich schleichen‹ in dieser Konstruktion nicht mit dem
Dativ, sondern mit dem Akkusativ zu gebrauchen.

101.28 **erwähnte eines Pfandes**: Im 18. Jh. wird ›erwähnen‹ häufig mit
dem Genitiv (und nicht, wie heute üblich, mit dem Akkusativ)
gebildet.

103.21–25 **Unglück und Tod, […] größtes zu verschlingen!**: Vgl. 4. Mose
16,30 und 16,35: »[W]enn aber der Herr ein Neues schafft und
der Erdboden seinen Mund öffnet und sie verschlingt mit allem,
was ihnen angehört, und sie lebendig in den Scheol hinabfahren,
dann werdet ihr erkennen, daß diese Männer den Herrn verachtet haben. […] Und das Feuer ging aus von dem Herrn und fraß
die 250 Männer, die das Räucherwerk dargebracht hatten.«

103.27–29 **mit Arabellen und […] davon eilen lassen**: Anspielung auf Euripides' *Medea* (v. 1293 ff.; vgl. Erl. zu 27,14–15), die in einem
von Drachen gezogenen Zauberwagen entflieht und von Iasons
ohnmächtigen Flüchen verfolgt wird.

104.4–5 **ehe ich mich an Marwood gerächet**: Parallele zu den Rachege-
danken des Iason (v. a. bei Seneca, v. 978–981 u. 995–997).

104.7–8 **Die Rache ist nicht unser!**: Vgl. Röm 12,19: »Rächt euch nicht
selbst, Geliebte, sondern gebt Raum dem Zorn; denn es steht
geschrieben: ›Mein ist die Rache; ich will vergelten, spricht der
Herr‹.«

108.21–24 **vom Himmel gesandt […] selbst mein Vater!**: Verknüpfung einer Stelle aus der bibl. Passionsgeschichte, Luk. 22,43, (»Es erschien ihm aber ein Engel vom Himmel, der ihn stärkte«) mit 1.
Mose 32,27, Jakobs Ringen mit Gott (»Da sagte er: Lass mich
los, denn die Morgenröte ist aufgegangen! Er aber sagte: Ich
lasse dich nicht los, es sei denn, du hast mich vorher gesegnet«).

109.22–23 **Sollen wir die […] die uns lieben?**: Vgl. Matth. 5,44–46: »Ich
aber sage euch: Liebt eure Feinde, und betet für die, die euch
verfolgen […]. Denn wenn ihr liebt, die euch lieben, welchen
Lohn habt ihr?«

111.23–26 **Rache und Wut […] zu rühmen wagen.**: Das Motiv der Rächerin, sich selbst zu rühmen, stammt aus den antiken Medea-Dramen. Besonders Seneca, *Medea*, v. 991 f.: »Große Lust packt wider Willen mich, / und sieh, sie wächst« (Seneca, *Medea*. Lat. u. dt., übersetzt und hg. v. Bruno W. Häuptli. Stuttgart 1993).

Ich bin [...] nach Dover: Analog zu Euripides, *Medea*, v. 1384 f.   111.26–27
(vgl. Erl. zu 27,14–15): »Ich selber zieh in Erechtheus' Land / Zu Aigeus, dem Sohne des Pandion.«

Ich sterbe, und [...] mich Gott heimsucht.: In Saras Aussage   112.7–8
verbinden sich bibl. Vergebungsgebot und Theodizee-Gedanken.

Wenn ich hoffen [...] dafür erkennen wollen.: Vgl. die Kreuzes-   112.12–15
worte Jesu von Nazareth in Joh. 19, 26–27: »Als nun Jesus die Mutter sah und den Jünger, den er liebte, dabeistehen, spricht er zu seiner Mutter: Frau, siehe, dein Sohn! Dann spricht er zu dem Jünger: Siehe, deine Mutter! Und von jener Stunde an nahm der Jünger sie zu sich.«

die schwache Tugend, [...] gefährlichen Schranken: Evtl. An-   113.2–4
spielung auf die Begegnung Jesu von Nazareth mit der Sünderin, Luk. 7,47: »Deswegen sage ich dir: Ihre vielen Sünden sind vergeben, denn sie hat viel geliebt; wem aber wenig vergeben wird, der liebt wenig.«

Nun bin ich [...] nichts als Mellefont!: Spiegelbildliche Wieder-   113.26–27
aufnahme des ›Medea nunc sum‹-Motivs der Marwood (vgl. Erl. zu 44,24). Wenn Mellefont durch seinen Freitod zum Ausdruck bringt, dass es für ihn ohne Sir Sampsons Tochter kein sinnerfülltes Leben mehr geben kann, so handelt es sich bei diesem reuevollen Bekenntnis um ein Zeugnis menschl. anrührender Läuterung.

aber mich wegen des Geschehenen zu strafen: Evtl. Anspielung   114.18
auf die Selbstbestrafung des Judas in der Passionsgeschichte, Matth. 27,5: »Und er warf die Silberlinge in den Tempel und machte sich davon und ging hin und erhängte sich.«

Sie haben von [...] sowohl, als meines.: Wenn Arabella in die   114.27–30
Obhut Sir Sampsons gegeben wird und wenn er als Ersatz-Vater sich seiner Ersatz-Tochter in liebender Fürsorge zuwendet, dann wird am Ende des Trauerspiels eine Familienkonstellation ansichtig, die zu einer den traditionellen Ordnungsvorstellungen und Verhaltensmustern entsagenden Umsetzung mitmenschli-

che Solidarität aufruft. Weit entfernt von allen Heilsgewissheiten, erfolgt diese Provokation im Angesicht der trag. Katastrophe mit jener Dringlichkeit, wie sie – analog dem Schlusstableau in *Nathan der Weise* (1779) – mit dem Anspruch eines radikalen Neubeginns einhergeht, wobei sich Lessing einer Idolatrie des Familiären deutlich versagt.

Suhrkamp BasisBibliothek
Eine Auswahl

Annette von Droste-Hülshoff
Die Judenbuche
Kommentar: Christian Begemann
SBB 14. 136 Seiten

»Der vorliegende Band entspricht den Anforderungen, die man an einen ›Arbeitstext für Schule und Studium‹ stellt, vorbildlich.« *Literatur in Wissenschaft und Unterricht*

Max Frisch
Andorra
Kommentar: Peter Michalzik
SBB 8. 166 Seiten

»Vielleicht bringt dieser multimediale Kontakt mit Frischs Stück manch einem, der Deutschstunden bislang als lästige Pflicht erlebte, einen neuen Zugang und damit Spaß an der Literatur.« *stern*

Johann Wolfgang Goethe
Die Leiden des jungen Werthers
Kommentar: Wilhelm Große
SBB 5. 221 Seiten

»Auch wer sein zerfleddertes *Werther*-Bändchen seit Schülertagen mit sich schleppt, wird Platz suchen für die neuen Bände der Suhrkamp BasisBibliothek.« *Die Zeit*

Hermann Hesse
Demian
Kommentar: Heribert Kuhn
SBB 16. 220 Seiten

»Heribert Kuhns Kommentar erweist sich als gehaltvolle,
fordernde und inspirierende Anleitung zum Verständnis
des Romans. Als *die* Leseausgabe für Studierende kann
dieser Band daher unbedingt empfohlen werden.«
Literatur in Wissenschaft und Unterricht

Hermann Hesse
Der Steppenwolf
Kommentar: Heribert Kuhn
SBB 12. 306 Seiten

»... Der 50 Seiten umfassende Kommentar allein lohnt
die Anschaffung dieses Textes. Er ist auch ideal für eine
Klassenlektüre.« *lesenswert*

Rainer Maria Rilke
Die Aufzeichnungen des Malte Laurids Brigge
Kommentar: Hansgeorg Schmidt-Bergmann
SBB 17. 300 Seiten

»Den größten Teil des Kommentars machen jedoch
Wort- und Sacherklärungen aus; da sie nicht stichwortar-
tig im Telegrammstil gehalten sind, erklären sie vorzüg-
lich auch komplexe Zusammenhänge.«
Neue Zürcher Zeitung